AF398387

Ulrike Herwig wurde 1968 geboren und wuchs in Jena auf. Sie studierte Englisch und Deutsch und lebte fast zehn Jahre lang in London. 2001 zog sie mit ihrer Familie nach Seattle, USA, wo sie auch heute noch wohnt. Seit vielen Jahren schreibt sie unter verschiedenen Pseudonymen erfolgreich für Kinder und Erwachsene

Ulrike Herwig

Vertauscht, Verplant, Verliebt

Überarbeitete Neuausgabe Januar 2025
Copyright © 2023 dp Verlag, ein Imprint der
dp DIGITAL PUBLISHERS GmbH
Made in Stuttgart with ♥
Alle Rechte vorbehalten

Vertauscht, verplant, verliebt

ISBN 978-3-98998-780-7
E-Book-ISBN 978-3-98998-721-0

Covergestaltung: Dream Design
Umschlaggestaltung: ARTC.ore Design

Unter Verwendung von Abbildungen von
© lemono, © ST Line Art, © Sarocha_Siripan_Boonsen
adobestock.com: © artist404

Lektorat: Friederike Zeiniger
Satz: dp DIGITAL PUBLISHERS GmbH
Druck und Bindung: Books on Demand GmbH, Norderstedt

Jasmin

Vorsichtig öffnete ich ein Auge. In meinem Kopf dröhnte es, als ob ein wild gewordener Bautrupp darin mit Presslufthämmern meine Schädeldecke bearbeitete. Ich richtete mich auf, was das Hämmern noch unerträglicher machte, und sah mich um. Oh Mann. Letzte Nacht ...

Wie hieß der Kerl neben mir gleich noch mal? Marko? Mirko? Mike? Gestern Nacht hatte ich es noch gewusst.

Gestern Nacht hatte der Typ auch irgendwie noch besser ausgesehen. Und älter. Er war garantiert noch Student, auf dem Fußboden lagen Bücher und Zettel mit Notizen und Formeln herum und ein Kalender, auf den jemand für den kommenden Montag Referat eingetragen hatte. An der Wand prangte ein Poster mit den dicklichen Männchen von South Park. Daneben ein Herr der Ringe-Filmplakat. Wo hatte ich gestern Abend nur meinen Geschmack gelassen? Wahrscheinlich in Caipirinha ertränkt. Und meinen Verstand gleich noch mit dazu, denn diesen One-Night-Stand hätte ich mir echt sparen können.

Ich versuchte, mich vorsichtig aus der Umarmung des Typen zu befreien, der mich wie ein Affenbaby umklammert hielt und laut schnarchte. Wenn ich nicht gleich ein Glas kaltes Wasser und ein Aspirin auftrieb, würde ich sterben. Der Kerl neben mir – Mario? Moritz? Markus? – grunzte und wickelte seinen Arm im Schlaf noch fester um mich.

Ich überlegte, ob ich einfach schnell abhauen sollte.

Meine Klamotten lagen überall verstreut auf dem Boden herum, meine Stiefel umgekippt neben meiner wild verdrehten Strumpfhose, als hätten sich meine Kleidungsstücke letzte Nacht verselbstständigt und eine ausgelassene Orgie miteinander gefeiert. Mein bester BH, der teure von Prada, hing an der Türklinke. Eine komplette Verschwendung übrigens. Für diese stümperhafte Nacht hätte es auch das mausgraue Baumwollteil getan, das ich mir im Ausverkauf bei H&M gekauft hatte. Schließlich gelang es mir, mich aus der Umklammerung herauszuwinden, doch dann fiel mir der gähnend leere Kühlschrank in meiner Wohnung ein. Und meine blöde Kaffeemaschine, die sich seit Neuestem in einen zickigen, zischenden Vulkan verwandelte, sobald man sie anschaltete, eine ungenießbare körnige Brühe produzierte und dringend ersetzt werden musste. Apropos Kaffee ...

Roch es hier nicht nach frisch gebrühtem Kaffee? Maurice oder Max hatte offenbar schon Kaffee für uns gekocht und war dann wieder eingeschlafen.

»Hey du«, sagte ich und rüttelte ihn leicht. Er röchelte.

Dann eben nicht. Ich stand auf. Ein Glas kaltes Wasser, einen Kaffee und dann nichts wie weg hier. Ich stieg, so wie ich war, über meine Klamotten und ging aus dem Zimmer. Im Flur war es dämmrig, wo war der blöde Lichtschalter? Egal. Benommen tappte ich dem einzigen Licht entgegen, das unter einer Tür hervorquoll, und stieß dabei gegen einen Garderobenständer.

Eine Pelzjacke segelte auf mich herunter. Eine Pelzjacke? Meine Güte, der Typ war ja noch bescheuerter, als ich geglaubt hatte. Ich öffnete die Tür, hinter der ich die Küche vermutete, und blieb wie angewurzelt stehen. Ein Mann und eine Frau Mitte fünfzig saßen dort an einem Frühstückstisch, ihre Köpfe fuhren herum und die Frau stieß einen spitzen kleinen Schrei aus.

»Wa... «, setzte ich an. Wer zum Geier war das?

»Moin, die Dame.« Der Mann grinste mich an, er trug ein rot-weiß kariertes Hemd, hatte eine Hornbrille auf und die aufgeschlagene BILD-Zeitung vor sich liegen.

»Eckbert!«, fauchte die Frau, um dann übergangslos und laut wie eine Sirene »Marcel? Marcel? Marcel?« zu rufen.

Marcel – so hieß der Typ im Schlafzimmer, schlagartig fiel es mir wieder ein. Ich verschränkte hastig die Arme vor der Brust – als ob das noch irgendwas nützte – und trat die Flucht an, zurück in das Schlafzimmer, wo dieser Marcel inzwischen aufgewacht war und sich gerade fluchend in seine Boxershorts strampelte.

»Scheiße, Mann, du kannst doch nicht einfach nackig in die Küche latschen«, zischte er mir zu. Laut rief er: »Ich kann das alles erklären, Mum, null problemo!« Er stürmte hinaus.

Mum? Ich glaubte mich verhört zu haben. Der wohnte noch bei seinen Eltern? Ich fasse es nicht. Ich fasse es einfach nicht. Ich presste die Finger an die Schläfen, um dieses Hämmern in meinem Kopf zu mildern, stieg dann wie ferngesteuert in meinen Slip und streifte mir meinen Rock über, während in der Küche eine laute Familiendiskussion entbrannte. Wo war noch mal mein BH? Ich drehte mich um und erstarrte. Im Türrahmen saß eine Dogge und hatte meinen BH im Mund, der vom Speichel des Hundes schon ganz aufgeweicht war. Zweihundert Euro. Zweihundert verdammte Euro hatte der BH gekostet, zweihundert Euro, die ich genauso gut ins Klo hätte schmeißen können. Der Hund guckte mich an, bellte einmal auf und trottete dann mit seiner Trophäe davon. Wütend zwängte ich mich in mein Top und schnappte Stiefel, Jacke und Handtasche. Die Strumpfhose ließ ich einfach liegen. Wenigstens brannte im Flur jetzt Licht und ich erkannte die Wohnungstür.

»Du machst gefälligst erst mal dein Abitur, Freundchen!«, keifte es aus der Küche.

Als ich im Treppenhaus stand, atmete ich auf. »Die war doch viel zu alt für Marcel«, war das Letzte, was ich hörte, bevor hinter mir die Tür ins Schloss fiel. Rasch schlüpfte ich in meine Stiefel und lief die Treppe hinunter.

Vor der Haustür steckte ich mir eine Zigarette an. Tief inhalierte ich den Rauch, schloss kurz die Augen und versuchte, das eben Erlebte auszublenden. »Ganz ruhig bleiben«, murmelte ich. »Passiert jedem irgendwann mal.« Aber nicht mit neunundzwanzig, höhnte eine fiese kleine Stimme in meinem Kopf. Mit neunundzwanzig, sind die meisten in einer festen Beziehung und gehen nicht mit Pennälern ins Bett.

»Ich bin erst achtundzwanzigeinhalb«, berichtigte ich laut und ignorierte die verwunderten Blicke eines Rentnerpaares, das seine Einkäufe in einem Rollator vor sich herschob. Es fing an zu nieseln. Fröstelnd sah ich mich um. Wo hatte ich nur mein Motorrad geparkt?

Ach verdammt, ich war ja gestern gar nicht mit dem Motorrad gefahren, obwohl das rückblickend die bessere Entscheidung gewesen wäre. Nüchtern wäre mir das alles nie passiert. Und weil es hier weit und breit kein Taxi gab und ich sowieso fast pleite war, musste ich zur Strafe auch noch mit öffentlichen Verkehrsmitteln nach Hause gurken. Mit wirren Haaren und verschmiertem Make-up, nackten Beinen und Minirock. Und das im November. Ich sah aus, als ob ich aus einem Party-Ufo gefallen wäre und seit dem Morgengrauen durch die Straßen irrte und meinen Heimatplaneten suchte.

Trotzig hob ich den Kopf, obwohl mich ein paar Leute unverhohlen anstarrten, und setzte mich in Bewegung.

Als ich um die Ecke bog, fuhr mir die Straßenbahn gerade vor der Nase davon, der Bus auf der anderen Straßenseite ebenfalls. Na, super. Ganz offensichtlich existierte der öffentliche Nahverkehr einzig und allein zu dem Zweck, mich in den Wahnsinn zu treiben. Ich setzte mich auf die kalte Bank im Wartehäuschen, was zur Folge hatte, dass mein Rock noch höher rutschte. Gänsehaut überzog meine Beine wie Pustelausschlag. Wann kam endlich die nächste Bahn? Ich nahm mein Handy aus der Tasche, buchte ein mobiles Ticket für den Heimweg und durchsuchte meine SMS, um mich abzulenken, aber es fiel mir niemand ein, dem ich zu dieser frühen Tageszeit eine Nachricht hätte schicken können. Die meisten meiner Freunde schliefen doch noch. Ein Grüppchen von Fußballfans wartete ebenfalls an der Haltestelle, junge Männer, die sich dauernd anstießen und zu mir herübersahen, anzüglich lachten und dann in ihre Fußballtröte bliesen.

Ich wandte mich demonstrativ ab und sah in die andere Richtung. Oh Gott. Im zweiten Wartehäuschen standen ein Mann und eine Frau, die ich nur zu gut kannte. Mein Chef aus der Bank, Andreas Bergner – langweiligster Vertreter der männlichen Spezies vor dem Herrn, dessen Vorstellung von Spaß wahrscheinlich darin bestand, seine Büroklammern nach Farben zu ordnen. Und daneben meine Vorgesetzte, die blöde Schenker, die wahrscheinlich schon mit einem kleinen Aktenordner unter dem fetten Ärmchen geboren worden war und die ihre spitze Nase dauernd in meine Angelegenheiten steckte. Jetzt redete sie wie ein Wasserfall auf den Bergner ein und hielt nur hin und wieder inne, um sich einen kleinen und offensichtlich unverständlichen Heiterkeitsausbruch zu gönnen, jedenfalls lachte der Bergner nicht mit. Aber der lachte sowieso nie, fiel mir ein. Eigentlich sah er ja ganz gut aus oder besser gesagt – er hätte gut aussehen können, wenn er sich von seinen farblosen Outfits und diesem idiotisch tiefen Scheitel hätte trennen können oder sich wenigstens mal einen kleinen rebellischen Bart gestattet hätte, aber das sollte nicht mein Problem sein. Ich würde seine Feinrippunterwäsche niemals zu sehen bekommen, und das war auch gut so.

Auf jeden Fall waren diese beiden Pappnasen echt die letzten Menschen auf der Welt, denen ich an diesem Morgen über den Weg laufen wollte. Wieso standen die überhaupt zusammen an der Haltestelle? Heute war doch Samstag und keiner von uns musste zur Arbeit?

Andreas Bergner trug einen Anzug, aber vielleicht liebte er ja einfach diesen Nadelstreifenlook, genau wie die Schenker sich mit Vorliebe viel zu bunte Gewänder über den formlosen Leib warf und ihre strammen Waden in viel zu enge Stiefel rammte.

Da kam mir ein Gedanke: Hatten die etwa was miteinander? In diesem Moment blickte die Schenker zu mir herüber und ich bückte mich reflexartig, tat so, als ob mir etwas heruntergefallen wäre. Angestrengt fixierte ich einen alten Fahrschein, den jemand weggeworfen hatte, und richtete mich erst nach einer Weile vorsichtig wieder auf. Verdammt! Jetzt guckten sie alle beide neugierig zu mir her.

»Frau Ahrendt?«, rief die Schenker, ihre Stimme ungläubig und gleichzeitig voller sensationsgeiler Neugier. »Sind Sie das etwa?«

Ich ging wieder in Deckung. So ungefähr musste die Vorhölle sein. Rechts die Fußballtröte, die von Minute zu Minute lauter wurde, links Dick und Doof aus der Bank, dazu Nieselregen, Kälte, Brummschädel, blau gefrorene Beine, im Mund ein Geschmack wie toter Maulwurf und immer noch keinen Kaffee und keine verdammte Straßenbahn. Halt, da kam sie ja endlich. Ich stand rasch auf und nickte den beiden mit all der Würde zu, die ich noch aufbrachte, und sprintete sofort zum letzten Waggon, um endlich meine Ruhe zu haben.

Von wegen Ruhe. Vorne im Waggon saßen lauter junge Mütter mit Kinderwagen, aus denen Babys wie neugierige Robben herauslugten und einen Heidenlärm veranstalteten, hinten drei verliebte junge Paare mit Blumensträußen. Nur in der Mitte war Platz, gegenüber einer alten Frau mit einem dieser braunen Kartoffelsackmäntel. Instinktiv steuerte ich die Mitte an und wappnete mich gegen weitere strafende Blicke, aber die alte Frau sah nicht mal zu mir her, auch nicht, als ich aus Versehen mit meiner Handtasche ihren Mantel streifte und mich murmelnd entschuldigte. Die Frau starrte einfach nur ins Leere. Wahrscheinlich schwerhörig. Oder sehschwach. Oder beides. Umso besser. Ächzend ließ ich mich gegenüber der Alten in den Sitz fallen. Die Türen schlossen sich automatisch und weder Bergner noch die Schenker hatten mich verfolgt.

Ich atmete auf.

Geschafft.

Erhängen würde ich mich auf gar keinen Fall. Und zu Hause würde ich mich auch nicht umbringen, das stand fest. Allein schon, weil ich die Vorstellung nicht ertrug, dass die Kowalski, diese Klatschbase von Nachbarin, mich finden könnte und dann mit Grusel in der Stimme der gesamten Nachbarschaft von meiner heraushängenden Zunge berichten würde.

Eine Pistole besaß ich natürlich nicht und mit Gas war nicht zu spaßen, da konnte ja das ganze Haus explodieren. Um an eine ordentliche Ladung Schlaftabletten zu kommen, hätte ich einen Termin bei Dr. Walter machen müssen, aber schon der Gedanke an das völlig überfüllte Wartezimmer, an das Husten und Niesen der Leute, an die genervte Arzthelferin hinterm Empfangstresen und nicht zuletzt an Dr. Walter, diesen fetten, arroganten Frosch, der so knauserig mit Rezepten umging, als müsste er sie von seinem Taschengeld bezahlen, hielt mich davon ab. So wollte ich meinen letzten Tag nicht verbringen. Ich wollte hinaus in die Natur, ich wollte den Himmel sehen, auch wenn er grau und kalt war, ich wollte frische Luft einatmen und als Letztes den Geruch des Waldes riechen, wenn ich mich im Steinbruch vor der Stadt von den Felsen stürzte. Das zu überleben war komplett unwahrscheinlich und ein schneller Tod garantiert.

Ich schnäuzte mich und sah mich ein letztes Mal in meiner Wohnung um. Alles war aufgeräumt, um die Blumen würde sich die Kowalski kümmern. Ich hatte ihr etwas von einer Kaffeefahrt nach Karlsbad erzählt. Sie hatte zwar misstrauisch ihre wässrig blauen Augen zusammengekniffen, schließlich fuhr ich ja niemals irgendwohin, aber aus lauter Vorfreude darauf, mal richtig in meiner Wohnung herumschnüffeln zu können, hatte sie sich offenbar weitere Fragen verkniffen.

»So, Dina.« In der Tragetasche auf dem Boden saß meine weiße Katze und döste. »Jetzt bleibt nur zu hoffen, dass du nicht allzu lange im Tierheim herumsitzt. Es tut mir leid, meine Gute. Aber es geht nicht anders.« Ein dicker Kloß bildete sich in meinem Hals, als ich in ihr verwundertes kleines Katzengesicht blickte. Jetzt bloß nicht schwach werden.

»Bald bin ich bei dir, Harry«, sagte ich leise und warf einen Blick auf das Foto meines verstorbenen Mannes oben auf der Schrankwand. »Und dann wirst du mir verdammt noch mal erklären, was du mit diesen fünftausend Euro gemacht hast, sonst wirst du die Ewigkeit alleine verbringen müssen, das schwöre ich dir!« Wie hatte mein Harry mir das nur antun können? Was war nur in ihn gefahren, er war doch sein Leben lang so ein korrekter und nüchtern denkender Mensch gewesen?

Aber irgendein Teufel hatte ihn geritten, sich in seinem letzten Lebensjahr mit dem Abschaum dieser Welt einzulassen – mit einem skrupellosen Kredithai! Beim Gedanken an den gestrigen Besucher wurde mir wieder ganz übel. Es war um die Mittagszeit gewesen, als es heftig an der Tür geklingelt hatte. Ich wollte mich gerade zu einem Nickerchen hinlegen, obwohl es ehrlich gesagt nichts gab, wovon ich mich ausruhen musste, außer vielleicht von der ewigen Grübelei über Harrys plötzlichen Tod und darüber, wie leer und sinnlos mein Leben sich seitdem anfühlte. Erst wollte ich ja gar nicht aufmachen, doch dann siegte meine Neugier. Vor der Tür stand ein kompakter, bulliger Mann, dessen Muskeln seinen Anzug zu sprengen schienen.

»Frau Winter? Frau Alma Winter?« Der Mann lächelte routiniert und falsch und ließ dabei einen Goldzahn aufblitzen. Ich hatte schon immer eine gute Menschenkenntnis und ahnte sofort, dass dieser Mensch nicht hier war, um mir einen Lottogewinn zu überreichen.

»Ja?« Ich blieb auf der Hut.

»Matzke. Bin ein, nun, sagen wir – Bekannter Ihres verstorbenen Mannes Harry Winter. Mein Beileid übrigens.« Das falsche Lächeln des Mannes verwandelte sich für einen Augenblick in falsches Mitleid, seine kleinen Schweinsäuglein musterten mich dabei prüfend.

»Leider gibt es da noch, nun, sagen wir – unerledigte Geschäfte zwischen Herrn Winter und mir. Also jetzt zwischen, äh, Ihnen und mir.«

»Was?« Welche Geschäfte? Wer war dieser Mensch?

»Wovon sprechen Sie eigentlich?«

»Wenn ich kurz hereinkommen dürfte? Sie wollen ja sicher nicht, dass das ganze Haus von den Schulden Ihres Mannes erfährt.« Bei dem Wort Schulden erhob der schreckliche Kerl die Stimme und ich trat instinktiv einen Schritt zurück, was der Mann offenbar als Einladung auffasste, meine Wohnung zu betreten. Flink wie eine Kanalratte glitt er in meinen Flur und schloss die Tür hinter sich.

Mir blieb fast das Herz stehen. »Hören Sie, was soll das, ich werde gleich die Polizei rufen!« Meine Stimme versagte allerdings, ich stand da wie gelähmt und sah mich außerstande, diesem Kerl Einhalt zu gebieten.

Was hatte der vor? Erst letztens hatte in der Zeitung etwas vom »Würger von Westfalen« gestanden, der schon zwei Frauen ermordet hatte. Würde ich die dritte sein? Der Mann griff in seine Tasche und holte etwas heraus. Zu meiner grenzenlosen Erleichterung war es keine Axt und auch kein Würgestrick, sondern ein Blatt Papier.

»Bitte.« Der Mann reichte mir das Schriftstück und behielt dabei die ganze Zeit sein idiotisches Lächeln im Gesicht.

»Der Kreditvertrag. Ihr Mann, Harry Winter, hat kurz vor seinem Ableben bei mir einen Kredit von fünftausend Euro aufgenommen, zu einem Zinssatz von zwanzig Prozent im Monat, macht tausend Euro im Monat. Der Kredit hätte eigentlich schon längst zurückgezahlt werden müssen. Genau genommen spätestens im Mai. Da Herr Winter aber ... äh ... nicht mehr unter uns weilte und ich ein äußerst gutmütiger Mensch bin, der einer Witwe nicht auch noch finanzielle Bürden auferlegen will, habe ich mich vorerst nicht gemeldet. Jetzt ist mehr als ein halbes Jahr um und da muss der Kredit natürlich endlich zurückgezahlt werden.« Das Lächeln des Mannes steigerte sich zu einem geradezu irren Grinsen. »Mit Zinsen, versteht sich.«

»Wie ... «, setzte ich an, weiter kam ich allerdings nicht, denn ich konnte keinen vernünftigen Satz formulieren und meine Gedanken wirbelten mir ohne Sinn und Verstand im Kopf herum.

»Wie viel? Kopfrechnen ist nicht so Ihre Stärke, was?«

Der Mann winkte ab. »Nichts für ungut. Mai bis ... was haben wir jetzt, November – na, ich will mal nicht so sein, sagen wir Mai bis Oktober, das sind sechs Monate á tausend Euro, das macht sechstausend Euro plus die ursprünglichen fünftausend, sind also zusammen elftausend Euro. Zahlbar bis, nun, sagen wir ... « Er hielt kurz inne, als müsste er darüber nachdenken. »Bis Dienstag. Weil Sie es sind. Heute ist übrigens Freitag. Der dreizehnte.« Wieder das heimtückische Grinsen.

Ich blickte auf das Papier. Das war die Unterschrift von meinem Harry, ganz ohne Zweifel. Datiert auf den dritten April diesen Jahres, einen Monat vor seinem Tod durch Herzversagen.

»Was wollte er denn mit dem Geld?«, gelang es mir jetzt endlich zu fragen.

»Das hat er mir nicht verraten. Irgendwas wird er schon damit gemacht haben, und wenn Sie es nicht wissen, dann ... äh ... hatte er wahrscheinlich seine Gründe dafür.«

»Was soll das heißen?«, gab ich zurück. Eine Unverschämtheit. Langsam erwachte ich aus meiner Erstarrung.

Der schreckliche Mann hob abwehrend beide Hände.

»Gute Frau, ich mache hier nur meinen Job. Und der besteht darin, das Geld einzutreiben. Ganz einfach.«

»Aber das ist absurd«, wehrte ich mich. »Was hat er denn damit gemacht? Und wie soll ich das zurückzahlen? Ich besitze keine elftausend Euro.«

»Tja.« Er strich sich nachdenklich über das Kinn.

»Dann haben Sie ein Problem, würde ich mal sagen.« Er sah sich neugierig um. »Gemütlich, gemütlich. Irgendwelche Antiquitäten? Ihr alten Leutchen habt doch immer noch ein paar Familienerbstücke herumliegen. Schmuck?« Er schlenderte durchs Zimmer und zog wahllos eine Schublade an meiner Kommode auf. Mit dem Finger angelte er ein Spitzendeckchen heraus wie eine Scheibe Käse. »Du lieber Himmel. Was soll das denn sein?« Er ließ das Deckchen, ein Erbstück von meiner Mutter, achtlos auf den Boden fallen.

Jetzt reichte es mir. »Lassen Sie das gefälligst!«

Der Mann ignorierte mich und öffnete ein Fenster.

»Ziemlich hoch, nicht?«, sagte er. »Was da runterfällt, ist wahrscheinlich nicht mehr zu retten.« Mit diesen Worten versetzte er einem meiner Alpenveilchen einen Schubs und stieß den Blumentopf aus dem Fenster. Sekunden später klirrte es unten auf der Straße. Ich zuckte zusammen.

»Ups.« Der Mann sah mich an und aus seinem Gesicht war nun jegliche vorgetäuschte Freundlichkeit verschwunden. »So ein gefährliches Fenster. Da kann leicht mal ein Unfall passieren.« Er bückte sich und hob etwas vom Boden auf, und noch bevor mein Gehirn realisieren konnte, was um alles in der Welt er da gefunden hatte, hielt er etwas Weißes aus dem Fenster.

»Dina!«, schrie ich entsetzt und schlug die Hand vor den Mund. »Oh mein Gott, was tun Sie denn da, bitte nicht! Lassen Sie doch das arme Tier in Ruhe, ich flehe

Sie an … ich … ich will ja … ich mach ja … das Geld … ich … «

»So eine dumme Katze. Wäre doch glatt beinahe rausgefallen.«

Der Mann setzte Dina auf dem Fensterbrett ab, von dem sie sofort fauchend heruntersprang und dann trotz ihres Alters wie der Blitz davonrannte.

»Nun, ich denke also, wir verstehen uns.« Er schnippte ein paar Katzenhaare von seinem Ärmel. »Seien Sie kreativ, Frau Winter. Ihren Ehering zum Beispiel, den brauchen Sie doch weiß Gott nicht mehr. Bestimmt gibt es da noch so einige andere Dinge, die Sie entbehren können. Ich nehme auch eine Anzahlung. Was braucht denn eine Frau in Ihrem Alter noch? Für die Anzahlung kann ich allerdings nicht bis Dienstag warten. Die wäre dann schon, nun, sagen wir, morgen fällig.« Er nickte mir lächelnd zu, als hätten wir uns gerade fürs Wochenende zu einem Picknick im Grünen verabredet. Dann griff er in seinen Aktenkoffer. »Ehe ich es vergesse – Ihre Kopie des Vertrags. Alles rechtens und schwarz auf weiß. Also bis morgen dann, Frau Winter.« Er hielt mir seine Hand hin und wischte sie dann, als ich nicht reagierte, an seiner Hose ab. »Tja. Auf Wiedersehen.«

Ich sah ihm nach, wie er ohne Eile zur Tür schlenderte, dabei auf das Spitzendeckchen meiner Mutter trat und mit seiner Tasche achtlos ein Foto von der Kommode fegte. Unser Hochzeitsfoto, auf dem wir beide so jung und so verliebt aussahen, wie wir es damals auch waren.

Die Tür fiel ins Schloss und ich merkte erst jetzt, dass ich am ganzen Leib bebte. Was für ein Flegel! Was für ein Unmensch, ein Widerling! Was für …

» … eine Katastrophe«, flüsterte ich. Ich goss mir zitternd einen Sherry ein, aber der half mir nicht beim Nachdenken. Immer und immer wieder betrachtete ich den Vertrag, falls man ihn so nennen wollte, denn er war sehr kurz.

Ich, Harry Winter, bestätige hiermit den Erhalt von EUR 5000,- von Herrn Bernhard Matzke. Die Rückzahlung erfolgt zu einem Zinssatz von zwanzig Prozent monatlich.
Gezeichnet Harry Winter
Gezeichnet Bernhard Matzke

Meine Augen sind schon lange nicht mehr die Besten und Haftschalen habe ich nie vertragen, deshalb rückte ich meine dicke Brille gerade, las jede Zeile dreimal und für Harrys Unterschrift holte ich sogar die Lupe heraus.

Die Unterschrift war echt. Diesen Schnörkel am W von Winter, den beherrschte nur Harry. Mein Mann hatte sich also von einem brutalen Gangster fünftausend Euro geliehen und ich musste das jetzt ausbaden. Der Kerl würde morgen wiederkommen. Wahrscheinlich würde er jeden Tag wiederkommen. Und irgendwann würde er ganz sicher nicht nur Dina aus dem Fenster halten.

Ich überlegte, ob ich zur Polizei gehen sollte. Aber was hatte ich schon in der Hand? Der Vertrag verstieß nicht gegen das Gesetz und für die Machenschaften des Mannes hatte ich keine Beweise. Außerdem hatten die bei der Polizei mich neulich erst behandelt wie eine dumme Greisin, als ich aufgeregt meinen Ausweis als gestohlen melden wollte und ihn dann ausgerechnet auf dem Polizeirevier bei der Suche nach einem Stift in meiner Handtasche fand. Dem herablassenden Benehmen der Beamten mir gegenüber war eindeutig zu entnehmen, dass sie mich für verkalkt hielten und für schwerhörig noch dazu, insgesamt eine Erfahrung, die ich nicht unbedingt wiederholen musste.

Aber dieser Halunke würde gnadenlos wiederkommen, so viel war klar. So lange, bis er sein Geld zurückhatte. Oder eben auch nicht, schoss es mir plötzlich durch den Kopf. Wenn es mich nicht mehr gab, dann gab es ja auch keine Schulden mehr. Harry und ich hatten keine Kinder, keine Enkel, keine lebenden Verwandten. Ich war sozusagen der letzte Mohikaner, die letzte Abgesandte der Familie Winter, und wenn dieser ... dieser Matzke sich auch auf den Kopf stellte und tobte – wenn ich nicht mehr da war, dann bekam er eben auch sein Geld nicht zurück.

»Nun, sagen wir ... tschüss, Herr Matzke.« Entschlossen stand ich auf. Es war ja nicht so, dass ich diesen Gedanken zum ersten Mal dachte. Ganz im Gegenteil, in den letzten Monaten hatte es fast keinen Tag gegeben, an dem ich nicht in Betracht gezogen hatte, mir das Leben zu nehmen und diesem trübsinnigen Dasein zu entfliehen. Alle, die mir je etwas bedeutet hatten, lebten nicht mehr und es gab einfach kaum etwas, das mir noch Freude bereitete. Nur Dina, meine Katze. Und Kreuzworträtsel und vielleicht noch die Lindenstraße.

Obwohl, die wurde auch immer alberner. Dort wurden die Leute einen Kredithai ganz locker los, weil irgendjemand sie rettete. Aber mich würde niemand retten und das Leben hielt nichts mehr für mich bereit, im Gegenteil. Alles, was in den nächsten Wochen auf mich wartete, war unser gemeinsamer Hochzeitstag im Dezember, der erste ohne Harry. Ein Tag, der so traurig sein würde, dass ich ihn am liebsten aus dem Gedächtnis gestrichen hätte. Das Einzige, was mir noch geblieben war, war mein freier Wille, und wenn ich den benutzen konnte, um diesem Widerling Matzke die Suppe zu versalzen, dann sollte es eben so sein. Wenigstens ging ich dadurch als Siegerin aus der Sache hervor.

Und deswegen hatte ich gleich morgens der Kowalski etwas von einer Kaffeefahrt vorgelogen, hatte überall ordentlich sauber gemacht, die Blumen gegossen und Dina gefüttert.

Jetzt schenkte ich meiner Wohnung einen letzten Blick, dann riss ich mich los und verließ an diesem kalten Novembervormittag das Haus.

Bei der Übergabe im Tierheim musste ich dann doch weinen, woraufhin die freundliche junge Frau mir versicherte, dass sich viele ältere Leute irgendwann eben nicht mehr um ihre Tiere kümmern könnten und dass man für Dina bestimmt ein gutes Zuhause finden werde, schließlich sei sie doch pflegeleicht und verschmust und schön. Sie schlug sogar vor, dass ich Dina irgendwann besuchen könnte, aber das würde natürlich nicht gehen, wie ich wusste. Von da, wo ich dann war, führt kein Weg mehr zurück. Aber das behielt ich für mich. Wenig später stieg ich innerlich völlig dumpf und leer in die Straßenbahn ein.

Ich wollte bis zur Endhaltestelle am Rande der Stadt fahren und dort trotz meiner kaputten Knie den Wanderweg zu den Felsen hinauflaufen, den ich früher mit Harry so oft gegangen bin. Links in der Bahn glucksten ein paar fröhliche Kleinkinder mit ihren Müttern, vorn saß ein verliebtes junges Paar. Überall war Glück und Hoffnung zu sehen, nur eben nicht für mich. Ich begab mich zu einem Platz in der Mitte der Bahn und konzentrierte meine ganze Kraft darauf, fest bei meinem Entschluss zu bleiben. Hoffentlich traf ich auf meinem letzten Weg niemanden mehr, den ich kannte, und hoffentlich sprach mich keiner an. Vor allem nicht dieses zerrupfte junge Huhn mit Minirock und nackten Beinen, das sich an der nächsten Haltestelle mir gegenüber ächzend in den Sitz schmiss, in einen Schwall von Zigarettenrauch und viel zu schwerem Parfüm gehüllt, und irgendwas vor sich hin murmelte.

Jasmin

Ich sah aus dem Fenster, damit ich mir nicht das bedrückte Gesicht der alten Frau oder das Geknutsche der jungen Paare reinziehen musste. Den Babys hatte ich ja Gott sei Dank den Rücken zugekehrt, was nicht hieß, dass mir das Gezeter der nervigen Quäker erspart blieb.

In letzter Zeit kam es mir immer öfter so vor, als fände um mich herum eine heimliche Invasion von Babys statt, als schlichen sich die kleinen Biester wie Undercoveragenten in alle meine Lebensbereiche, um mich dann in irgendeinem besonders schwachen und deprimierenden Moment wie Sniper mit ihrem zahnlosen Lächeln mitten ins Herz zu treffen. Selbst meine beste Freundin Lisa zeigte seit Neuestem ein unverhohlenes Interesse an Nachwuchs, weshalb ich in letzter Zeit immer öfter versucht hatte, das Gespräch über Menschen unter einem Meter Körpergröße zu vermeiden. Babys waren absolut nichts für mich, ich kriegte ja nicht mal mein eigenes Leben auf die Reihe.

Die Straßenbahn hielt jetzt direkt vor einem Werbeplakat an, das eine makellose junge Schönheit zeigte – eine Werbung für Antifaltencreme. Na, sicher doch. Ich schnaufte verächtlich. Als ob das gefühlt vierzehnjährige Model auf dem Bild auch nur ansatzweise mit ersten Falten zu kämpfen hätte. Und überhaupt, dieser ständige Schönheitskult und Jugendzwang und Erfolgsdruck fing echt an, mir auf die Nerven zu gehen.

Der dauernde Stress, gut auszusehen, perfekt und durchtrainiert und fit zu sein, geschwungene Augenbrauen und volle Lippen und rasierte Beine und als Hobby möglichst etwas Reißerisches wie Fallschirmspringen zu haben und von Beruf am besten erfolgreiche Ärztin zu sein, die Ebola bekämpfte und nebenbei Glasskulpturen blies, im Sommer alleine mit dem Mountainbike durch die Karpaten radelte und über Weihnachten vierzig rumänische Straßenhunde bei sich aufnahm! Wie sollte da jemand wie ich mithalten, wenn das der Standard war, den Männer heutzutage verlangten?

Die Straßenbahn fuhr durch einen Tunnel und ich erhaschte einen Moment lang einen viel zu detaillierten Blick auf mein Spiegelbild – meine langen blonden Haare zerzaust und strähnig, Schatten unter den Augen, meine grünen Augen blutunterlaufen, mein Gesicht, das irgendein Typ mal als herzförmig und süß bezeichnet hatte, seltsam zerknautscht. Mann, sah ich heute früh furchtbar aus. Die Straßenbahn hielt quietschend an, die Mütter mit Babys und die jüngeren Paare stiegen aus und ich fand mich unvermittelt alleine mit der alten Frau im Waggon wieder. Am liebsten wäre ich ja aufgestanden und hätte mich woanders hingesetzt, aber das hätte irgendwie unhöflich gewirkt, als ob die alte Frau unangenehm riechen würde oder so. Ich schnupperte unauffällig. Nein, tat sie definitiv nicht.

Heimlich betrachtete ich sie jetzt aus den Augenwinkeln. Graues Haar zu einer Art Nest auf dem Kopf gedreht und mit Kämmchen in Form gehalten, ebenso graue Augenbrauen, ein komplett ungeschminktes faltiges und irgendwie müdes Gesicht, ein kleiner Mund zwischen Apfelbäckchen, die fröhlich gewirkt hätten, wenn sie nicht so farblos gewesen wären. Der Rest der Frau blieb unter ihrem Kartoffelsackmantel verborgen und bot wahrscheinlich sowieso keinerlei aufregende Details mehr. Wenn ich es mir recht überlegte, hatte sie es eigentlich ziemlich gut. Die ganze Karriere und das Paarungsgedöns des Lebens lagen hinter ihr, es war völlig egal, wie sie aussah und was sie anzog – diesen Mantel hätte ich ja zum Beispiel nicht mal mit der Kneifzange angefasst, aber wahrscheinlich war er warm, und nur das zählte. Es guckte ihr ja sowieso niemand mehr hinterher. Und auch das musste irgendwie erleichternd sein, dachte ich und war zugleich verblüfft. Wenn einem niemand mehr hinterherguckte, konnte man sich hemmungslos gehenlassen. Essen, was man wollte, und tun, was man wollte – bis mittags schlafen zum Beispiel oder nachts um drei den Kühlschrank leeren und fernsehen.

Man konnte jeden anmeckern, der einen nervte, denn man musste niemandem mehr gefallen und genoss Narrenfreiheit. Man konnte die Haare an seinen Beinen sogar zu Zöpfchen flechten, wenn es einem in den Sinn kam, und niemand nahm es wahr. Man konnte sich einen gigantischen Seeadler auf den Rücken tätowieren lassen und niemand krähte: »Aber weißt du, wie blöd das aussieht, wenn du mal alt bist?« Denn man war ja alt.

»Herrlich«, rutschte es mir laut heraus.

Die alte Frau sah mich erstaunt an und dann war plötzlich etwas in ihren Augen, ein Art Verwunderung darüber, als hätte ich etwas ausgesprochen, was sie selbst gerade gedacht hatte, und in diesem Moment bremste die Straßenbahn so scharf, dass ich aus dem Sitz katapultiert und gegen die Frau geschleudert wurde. Noch bevor ich mich irgendwo festhalten konnte, flog ich mit Wucht wieder zurück. Das Licht ging aus, die Bremsen quietschten unerträglich laut, es rumpelte und krachte und ich presste schnell die Hand vor den Mund, weil ich sonst den ganzen Caipirinha der letzten Nacht auf die alte Frau gespuckt hätte. Mit letzter Kraft rappelte ich mich hoch und taumelte durch den Waggon zur Straßenbahntür, die sich auf wundersame Weise in dem Moment öffnete, als das Licht wieder anging.

Ich floh aus der Bahn und beugte mich draußen an der Haltestelle über den Abfalleimer, aber die Übelkeit war auf einmal wie weggeblasen und durch einen dumpfen Schmerz in meinen Knien ersetzt.

»Scheiß Bahn«, fluchte ich und griff fahrig in meine Jackentasche, um meine Zigaretten herauszuholen, aber an der Stelle war auf einmal keine Jackentasche mehr.

Auch nicht mehr meine Lederjacke, sondern so ein komischer kratziger Stoff. Ich schwankte leicht und sah dann ungläubig an mir hinunter.

»Was ... ?«

Die Welt war schön, dachte ich, als ich aus dem Fenster blickte. Überall war so viel Schönheit. Die attraktiven Frauen auf den Werbeplakaten, die fröhlichen jungen Mütter mit ihren süßen Kindern in der Bahn, die verliebten jungen Leute, selbst das etwas liederliche junge Ding, das mir gegenübersaß, war wunderschön. Sie hätte sich nur etwas Hübscheres anziehen, die Haare zu einem gepflegten Zopf flechten und das ganze schreckliche Make-up aus dem Gesicht wischen müssen. Manche junge Frauen wussten heutzutage einfach nicht, wie sie sich zurechtmachen sollten.

Aus irgendeinem Grund fiel mir in diesem Moment das gepunktete Kleid ein, das ich damals zu meinem Tanzstundenball anhatte. Rot mit weißen Punkten, die Taille eng geschnitten und der Rock weit. Ich erinnerte mich plötzlich noch an jedes Detail, sogar an den angenehm kühlen und glatten Stoff des Kleides. Und daran, wie Harry mich an dem Abend bewundernd angesehen hatte und wie er seinen Blick einfach nicht von mir lösen konnte. Mein Herz zog sich vor Wehmut zusammen. Noch einmal so ein Kleid anziehen. Noch einmal alles vor sich haben, wie die junge Frau mir gegenüber, die, soweit ich das sehen konnte, noch keinen Ehering trug. Noch einmal jung sein, sich noch einmal verlieben und das Gefühl haben, dass die Welt einem zu Füßen liegt.

Ach, was hing ich denn da für lächerlichen Gedanken nach. Wo kamen die auf einmal her? Schließlich stand ich kurz davor, meinem Leben ein Ende zu setzen, und jetzt träumte ich davon, gepunktete Kleider zu tragen und mit einem jungen Tanzstundenkavalier am Arm im Frühling durch den Park zu schlendern? Wie absurd.

Die jungen Mütter und das Liebespaar stiegen aus. Im Grunde genommen hätte ich mich jetzt gern weggesetzt, um die letzten Minuten in meinem Leben in Ruhe alleine zu sein und einfach die Tränen fließen zu lassen. Aber natürlich blieb ich sitzen, wie hätte das sonst ausgesehen?

Ich war mein Leben lang ein höflicher Mensch gewesen und würde es auch bis zum letzten Atemzug bleiben.

Das junge Ding mir gegenüber schlug jetzt die Beine übereinander, streifte mich mit einem Blick und schien über etwas nachzudenken. Fast kam es mir so vor, als wäre ich das Objekt der Überlegungen der jungen Frau, aber das war wohl kaum der Fall. So wie sie aussah, dachte sie wahrscheinlich an ihren Freund und die wilde Party letzte Nacht. Oder an ihre Pläne für das Wochenende. Daran, irgendwo schick essen zu gehen und hemmungslos alles zu bestellen, worauf man Appetit hatte, ohne einen Gedanken an den zu hohen Blutdruck oder die Gallenblase zu verschwenden. Oder vielleicht dachte sie auch daran, diesen gesunden, jungen und straffen Körper bei irgendeinem Sport zu verausgaben oder in einem Kleid, das perfekt saß, tanzen zu gehen und dabei die Blicke aller Männer auf sich zu spüren, das war doch …

»Herrlich«, sagte die junge Frau plötzlich, aber noch ehe ich meiner Verblüffung darüber Ausdruck verleihen konnte, gab es einen mörderisch lauten Knall, die Straßenbahn krachte gegen irgendetwas und ich spürte, wie die junge Frau mit Wucht gegen mich prallte und durch einen erneut rabiaten Schlenker gleich wieder in die andere Richtung zurückfiel. Das Licht ging aus, es lärmte, quietschte und dröhnte um uns herum und die Straßenbahn schien von unsichtbarer Gewalt hin und her geschleudert zu werden, als hätte ein riesiges Kleinkind sie aus den Schienen gehoben und durch das Zimmer geworfen. Mir wurde vor Angst ganz kalt. Ich wollte doch nicht sterben. Das heißt, ich wollte natürlich doch sterben, aber eben nicht so! Ich wollte nicht ein paar Minuten vor dem von mir bis ins Detail geplanten Tod bei einem Straßenbahnunfall zerquetscht werden. Was für eine Ironie des Schicksals wäre denn das?

Mit einem Schlag wurde es mir auch unglaublich übel, so übel, dass ich mir die Hand vor den Mund hielt, um mich nicht auf den Sitz zu erbrechen. Dazu hämmerte es ganz schrecklich in meinem Kopf, wahrscheinlich war mir irgendein Straßenbahnteil auf den Kopf gefallen und ich lag unter Trümmern begraben, doch dann beruhigte sich die Bahn auf einmal wieder. Das Licht ging an, ich blinzelte und stellte trotz meiner Übelkeit zwei Sachen fest: Erstens war das junge Ding ausgestiegen und zweitens konnte ich auf einmal den Stadtplan perfekt und bis ins Detail erkennen, der hinten im Waggon an der Wand angebracht war. Wie merkwürdig, dabei hatte ich nicht mal mehr meine

Brille auf, die musste heruntergefallen sein. Merkwürdig, nein sogar ekelhaft war auch der Geschmack in meinem Mund. Nach Zigaretten, wie widerlich.

Und überhaupt fühlte ich mich so ...

Nur ein einziges passendes Wort fiel mir ein – ein Wort, das ich seit Jahrzehnten nicht mehr benutzt hatte: verkatert. Ganz schrecklich verkatert. Aber gleichzeitig auch voller Energie und irgendwie so gesund, der dumpfe Schmerz in meinen Knien, der mich in den letzten zehn Jahren ständig wie ein Schatten begleitet hatte, war auf einmal wie weggeblasen. Und kalt war mir. Aber das war ja auch kein Wunder, ich trug keine Strumpfhosen mehr, sondern ... meine Beine waren nackt. Und so geschmeidig, so jung. Genau wie meine Hand, die auf meinem Bein lag. Wo aber war mein Ehering? Wieso waren meine Fingernägel abgeknabbert? Wo zum Teufel kam diese glatte Haut her? Langsam sah ich an mir herunter.

Ich erstarrte.

»Wie ... ?«

»Oh, geht es Ihnen nicht gut?« Wie aus weiter Ferne rauschte die Stimme an mein Ohr. Ich kannte die Stimme.

Klar, immer noch die blöde Schenker.

»Was?«, krächzte ich verwirrt und verzweifelt über den Mülleimer gebeugt. Aus der Bahn hinter mir erschallte eine blecherne Ansage über technische Schwierigkeiten und dass es in wenigen Minuten weitergehen werde. Was zum Geier war passiert?

»Ist alles in Ordnung?« Vor mir stand meine Vorgesetzte und streckte die Hand nach mir aus, als wollte sie mich stützen. Seit wann fasste die Schenker mich mit ihren Puddinghänden an? Ich wich instinktiv zurück.

»Brauchen Sie einen Arzt?«, mischte sich nun auch noch Andreas Bergner ein, der offenbar gemeinsam mit ihr hier ausgestiegen war.

Das könnte euch so passen. Mich zum Arzt schleifen und dann der ganzen Belegschaft am Montagmorgen genüsslich berichten, dass ich verkatert aus der Straßenbahn getorkelt bin. Allerdings sahen die beiden überhaupt nicht schadenfroh aus. Eher besorgt.

»Meine Oma hat es auch immer mit dem Kreislauf.«

Die Schenker beugte sich vertraulich vor. »Die ist in Ihrem Alter, da ... «

»Ich bin jünger als Sie!«, zischte ich und schob sie weg. Mit meiner alten und von Leberflecken übersäten

Hand, die in einem strunzhässlichen braunen Ärmel steckte. Wie in Zeitlupe hob ich den Kopf und erblickte mein Spiegelbild in der Tür der Straßenbahn. Oh Gott!

Mein Spiegelbild – das war die alte Frau aus der Bahn eben. Sie … ich sah mich mit offenem Mund an. Ein Keuchen entfuhr mir. Ich hob meinen Arm und winkte.

Die alte Frau winkte zeitgleich. Das war ich selbst. Ich war alt! Es war der blanke Horror, Spuk, Witz, was auch immer – aus irgendeinem Grund steckte ich im Körper dieser alten Schachtel aus der Straßenbahn eben.

Die Bahn … Die fuhr gerade weg.

»Halt«, rief ich und versuchte, der Bahn hinterherzurennen. »Au!« Ich strauchelte und griff reflexartig nach etwas neben mir, denn ein stechender Schmerz schoss beim Rennen durch meine Knie. Das nächstbeste Etwas war Andreas Bergner, der gerade einen leicht belustigten Blick mit der Schenker tauschte.

»Haben Sie was in der Bahn vergessen?«, fragte er mit betont geduldiger Stimme. In der Bank redete er so mit besonders begriffsstutzigen Idioten, die nicht einsahen, dass sie von einem Konto mit fünfhundert Euro in den Miesen nicht noch fünfhundert Euro abheben konnten.

»Meine Zigaretten.« Meine Stimme war nur noch ein Flüstern und die Zigaretten waren das Erste, was mir einfiel. Tränen schossen mir in die Augen. Was ging hier ab?

»Ihre Zigaretten hat sie vergessen«, wiederholte die Schenker fassungslos.

»Hier.« Zu meiner Verblüffung hielt er mir eine Schachtel Zigaretten hin, schüttelte eine heraus und zückte ein Feuerzeug.

»Danke.« Mechanisch griff ich danach, ließ mir Feuer geben und inhalierte den Rauch. Es brannte mörderisch in meinem Hals.

»Du rauchst ja, Andi«, stellte die Schenker fest. Sie klang ziemlich angepisst.

»Nur gelegentlich.« Er sah sie dabei nicht an.

»Du weißt, dass das schädlich ist?«

»Sie duzen sich?«, fragte ich verblüfft, kurzzeitig von meiner eigenen gespenstischen Lage abgelenkt.

»Natürlich tun wir das.« Sie lachte wie eine Kreissäge. »Das ist mein Freund.«

»Ihr Freund? Sie … ?« Ich prustete los, denn jetzt wurde mir alles klar. Ich halluzinierte! Ich hatte ganz eindeutig einen Straßenbahnunfall gehabt. Etwas war mir auf den Kopf gefallen und ich lag nun irgendwo im Koma in einem Krankenhaus oder so und hatte seltsame Träume. Das kannte ich ja aus diversen Fernsehserien, erst letztens hatte ich so was Ähnliches bei Grey's Anatomy gesehen. Es würde sich alles aufklären, wenn ich wieder aufwachte.

»Was gibt es denn da zu lachen?«, fragte die Schenker beleidigt.

»Nichts.« Ich lachte aber trotzdem und konnte kaum aufhören. »Ich habe nur gerade den schrillsten Traum der Welt. Ich bin darin alt und ihr zwei Grazien seid ein Paar. Haha!«

Die beiden wechselten einen konsternierten Blick.

»Komm, Andi, wir gehen.« Sie zog ihn mit sich. »Total plemplem, die Alte«, hörte ich sie leise sagen. »Da will man helfen und dann so was.«

»Vielleicht gehört sie ja in irgendein Heim?«, mutmaßte er ebenso leise. »Wir sollten ihr helfen, meinst du nicht? Vielleicht sollten wir sie lieber zur Polizei bringen?«

»Soll sich jemand anderes darum kümmern. Ich versau mir doch nicht meinen freien Samstag. Nachher schlägt sie noch um sich oder spuckt uns an. Los, komm.«

Tuschelnd zogen die beiden davon. Ich zog gierig an meiner Zigarette und bekam jetzt einen richtig krassen Hustenanfall. Die Zigarette flog auf den Boden, ich wollte sie aufheben und verbrannte mir dabei mörderisch die Finger, weil ich irgendwie nicht richtig erkennen konnte, wo sie lag. Dann dämmerte es mir. Der Schmerz war echt. Die Brandblase war echt. Die schlechten Augen, die Knieschmerzen – alles war echt. Das hier war kein Traum. Was war passiert? Und warum zum Teufel? In diesem Moment überkam mich eine unbändige Wut.

»Hey!«, schrie ich den beiden hinterher. »Ich bin nicht plemplem und ich spucke auch nicht! Ich bin cool, nur damit ihr Bescheid wisst. Und nicht so spießig wie ihr zwei. Und ich bin jünger als Ihre scheiß Oma! Und als Sie!« Ich schmiss den beiden meine hässliche graue Handtasche wie eine Handgranate hinterher.

»Yeah, gib's ihnen, Oma«, rief eine Stimme. Ich fuhr herum. Die Fußballfans von vorhin waren ebenfalls aus der Bahn ausgestiegen, saßen jetzt im Wartehäuschen und hielten sich die Bäuche vor Lachen. »Die Alte ist der Hammer«, grunzte einer. »Ich brech ab!«

»Ich brech dir gleich was ganz anderes ab«, blaffte ich zurück. Die Typen hielten kurz inne und grölten dann erneut begeistert los. Ich hätte sie am liebsten durchgeschüttelt, meine ganze Wut an diesen Idioten ausgelassen, in deren Leben sich nach dem Straßenbahnunfall nichts, aber auch gar nichts verändert hatte. Der Straßenbahnunfall ... Langsam hob ich die kastenförmige Handtasche auf, die wie ein vorsintflutlicher Laptop auf dem Straßenpflaster lag. Natürlich. Alles hing mit dem Straßenbahnunfall zusammen.

»Ah ... Verzeihung. Junger ... äh, Mann«, wandte ich mich daher an die Fußballtypen und bemühte mich um eine angemessene Ausdrucksweise für eine Frau meines Alters, was immer das nun genau war. »Wisst ihr, also wissen Sie, was da genau passiert ist bei dem Straßenbahnunfall? Sie sind doch auch vom Universitätsplatz hierhergefahren.«

»Straßenbahnunfall? Wo?«

»Na hier. In unserer Bahn eben. Die gerade weggefahren ist. Das Licht ging aus und alles wurde durcheinandergeschüttelt.«

»Hä?«

»Ich saß mit so einer jungen Frau im Waggon. Lederjacke, schicker Minirock und Stiefel von Frye. Sah sehr gut aus, die junge Frau, und ich frage mich, ob ihr ... äh ... was passiert ist. Ob sie okay ist. Ist sie hier ausgestiegen? Haben Sie was gesehen?«

»Sie meint diese Schnecke von vorhin«, erklärte einer den anderen. »Die aussah wie aus dem Puff abgehauen.«

Ich zuckte innerlich zusammen. Frechheit!

»Nee, die haben wir nicht gesehen. Was soll das überhaupt für ein Straßenbahnunfall gewesen sein? Wir haben nichts mitgekriegt.«

Die Straßenbahnlinie Nummer vier näherte sich der Haltestelle. Das war nicht meine Linie. Was aber war meine Linie? Nach Hause konnte ich nicht, ich hatte ja keinen Schlüssel mehr. Nicht mal den Schlüssel für mein Motorrad hatte ich dabei, so ein Mist. Obwohl – wie sollte ich in diesem kakerlakenbraunen Mantel auch auf ein Motorrad steigen? Schon beim Gedanken daran schmerzten meine Knie.

»Shit«, sagte ich laut.

Die Fußballfans stießen sich erneut an und grinsten.

»Na, dann mal tschüss, Omma, ne?«, sagte einer. »Und immer schön mit der Handtasche die Welt verteidigen!«

Sie winkten mir zu, ich setzte zu einer schnoddrigen Antwort an, doch dann bremste ich mich. Die Handtasche.

Da musste ja irgendetwas drin sein, irgendein Hinweis auf die alte Frau. Kurz entschlossen begab ich mich in das Wartehäuschen und kippte den gesamten Inhalt der Tasche auf einen der Plastiksitze. Als ich einen Moment lang aufsah, entdeckte ich die Fußballfans, die jetzt in der Linie vier am Fenster saßen und mich beobachteten. Sie lachten und schüttelten die Köpfe, als könnten sie den Anblick meines närrischen Treibens kaum aushalten.

Idioten. Ich zeigte ihnen meinen runzligen Mittelfinger.

Ein Kamm, ein Ausweis, ein Bibliotheksausweis, ein Portemonnaie, Taschentücher, ein Schlüsselbund, ein Brillenetui, so eine grässliche durchsichtige Haube, wie alte Frauen sie sich bei Regen überstülpten, ein Taschenspiegel, Heftpflaster, Aspirin. Kein Handy. Noch vor weniger als einer Stunde hätte ich mich sofort auf das Aspirin gestürzt, jetzt griff ich als Erstes nach dem Taschenspiegel. Ein kurzer Schreckenslaut entfuhr mir.

Wie hatte ich nur ein paar Minuten zuvor denken können, dass ich heute furchtbar aussah? Verglichen mit dem, was mir da aus dem Spiegel entgegenblickte, hatte mein verkatertes Gesicht am Morgen einen geradezu paradiesischen Anblick geboten. Diese Haare. Diese Falten. Diese Augenbrauen! So von Nahem betrachtet sah ich jetzt aus wie hundert. Mindestens.

Fahrig griff ich nach dem Ausweis, in dem ich allerdings nichts erkennen konnte, weil die Schrift vor meinen Augen zu unleserlichen Krakeln verschwamm.

Zum Glück steckte in dem Etui noch eine Brille, die zwar an Scheußlichkeit kaum zu überbieten war und aschenbecherdicke Gläser hatte, aber mir wenigstens half, Namen und Geburtsdatum der Frau zu entziffern.

Alma Winter hieß sie. Und war zweiundachtzig Jahre alt.

Das bedeutete, ich war jetzt zweiundachtzig Jahre alt.

»Unmöglich«, flüsterte ich. Doch möglich, spottete die Stimme in meinem Kopf. Du siehst es ja selbst.

Alma Winter wohnte in der Hubertusstraße 19. »Hubertusstraße.« Ich überlegte. Die lag im Süden der Stadt.

Fuhr dorthin nicht die Linie sechs, die in diesem Moment auf meine Haltestelle zusteuerte? Entschlossen schob ich den ganzen Kram zurück in die Handtasche.

Ich würde jetzt dort hinfahren. Und dann würde mir diese Alma Winter verdammt noch mal Rede und Antwort stehen müssen. Was fiel der ein, einfach meinen Körper zu klauen?

»Wollen Sie sich setzen?« Die Straßenbahn war krachend voll, aber ein junger Mann mit Nickelbrille sprang bei meinem Anblick sofort eilfertig auf.

»Danke.« Ich setzte mich, schenkte ihm mein schönstes Lächeln und warf automatisch den Kopf zurück, wie ich es immer machte, wenn sich potenzielle Flirtobjekte in meiner Nähe befanden. Ein Klirren ertönte, und als ich erstaunt nach unten sah, lagen zwei braune Schildplatt-Haarkämme auf dem Boden und ein Gewirr grauer Haare fiel mir auf die Schultern. Mist.

»Sie haben da was verloren.« Der hilfreiche junge Mann hob die Kämmchen auf und reichte sie mir.

»Danke«, murmelte ich und stopfte die Dinger in die Tasche. Diese komische Frisur bekam ich sowieso nicht wieder hin. Warum hatte ich jetzt keine Mütze? Die Regenhaube in der Handtasche fiel mir ein, aber dieses Gewächshaus für Haare würde ich nur unter Androhung von Folter aufsetzen. Da lief ich ja noch lieber mit einem fusseligen grauen Schopf herum, es guckte sowieso niemand zu mir her. Ich versuchte meine Frisur zu ignorieren und sah stattdessen zum Fenster hinaus.

Draußen warb ein Plakat für das Open-Air-Rockfestival im Mai. Dort würde Rammstein spielen und ich hatte mir bereits Tickets gekauft. Plötzlich kam mir ein eisiger, ein fieser Gedanke. Was, wenn ich bei dem Konzert im Mai immer noch als alte Frau herumlief? Mit einer Zahnprothese, die mir dann beim Mitsingen herausfiel? Hastig griff ich mir in den Mund und tastete meine Zähne ab.

»Echt«, rutschte es mir erleichtert heraus. Der junge Mann mit der Nickelbrille rückte unwillkürlich ein Stückchen von mir weg, aber ich hatte keine Zeit, mich zu schämen, denn in diesem Moment durchfuhr mich ein weiterer und diesmal noch viel schrecklicherer Gedanke. Was, wenn ich im Mai gar nicht mehr lebte? Diese Alma war immerhin zweiundachtzig und konnte irgendwelche lebensbedrohlichen Krankheiten haben. Panik stieg in mir auf. Vielleicht bekam ich ja gleich einen epileptischen Anfall oder einen Herzinfarkt oder fiel in ein Diabetikerkoma, rutschte vom Sitz und verstarb röchelnd auf dem Fußboden der Straßenbahn, weil ein junger Notarzt, der gestern noch mit mir ins Bett gegangen wäre, heute nur gelangweilt den Kopf schütteln und »Lohnt sich eh nicht mehr« sagen würde.

Angsterfüllt presste ich die hässliche graue Handtasche an mich. Dann fiel mir ein, dass in ebendieser Handtasche wahrscheinlich irgendein Hinweis auf eine Krankheit zu finden gewesen wäre – Herztropfen oder so was. Ich beruhigte mich etwas und verbrachte den Rest der Fahrt damit, schweigend und dumpf aus dem Fenster zu starren. Als die Bahn am Club New York vorbeifuhr, schloss ich verzweifelt die Augen.

Dorthin hatte ich eigentlich heute Abend mit Lisa und ihrem Freund Ben gehen wollen.

Ich atmete tief durch, stieg an der nächsten Haltestelle aus und machte mich auf den Weg in die Hubertusstraße. Vor einem drögen und schmucklosen Vorkriegsbau blieb ich stehen. Die Nachbarhäuser waren alle renoviert, zu diesem hier war man aber offensichtlich noch nicht vorgedrungen. Es stellte sich heraus, dass diese Alma im fünften Stock wohnte, eine Zumutung, wie ich nach der ersten Treppe bemerkte. Wieso gab es hier keinen Fahrstuhl? Eine Unverschämtheit, dass eine alte Frau so viele Treppen steigen musste. Immer wieder blieb ich stehen und schnappte nach Luft. Vor der Wohnungstür hielt ich inne und lauschte. Waren da nicht Schritte zu hören? Ja, ganz eindeutig, da lief jemand in der Wohnung herum. Diese Alma spazierte offenbar jetzt mit meinem geilen jungen Körper durch ihre Bude und freute sich ihres Lebens. Na, der würde ich die Leviten lesen. Aber so was von.

Ich kramte den Schlüssel aus der Tasche, suchte den heraus, der mir am passendsten erschien, und machte mich daran, die Tür zu öffnen. Da fiel mir etwas ein.

Diese Alma konnte ja unmöglich hier sein, weil sie als Jasmin gar keinen Schlüssel mehr hatte. Wer zum Teufel also war dann in der Wohnung? Almas Mann, dämmerte es mir. Natürlich – hier lebte irgendein alter Knacker, dem ich jetzt Sauerbraten kochen und die Hausschuhe bringen müsste, der seine Bartstoppeln an mir reiben und mit krächzender Stimme hundertmal denselben lahmen Witz erzählen würde und der erwartete, dass ich nachts mit ihm das eheliche Bett teilte, wo ich bis in alle Ewigkeit sein rachitisches Schnaufen und

Schnarchen auszuhalten hätte. Am liebsten wäre ich sofort wieder abgehauen. Aber wohin? Außerdem musste ich so dringend aufs Klo, dass ich das Gefühl hatte, meine Blase würde jeden Moment explodieren.

»Augen zu und durch«, sagte ich halblaut und schickte ein Stoßgebet zum Himmel. Dann schloss ich beherzt die Tür auf. Ein kleiner enger Flur, an der Wand ein Katzenkalender, ein ordentliches Schuhregal. Rasch durchquerte ich den Flur und fand mich im Wohnzimmer wieder. Eine alte Frau in Kittelschürze, die vor lauter aufgezogenen Schubladen stand, fuhr erschrocken herum. Wer zum Teufel war das? Die Putzfrau? Ich musterte sie stumm.

»Ich denke, Sie sind auf Kaffeefahrt?«, piepte die Frau und griff sich erschrocken ans Herz. »Jesus, haben Sie mich erschreckt!«

»Bin ich nicht.« Es war die einzig logische Antwort, die mir einfiel.

»Tja, ich ... äh ... wollte nur die Blumen gießen, nicht wahr. Also, wie Sie gesagt haben«, fuhr die Frau stotternd fort.

Blumen gießen. Das machten doch immer die Nachbarn. Die Frau war also offensichtlich eine Nachbarin.

Aber warum guckte diese Kittelschürzenbraut so, als wäre sie auf frischer Tat ertappt worden? Jetzt versuchte sie, unauffällig mit dem Hintern eine der Schubladen zuzuschieben, und ich verstand. Sie schnüffelte hier herum! Diese Alma war offenbar auf dem Weg zu einer Kaffeefahrt gewesen und hatte diese neugierige Schlange mit der Grünpflanzenpflege beauftragt, was diese sofort zum Anlass genommen hatte, alles bis in die letzte Ecke hinein zu erkunden.

»Die Blumen sind dort drüben. Nicht in den Schubladen.« Ich deutete zum Fensterbrett. Es konnte mir zwar völlig egal sein, was es bei dieser Alma zu schnüffeln gab, aber wenn ich eins nicht ausstehen konnte, dann waren es Klatschbasen, die ihre Nase in anderer Leute Angelegenheiten steckten, und diese hier war ein Paradebeispiel, das erkannte ich auf den ersten Blick.

»Ja. Ich ... wollte mir nur mal die Bilder ansehen«, versicherte die Frau hastig. Sie hielt ein leicht vergilbtes Hochzeitsfoto hoch. »So ein schönes Paar waren Sie beide damals. Und der Harry war so ein fescher junger Mann, Gott hab ihn selig.«

Almas Mann war tot. Na, Gott sei Dank, ein Problem weniger. Aus Freude über diese unerwartet gute Nachricht wandte ich mich in etwas versöhnlicherem Ton an die Frau. »Dann also danke. Ich bin ja jetzt wieder da.«

Erleichtert nickte die Frau. »Die Fahrt ist wohl ausgefallen?«, erkundigte sie sich neugierig.

»So was in der Art«, murmelte ich und kickte als Erstes diese schrecklichen klobigen Schuhe quer durchs Zimmer, was mir einen befremdeten Blick von der Alten einbrachte. Ich kümmerte mich nicht darum, schmiss als Nächstes den Mantel auf die Couch und die Handtasche dazu. »Tschüss dann«, sagte ich, aber diese Blumentopfwachtel rührte sich nicht vom Fleck, sondern schien auf irgendwas zu warten, deshalb erklärte ich: »Ich muss nämlich dringend pinkeln.«

Die Frau riss die Augen auf, öffnete den Mund, klappte ihn wieder zu und huschte verwirrt zur Wohnungstür.

Endlich alleine. Ich stürzte in das kleine Badezimmer, wo eine pedantische Ordnung herrschte. Waschlappen hingen zum Trocknen am Wannenrand und außer Seife, Zahnputzzeug und einem Erkältungsbad gab es keinerlei Anzeichen von Hygieneartikel, ganz zu schweigen von irgendwelcher Kosmetik. Nichts, womit man dieses Gesicht ein wenig hätte aufpeppen können. Ich zog die Spülung und durchwühlte dann hektisch den Wandschrank, aber darin befand sich nur nutzloser Krempel – Rheumasalbe, Mullbinden, Duschhauben, Niveacreme.

»Alles für die Einbalsamierung von Mumien, aber nichts Brauchbares«, fluchte ich leise.

Es klingelte. Kam dieser neugierige Waran von nebenan etwa schon wieder angewatschelt? Oder war es gar die echte Alma? Ich ging zur Wohnungstür und riss sie auf. Mir gegenüber stand ein unangenehmer Typ um die fünfzig. Er deutete ein schleimiges Lächeln an und entblößte dabei einen Goldzahn. Sein Anzug saß schlecht und er roch durchdringend nach billigem Rasierwasser.

Was für widerliche Leute kannte diese Alma denn nur?

So wie der grinste, ließ sein Anblick auf eine gewisse Intimität zwischen den beiden schließen. Almas Sohn? Ihr Lover?

»Tag, Frau Winter«, grüßte der Mann und ich drehte mich automatisch um. Ach halt, Frau Winter war ich ja jetzt selbst.

»Ja?« Ich hielt misstrauisch einen gewissen Abstand.

»So schnell sieht man sich wieder.« Der Typ lächelte erneut, aber das Lächeln erreichte seine Augen nicht.

Irgendwas an dem war ein Fake, das sah ich sofort.

»Worum geht's?«, fragte ich daher knapp, was den Typen einen Moment lang aus der Fassung zu bringen schien.

»Nun, es geht um mein Angebot von gestern«, setzte er an, aber diesmal ließ ich ihn gar nicht ausreden, denn ein Vertreter für irgendeinen nutzlosen Mist hatte mir jetzt gerade noch gefehlt.

»Kein Interesse«, sagte ich und wollte die Tür schließen, doch dieser müffelnde Goldzahnproll schob wieselflink seinen Fuß in die Tür. Unglaublich.

»Geht's noch?«, fuhr ich ihn an. »Hufe weg, aber sofort. Bei dir klappert es wohl?«

Ein Hauch von verwirrter Irritation breitete sich im Gesicht des Mannes aus. »Frau Winter, mir scheint, Sie haben mich nicht ganz verstanden, ich sage nur – Ihre Katze und ich ... «

»Welche Katze?« Jetzt reichte es mir aber, der Typ hatte eindeutig nicht mehr alle Nadeln an der Tanne.

Ich deutete hinter mich. »Siehst du hier eine Katze?

Nein, siehst du nicht. Ich hasse nämlich Katzen, und wenn du nicht sofort die Mücke machst, dann kannst du dein blaues Wunder erleben.« Ich rollte mir die Ärmel meines geschmacklosen Oma-Pullovers hoch. Endlich konnte ich die ganzen Tipps aus dem Selbstverteidigungskurs mal zum Einsatz bringen. Wie war das gleich noch mal? Raus aus der Opferrolle! Schwach stellen beachten – Augen, Kehlkopf, Trommelfell, Schienbein, Finger!

Der Typ trat jetzt einen Schritt zurück, seine Augen verengten sich vor Wut. In dem Moment, wo er sich anschickte, mit den Schultern voran in die Wohnung zu drängen, trat ich zu. Hoden. Noch eine Schwachstelle.

Vor Schmerz jaulte ich auf, der Mann ebenfalls. Er taumelte, krümmte sich, schnappte nach Luft und ließ sein Köfferchen fallen. Ich rieb mein Knie. Verdammt, tat das weh, aber wie es aussah, hatte mein eher schwacher Tritt den Mann dennoch überrascht und außer Gefecht gesetzt.

»Und jetzt zisch ab, Alter«, sagte ich. »Sonst ruf ich die Polizei.« Damit knallte ich die Tür zu. Was für ein Macker. Unglaublich, was diese Vertretertypen sich gegenüber alten Damen herausnahmen. Auch noch gegenüber alten Damen mit Knieproblemen! Ich humpelte ins Wohnzimmer und sah mich um. Was nun?

Ganz offensichtlich war ich doch gestorben. Und war jetzt wieder jung und auf dem Weg in den Himmel, um Harry zu treffen. Nur warum ich dafür so anrüchig gekleidet war und immer noch in der Straßenbahn saß, verstand ich nicht ganz. Dieser Rock war einfach unglaublich schamlos. Wie sollte ich Harry darin gegenübertreten? Ich betrachtete verstört meinen Arm. Er steckte in einer Lederjacke, die mir vage bekannt vorkam. Und dann diese vulgären Stiefel, die mir viel zu schmal waren und die, obwohl sie bis zu den Knien reichten, kein bisschen wärmten und den Blick demonstrativ auf die viele nackte Haut darüber lenkten. Auf Gänsehaut, weil es so kalt war. Hatten Tote Gänsehaut?

Irgendwas stimmte hier nicht. In diesem Moment hielt die Straßenbahn an der nächsten Haltestelle und eine Horde Menschen stürzte herein. Im Nu war jeder Platz besetzt, aber immer noch drängten sich Leute in die Bahn, die aus allen Nähten zu platzen schien. Ich war froh, dass ich einen Sitzplatz hatte, denn auf unsereins nimmt ja im Gedränge keiner Rücksicht. Neben mir wurde zum Beispiel eine ältere Dame hin und her geschoben, die mir aus unerfindlichen Gründen dauernd böse Blicke zuwarf.

»Können Sie vielleicht endlich mal für mich aufstehen?«, fuhr sie mich plötzlich an.

»Also hören Sie mal, wie komme ich denn dazu«, wehrte ich mich verblüfft. »Sie sind mindestens zehn Jahre jünger als ich. Ich hab es mit den Knien.«

»Das ist ja wohl der Gipfel der Unverschämtheit!«, empörte sich die Dame. »Sich auch noch über uns alte Menschen lustig machen! Ihr jungen Leute glaubt wohl, ihr könnt euch alles erlauben, was?« Beifallheischend sah sie sich um. Zwei Teenager verdrehten die Augen und kicherten, aber die Mehrzahl der Anwesenden gab ein zustimmendes Murmeln von sich. Ein Mann mit Glatze, der vom Alter her mein Sohn hätte sein können, giftete: »Sehen Sie sich das an – die rührt sich nicht vom Fleck!«

Das Blut schoss mir ins Gesicht. Natürlich – diese Leute wussten ja nicht, dass ich in Wahrheit zweiundachtzig war.

Mein Gott, wie unangenehm. Jetzt starrten mich auch noch alle erbost an, so dass ich mich gezwungen sah, rasch aufzustehen und dieser grantigen Person meinen Sitzplatz zu überlassen. Voller Scham wandte ich mich ab und suchte nach einem Halt, weil die Bahn in diesem Moment rumpelnd um die Ecke bog. Ich wollte nicht schon wieder gegen irgendjemand Wildfremdes geschleudert werden. Moment mal, geschleudert? ... bedeutete das etwa, dass ...

In diesem Augenblick fuhr die Bahn durch einen Tunnel und ich erhaschte einen kurzen, aber deutlichen Blick auf mein Spiegelbild in der Scheibe. Das junge Ding von vorhin sah mir entgegen. Ich war das junge Ding von vorhin!

Ich, Alma Winter, stand mit offenem Mund in einer übervollen Bahn, mit einem obszön kurzen Minirock bekleidet, eine schreckliche Lederjacke auf dem Leib, eine noch schrecklichere Handtasche am Arm und in Stiefeln, die der Fantasie wenig Raum ließen.

Wie war das möglich? Die Gedanken schössen mir wild durch den Kopf und wollten einfach keine Erklärung finden. Verzweifelt versuchte ich zu verstehen, was um alles in der Welt hier passiert war. Und offenbar stand ich so unter Schock, dass ich die Berührung erst nach einer Weile bemerkte. Eine Hand presste sich im Gedränge auf meinen Hintern. Ich konnte es kaum glauben. Wer machte sich da an mir zu schaffen? An einer zweiundachtzigjährigen Witwe! Ich drehte den Kopf zur Seite und blickte in das anzüglich grinsende Gesicht eines Mannes um die fünfzig, der dicht hinter mir stand.

»Sie unanständiger Lüstling!«, schimpfte ich. »Schämen sollten Sie sich! Wo haben Sie nur Ihre Manieren gelassen? Eine alte Frau unsittlich belästigen, das ist doch ... das ist doch ... « Was redete ich denn da? Ich war keine alte Frau, ich war ein aufgetakeltes junges Ding. Deswegen war das Gegrapsche zwar nicht weniger empörend, aber jetzt drehten sich die Leute schon wieder nach mir um, jemand tuschelte, jemand lachte, jemand wedelte sich dezent mit der Hand vor der Stirn herum und einer der Teenager äffte mich mit einem gequiekten »Sie Lüstling!« nach. Das Letzte, was ich wollte, war die erneute Aufmerksamkeit des mir ohnehin schon feindlich gesinnten Mobs in der Bahn, deswegen blieb ich still und versuchte, mich von dem unanständigen Schurken wegzuschieben. Gott sei Dank stieg er mit der Mehrzahl der Leute an der nächsten Station aus – von draußen aber zwinkerte er mir noch einmal frech zu.

So ein dreister Flegel! Ich musste mich unbedingt hinsetzen, zum Glück wurden ein paar Sitze frei.

Sobald ich saß, glitt mein Rock wie von unsichtbarer Hand gezogen nach oben. Hastig legte ich die schlampige Handtasche über meine Beine, denn was sollten sonst die Leute denken?

»Die Fahrscheine bitte«, erklang es jetzt vom anderen Ende des Waggons. Eine korpulente Kontrolleurin mittleren Alters arbeitete sich effizient und siegessicher durch die Bahn. »Danke schön. Danke. Danke schön.« Mir wurde es siedend heiß.

Wo hatte dieses liederliche junge Geschöpf seinen Fahrschein verstaut? Hektisch fuhr ich mit den Händen in die Taschen der Lederjacke. Nichts.

Die Kontrolleurin war nur noch zwei Reihen entfernt.

Ich riss die Handtasche auf und blickte suchend hinein.

Oh Gott, was für ein Chaos.

»Den Fahrausweis bitte.« Die Frau stand vor mir.

»Ich ... Moment.« Fieberhaft wühlte ich in der Tasche herum, griff in eine Haarbürste und dann in etwas Schleimiges. Erschrocken zog ich meine rechte Hand heraus, die jetzt mit lila Glitter beschmiert war. »Verzeihung. Ich ... wo ist er denn nur ... «

Die Kontrolleurin starrte mich gnadenlos an. Ihre Nase kräuselte sich, als ob sie die Witterung aufnahm, als ob sie ahnte, dass sie hier eine fette Beute ergattern würde.

Ich zwang mich zur Ruhe und öffnete das fremde Portemonnaie – nichts, ich durchsuchte die Innentaschen, fasste in einen klebrigen Schokoriegel, brachte einen Lippenstift zum Vorschein, eine Packung Taschentücher, ein Telefon, ein Puderdöschen, ein kleines Päckchen Kaugummi, noch ein Päckchen Kaugummi … halt, nein, das hier waren Kondome. Erschrocken ließ ich das Päckchen fallen, als hätte ich mich verbrannt, es segelte auf den Boden und blieb dort für alle sichtbar liegen.

Ein tanzender Penis war darauf abgebildet, der mich mit seinem frivolen Lachen geradezu zu verhöhnen schien.

Happy Popper, genoppt, kreischte die grellrosa Schrift.

»Sie haben also keinen Fahrausweis«, stellte die Kontrolleurin jetzt befriedigt fest. »Das macht dann sechzig Euro Strafe.« Sie zückte ein kleines Gerät.

Die Leute in der Bahn verrenkten sich interessiert die Hälse nach mir, flüsterten, grinsten, nickten hämisch.

Was hatte ich nur verbrochen? »Ich bin keine Schwarzfahrerin«, presste ich heraus. »Ich habe eine Monatskarte für Senioren, ich bin eine ehrliche und ordentliche Frau.«

»Aber sicher doch. Und ich bin die Kaiserin von China«, erwiderte die Kontrolleurin ungerührt.

Um mich herum fingen die Leute an zu grinsen, begeistert über die unerwartete Comedy-Show in der Straßenbahn, und ich begriff, dass Widerstand zwecklos und ich selbst erneut auf dem besten Wege war, mich vor allen Anwesenden unsterblich zu blamieren. Stumm öffnete ich das fremde Portemonnaie, brach mir dabei einen dieser grässlich langen violetten Fingernägel ab und förderte elf Euro zutage.

»Das reicht wohl kaum. Dann mal den Ausweis bitte.«

Die Augen der Kontrolleurin glitzerten triumphierend.

»Bitte.« Ich fischte den Ausweis aus dem Portemonnaie.

Warum nur wurde ich in den letzten vierundzwanzig Stunden meines Lebens so entsetzlich bestraft und gedemütigt?

Jasmin Ahrendt hieß das junge Ding, hieß ich jetzt, und war achtundzwanzig Jahre alt. Trotz meiner beschämenden Situation stellte ich in einer Ecke meines Gehirns überrascht fest, dass ich diese winzige Schrift auf dem Dokument erkennen konnte. Die Kontrolleurin griff mit spitzen Fingern nach dem Ausweis, der ebenfalls mit lila Glitter beschmiert war, notierte sich die Angaben zur Person und reichte ihn mir mit einer Zahlungsaufforderung zurück. »Pünktlich entrichten«, befahl sie. »Sonst wird es noch teurer.« Jemand lachte.

Ich stopfte wortlos den ganzen Plunder in meine Handtasche zurück und starrte angestrengt aus dem Fenster. Wann kam endlich die nächste Haltestelle? Ich musste unbedingt das Weite suchen. Da. Ich drängte mich zur Tür vor und sprang als Erste aus der Bahn. Geschmeidig wie ein Reh, es war kaum zu glauben. Diese neue Geschmeidigkeit würde ich jetzt nutzen und die letzte Station bis zur Endhaltestelle zu Fuß gehen. Dann würde ich flott den Berg hochlaufen und dann ...

Ich blieb stehen. Ich konnte mich doch nicht mehr den Steinbruch hinunter stürzen. Ich war ja nicht mehr ich selbst, und wenn ich diesen fremden Körper auslöschte, dann war das schlicht und ergreifend ...

»Mord«, flüsterte ich. Die Härchen auf meinen Armen stellten sich auf. »Es wäre Mord.« Nein, das durfte ich nicht. Trotz all meiner Probleme, trotz dieses widerlichen Kredithais, der mir auf den Fersen war. Obwohl – der würde mich ja gar nicht mehr erkennen, so, wie ich jetzt aussah. Niemand würde mich erkennen. Wo aber sollte ich hin? Der Ausweis fiel mir ein. Wo wohnte diese Jasmin? Ich sah nach – Windstraße 13. Das war hier ganz in der Nähe. Wenn ich sie aufsuchte, dann konnte ich mit ihr reden und es würde sich vielleicht alles klären. Das musste ja irgendein Scherz sein. Oder ein Experiment der Regierung? Etwas, das sie einem ins Essen streuten? Hatte man sie geklont und es gab jetzt zwei Jasmins? Erst neulich hatte ich im Fernsehen mit halbem Ohr gehört, dass irgendeine verrückte amerikanische Wissenschaftlerin vorhatte, einen Mammut zu klonen.

Zu welchem Zweck dies wünschenswert war, entzog sich meiner Vorstellungskraft, und wann immer sie so etwas im Fernsehen brachten, schaltete ich sowieso auf den Bergdoktor oder das Kochduell um. Fakt aber war – es war möglich. Und ob nun Mammut oder Seniorin, das blieb sich letztlich gleich. Vielleicht hatte diese Mammutforscherin sich deutsche Rentnerinnen als heimliche Testobjekte ausgesucht. Vielleicht torkelten in diesem Moment noch mehr verjüngte Senioren völlig verwirrt in der Stadt herum. Wer wusste das schon zu sagen?

Je länger ich lief, umso frischer fühlte ich mich. Die Nebel aus meinem Kopf verflüchtigten sich und es war herrlich, so zügig und komplett schmerzfrei zu laufen, trotz dieser absonderlichen Stiefel. Ich verfiel in einen immer schnelleren Laufschritt und schließlich rannte ich sogar. Ich rannte wie schon seit mindestens zwanzig Jahren nicht mehr – nichts zwickte, nichts zwackte, mir ging nicht die Puste aus, ja ich flog geradezu dahin wie ein junges Fohlen. Es war wundervoll.

Ein schrilles Pfeifen ertönte. Es kam von drei Bauarbeitern, die auf einem Baugerüst standen und grinsend zu mir heruntersahen. »Hey, Zuckerschnecke«, rief einer. »Warum hast du es denn so eilig?«

Erst wollte ich sie ignorieren, das hatte ich immer so gehalten, denn Männern mit schlechten Manieren muss man nicht noch Munition liefern. Doch dann blieb ich einer seltsamen Eingebung folgend stehen. Nein, ich würde mich nicht schon wieder unterbuttern lassen, es reichte.

»Wie bitte?« Ich lächelte höflich und sah zu den Bauarbeitern hoch. »Was haben Sie gesagt?«

»Hab gefragt, warum du es so eilig hast«, antwortete der Mann und seine Kumpels lachten.

»Kennen wir uns?«, fragte ich zurück.

»Noch nicht.« Ein siegessicheres Lächeln.

»Ich wundere mich nur, weil Sie mich einfach duzen.«

»Ey, Zuckerschneckchen, verstehst du keinen Spaß oder was?«

»Doch. Durchaus.« Ich lächelte weiter, denn ich war mir doch einigermaßen sicher, dass ich trotz meines Alters meinen Humor noch nicht verloren hatte. »Aber glauben Sie wirklich, dass Sie das Herz einer Frau erobern können, indem Sie sie wie ein Gebäckstück nennen?«

»Ich hab dich doch nur … «

»Sie«, korrigierte ich scharf.

»Ich hab Sie doch nur Zuckerschnecke genannt«, verbesserte sich der Mann folgsam. Seine Kumpels kicherten.

»Und das finden Sie originell? Sie glauben, dass ich Ihnen auf diese Bemerkung hin meine Telefonnummer gebe und mich mit Ihnen zum Tanz verabrede?«

»Was?« Der Mann lief rot an und knetete seine Hände. Seine Kumpels lachten jetzt schallend los.

»Sie würden doch gern mit mir tanzen gehen, hab ich recht?«

»Nun ja ... äh ... klar.« Der Mann blinzelte verwirrt.

»Dann überlegen Sie sich eine galantere Aufforderung, wenn ich das nächste Mal hier vorbeikomme.«

Damit warf ich forsch die Haare zurück und ging weiter. Hinter mir erklang brüllendes Gelächter.

»Die hat's dir aber gegeben«, japste eine Männerstimme.

Ein triumphierendes Lächeln huschte über mein Gesicht. Na bitte. Es ging doch.

Ich klingelte, aber niemand reagierte. Nach ein paar zögerlichen Minuten kramte ich den Schlüssel aus den Tiefen der grauenhaften Handtasche und schloss die Tür auf.

»Hallo?« Während ich mich vorsichtig umsah, stolperte ich im Flur über ein Paar hochhackiger Schuhe, die achtlos mitten auf dem Fußboden lagen. Das war allerdings erst der Beginn einer schier endlosen Landschaft aus verstreuten Kleidungsstücken, Büchern, Unterwäsche, Werbezetteln und Zeitschriften. Mit spitzen Fingern hob ich einen silbergrauen BH vom Fußboden auf und legte ihn auf einen Stuhl. Wenigstens besaß diese Jasmin einen BH, denn angezogen hatte sie heute ja eindeutig keinen, wie ich bereits zu spüren bekommen hatte.

Zu meiner Erleichterung wiesen zudem keinerlei Anzeichen auf einen Ehemann oder Kinder hin. Auf dem Weg hierher hatte ich vor meinem geistigen Auge plötzlich zwei kleine Kinder gesehen, die hungrig auf ihre Mutter warteten und sich plärrend und quengelnd auf mich stürzten, sobald ich die Wohnungstür öffnete. Zwei wilde Gören mit nordischen oder karibischen Namen, die seltsame Allergien hatten, aber keine Tischmanieren und die irgendwelche Dinge mit Computern veranstalteten, von denen ich nicht die geringste Ahnung hatte.

Aber gut, hier gab es definitiv keine Kinder. Die hätten wahrscheinlich in diesem Mief und Lotterleben ohnehin nicht lange überlebt.

»Gütiger Himmel«, murmelte ich. Gerade wollte ich mir einen Weg durch das Chaos auf dem Fußboden bahnen, als mich ein Summen aus der Handtasche aufschreckte. Es wurde immer lauter und kam vom Telefon dieser Jasmin. Unschlüssig hielt ich es einen Moment lang in der Hand, dann holte ich tief Luft und drückte auf den grünen Knopf.

»Hallo?«, fragte ich vorsichtig.

»Jasmin. Was geht ab?«, fragte eine Männerstimme.

Wer war das? Und was war das für eine seltsame Frage – was geht ab? Ich wusste nichts damit anzufangen, aber dann überlegte ich, ob der Anruf vielleicht von einer Radiostation kam, die veranstalteten doch manchmal solche Quizshows und riefen Hörer an, und wer die richtige Antwort lieferte, gewann fünfhundert Euro?

»Etwas, das nicht richtig befestigt ist?«, riet ich daher.

Am anderen Ende herrschte einen Moment lang verblüfftes Schweigen, dann lachte der Mann. »Ich feier ab. Was hast du denn getankt?«

Getankt? »Ich habe nicht getankt. Wieso sollte ich?«, antwortete ich wahrheitsgemäß. Wer war das nur?

»Ja, nee, schon gut, wir schlagen heute Abend richtig zu, da musst du nicht vorglühen. Lisa ruft dich nachher noch an, die will sich richtig aufbitchen und du sollst ihr helfen.«

Wovon redete dieser Mensch? Ich verstand kein Wort.

»Hab mir gerade 'ne coole App runtergeladen«, plauderte der Mann weiter, der sich nicht im Geringsten an meiner Einsilbigkeit zu stören schien. »Traffic Racer, voll geil das Ding, total realist ... «

Da legte ich einfach auf. Ich hatte keine Ahnung, worum es bei dem Gespräch, wenn man es denn so nennen wollte, gegangen war, aber gewonnen hatte ich offenbar doch nichts.

Das Telefon klingelte sofort wieder, aber dieses Mal ignorierte ich es und legte es auf den Tisch. Es klingelte immer weiter. Dazu kam von irgendwoher noch ein weiteres Piepen und Summen. Wie hielt diese Jasmin das bloß aus? In einer rauchgeschwängerten Wohnung zwischen Kekskrümeln und Unterwäsche zu sitzen und dauernd mit elektronischem Getute bombardiert zu werden? Ich schüttelte mich unwillkürlich. Als Erstes musste ich andere Kleidung finden, in diesem Aufzug wollte ich jedenfalls keine fünf Minuten mehr herumlaufen.

Ich öffnete den Kleiderschrank im Schlafzimmer und wurde sofort unter einer Lawine herausfallender Kleidungsstücke begraben. Kritisch betrachtete ich eins nach dem anderen, aber fast alles war unbrauchbar. Hatte diese Jasmin denn keine hübschen langen Röcke, keine schlichten Blusen oder Twinsets? Halt – was war das?

Vor Freude stieß ich einen kleinen Kiekser aus. Ganz hinten im Schrank, achtlos hinter einen Berg von Schund gestopft, hing ein rot getupftes Kleid mit Petticoat. Ganz allerliebst. Es war fast wie mein Tanzstundenkleid von damals, und es wurde mir ein bisschen unheimlich zumute, sozusagen ein Zwillingskleid hier vorzufinden.

Aber angesichts all der anderen unheimlichen Dinge, die mir heute widerfahren waren, sollte ich mich vielleicht nicht allzu sehr wundern.

Rasch riss ich mir die schrecklichen Fetzen vom Leib und wühlte in dem Fach mit der Unterwäsche herum, auf der Suche nach irgendetwas, das nicht aus schwarzer Spitze bestand. Was waren das nur für fürchterliche Unterhosen? Sie bestanden ja nur aus einem dünnen Bändchen, wie sollte denn so etwas warm halten? Konsterniert betrachtete ich eins dieser befremdlichen Teile.

Sollte ich? War das nicht ungehörig, in einem fremden Körper ... egal. Ich drehte mich um und erblickte mich nackt und in aller Pracht in dem riesigen Wandspiegel gegenüber.

»Unglaublich«, flüsterte ich beeindruckt. Ich hatte ja völlig vergessen, wie es war, so einen schönen Körper zu besitzen. Alles saß irgendwie ... höher, als ich das aus den letzten Jahrzehnten gewohnt war. Es war atemberaubend und wunderbar und erfüllte mich mit einem so brennenden Gefühl der Freude, dass ich am liebsten laut gejohlt und gelacht hätte. Und wie gut würde dieser schöne Körper erst in diesem hübschen Kleid aussehen.

Ich wandte mich wieder der Schublade zu und fand schließlich Baumwollunterwäsche, die in einem netten warmen Grauton gehalten war. Und dann streifte ich mir das Kleid über. Ein Traum. Ein absoluter Traum.

Nur die Haare passten nicht, da musste eine flotte Hochsteckfrisur her. Ich lief wie elektrisiert in das kleine Bad, ignorierte das noch größere Chaos dort geflissentlich und suchte nach Haarnadeln, Kämmchen und Haargummis. In der ersten Schublade sah es aus, als ob jemand seit Jahren nur immer wieder neuen Krempel hineingeschüttet hätte. Ich wühlte ein wenig darin herum, stieß gegen etwas Langes, Hartes und fuhr entsetzt zurück.

Da lag ein Vibrator!

Ich beäugte das unaussprechliche Ding und nahm es mit spitzen Fingern aus der Schublade. Es kam mir riesig vor und wieso war es schwarz-weiß gestreift? Wer dachte sich denn so etwas aus, wer saß irgendwo in einem Büro und entschied über die Vibratorfarben der Herbstkollektion? Ach, ich wollte es lieber gar nicht wissen. Plötzlich fing das Ding wie verrückt an zu wackeln, ich musste aus Versehen auf den Knopf gedrückt haben. Erschrocken warf ich es in die Badewanne, wo es wie ein wild gewordenes Duracell-Häschen herumtorkelte. Mein Herz setzte beinahe aus.

»Hörst du auf!«, rief ich, aber es krakeelte weiter, und so schmiss ich vor lauter Verzweiflung ein Handtuch über das Ding, holte es wieder heraus und drückte mit zitternden Fingern auf den Knopf. Der Vibrator verstummte und ich stopfte ihn erleichtert zurück in die Schublade, nicht ohne mir in Gedanken zu notieren, dort nie wieder hineinzufassen.

Endlich fand ich ein paar Haarnadeln und auch eine Reinigungsmilch, mit der ich mir die Schminke abwischen konnte. Was für schöne junge Haut da zum Vorschein kam. Mit geübten Handgriffen steckte ich mir die Haare hoch, dann trat ich einen Schritt zurück und betrachtete das Ergebnis. Entzückend. Plötzlich verspürte ich tiefe Dankbarkeit, dass ich so etwas noch mal erleben durfte. Fast kamen mir die Tränen, und um mich abzulenken, beschloss ich, hier ein wenig Ordnung zu schaffen. Ich hatte so viel Energie in mir wie schon lange nicht mehr und da konnte ich mich weiß Gott ein bisschen nützlich machen.

Ich fing mit dem Bad an, putzte den Spiegel, schrubbte die Wanne, hob Kleidungsstücke auf, lüftete und sortierte. Dann wusch ich in der Küche Geschirr ab, saugte Staub und stellte im Flur die Schuhe ordentlich zu Paaren zusammen. Leider gab es keine Topfpflanzen, um die ich mich hätte kümmern können. Als ich fertig war, sah ich mich befriedigt um. Na, das sah doch schon viel besser aus. Ich ließ mich auf die Couch fallen und in diesem Moment ging der Fernseher an, denn ich war auf der Fernbedienung gelandet. Es lief eine Wiederholung vom Bergdoktor, wie schön. Ich konnte den Blick nicht vom Fernseher abwenden, denn dort wurde gerade der Körper einer Unbekannten aus einer Schlucht geborgen, für die selbst der flotteste Bergdoktor zu spät kam. Mir wurde schlagartig bewusst, dass mein Schicksal ein ganz ähnliches hätte sein können. Automatisch sah ich auf die Uhr. Es war jetzt halb drei Uhr nachmittags, und wenn ich nicht in diese unbegreifliche Straßenbahngeschichte verwickelt worden wäre, läge ich jetzt bereits tot im Steinbruch vor der Stadt. Mir wurde ganz schlecht bei dem Gedanken und ich legte mich hin und schloss die Augen, um das schreckliche Bild aus meinem Kopf zu vertreiben.

Offenbar war ich dabei eingeschlafen, denn als ich das nächste Mal die Augen öffnete, war es dunkel draußen. Ein Blick auf die Uhr an der Wand bestätigte meine Vermutung, es war mittlerweile kurz vor acht.

Leicht benommen stand ich auf und machte mich auf die Suche nach etwas Essbarem, denn auf einmal verspürte ich riesigen Hunger. Die Ausbeute war mager – zwei fettfreie Joghurts, Knäckebrot, drei Scheiben Käse, eine angebrochene Packung Cracker und zwei Schokoriegel. Keinerlei Obst oder Gemüse, dafür zwei Flaschen Prosecco. Ich seufzte, aß ein paar Cracker mit Käse und schickte mich dann an, den Esstisch aufzuräumen. Dort stand ein Laptop, die Tastatur voller Krümel. Ich wischte mit einem Tuch darüber und in dem Moment ertönte ein melodischer Klang und der Bildschirm wurde hellblau. Ach herrje, was hatte ich getan? Sekunden später erschien das Foto eines bärtigen jungen Mannes und ein Klingeln ertönte. Ben Kramer calling war zu lesen. Erschrocken drückte ich auf der Tastatur herum, um den Laptop wieder auszuschalten, stattdessen aber füllte dieser Ben auf einmal leicht verwackelt den ganzen Bildschirm aus, als ob er aus dem Cockpit eines Raumschiffes mit mir kommunizierte.

»Jo, Mensch, dein Handy geht irgendwie nicht«, begrüßte er mich. »Hab es schon die ganze Zeit probiert.«

Ich erkannte die Stimme des Anrufers von vorhin wieder und wappnete mich für eine weitere unverständliche Konversation. Ich wurde nicht enttäuscht.

»Du, Lisa ist hier, die will ihr Outfit mit dir checken.«

Der Mann verschwand, eine rothaarige junge Frau mit einem Ring im Nasenflügel schob sich ins Bild.

»Hi. Gehst du so in dem Kleid?«, fragte sie erstaunt.

»Äh. Ich. Gehe. So. In dem Kleid«, antwortete ich vorsichtig.

»Eigentlich voll geil.« Das Mädchen nickte zustimmend. »Fifties, Retrolook und so. Scheiße, so was hab ich natürlich nicht, sonst könnten wir zusammen so gehen. Ich zieh den Rock hier an, was meinst du?« Sie stand auf und gab den Blick auf einen kurzen Rock aus einem schillernden Stoff frei, der sich in wellenartigen Falten über den Bauch legte.

»Der trägt auf.« Als gelernte Schneiderin erkannte ich das sofort. »Da muss man hinten mindestens zwei Zentimeter reinsetzen, oder besser noch an der Seite und vielleicht einen elastischen Bund einarbeiten, damit es nicht so spannt.«

»Hä?« Das Mädchen runzelte die Stirn. »Was?«

»Ich ... « Ich biss mir auf die Lippen. Warum konnte ich nur meinen Mund nicht halten? Ich sollte diese Maschine einfach zuklappen und fertig.

»Du meinst, der macht mich fett?«, fragte das Mädchen zurück, die nun offenbar meine Rede entschlüsselt hatte.

»Ja … also … Ja.«

Zu meiner Verblüffung strahlte das Mädchen mich an. »Ich wusste doch, dass ich mich auf deinen guten Rat verlassen kann. Ich liebe deine Ehrlichkeit, Jassi. Mal sehen, ob ich noch was anderes finde. Wir holen dich in einer Stunde ab. Im New York abfeiern, wie gehabt.«

»In New York«, verbesserte ich mechanisch. Was benutzten diese jungen Leute nur für eine grammatisch falsche Sprache? Und wieso wollten sie nach New York?

Moment, hatten die gerade etwas von abholen gesagt?

»Hallo?«, rief ich zaghaft, aber die junge Frau war jetzt vom Bildschirm verschwunden, der wieder hellblau und neutral vor sich hin leuchtete.

New York? Um Himmels willen. Was sollte ich denn jetzt machen? Ich konnte doch unmöglich heute noch nach Amerika fliegen, seit mindestens zwanzig Jahren war ich wegen meiner Knie nirgendwohin geflogen und jetzt gleich so weit weg! Und außerdem hatte ich Flugangst und wäre jetzt eigentlich schon tot. Und was war mit dieser Jasmin, wo steckte die inzwischen? Die musste doch auch irgendwo sein?

Ein Telefon klingelte. Diesmal war es das richtige Telefon an der Wand. Ich blickte auf das kleine Leuchtdisplay, das die Nummer des Anrufers anzeigte, und erstarrte. Es war meine Telefonnummer, die von zu Hause.

Wie in Zeitlupe griff ich nach dem Hörer. »Ja?«, flüsterte ich.

»Alma? Sie sind das doch, oder?«, fragte eine Stimme. Meine eigene Stimme! Ein Frösteln ergriff mich.

»Ja, ich ... «

»Hören Sie, hier ist Jasmin und ich bin stinksauer. Stinksauer. Was haben Sie sich dabei gedacht, mir meinen Körper zu klauen, verdammt noch mal. Sind Sie eine Hexe oder was?«

»Nein, es ... « Ich stockte.

»Was?«

»In einer Stunde kommen zwei Leute, die wollen mit mir nach New York«, stotterte ich. Es erschien mir nur richtig, dieser Jasmin das mitzuteilen.

»Ach du Scheiße. Rufen Sie die an und sagen Sie ab!«

»Aber wie denn, das Dings, der Computer, ich ... «

Ein leises Fluchen. »Egal, vergessen Sie's. Ich komme jetzt sofort in meine Wohnung. Und wehe, Sie hauen einfach ab. Und ja nichts anfassen, kapiert?«

»Nichts anfassen, ja. Gut«, wiederholte ich betreten.

»Also ... äh, hallo?« Als Antwort kam nur ein Tuten. Jasmin hatte bereits aufgelegt.

Jasmin

Es dauerte eine gefühlte Ewigkeit, ehe ich mein Wohnhaus erreichte, und ich konnte nur hoffen, dass Ben und Lisa noch nicht da waren. Meine Knie knackten und knirschten bei jedem Schritt und ich kam nur halb so schnell wie sonst voran. Die ganze Tortur fand auch noch im Regen und in einem eisigen Nordwind statt, der durch die Straßen pfiff. Kein Wunder, dass die alten Omas immer solche Regenhauben trugen, dachte ich entnervt. Mit Schirm in der Hand konnte man kein Wägelchen vor sich herschieben und ein Wägelchen brauchte man, denn daran konnte man sich festhalten und war nicht hilflos den ganzen Verrückten ausgesetzt, die mit Lichtgeschwindigkeit die Fußwege entlangbretterten, wie zum Beispiel Fahrradfahrer oder dieser pubertäre Affe mit seinem Skateboard, der gerade grinsend auf mich zugerast kam in der Absicht, erst in letzter Sekunde auszuweichen. Ich erkannte diesen vergnügt-hämischen Blick, meine eigene Teenie-Zeit lag schließlich noch gar nicht so lange zurück. Deshalb wusste ich auch, wie man mit solchen Typen umging. Er hingegen hatte natürlich keine Ahnung, was von erst kürzlich gealterten Typen wie mir zu erwarten war, denn er grinste immer noch dämlich und sauste weiter auf mich zu. Kurz bevor er mich erreichte, rief ich: »Anhalten, du Loser!«

Der Junge erschrak, verlor die Balance und flog genau vor mir auf die Nase. Hastig rappelte er sich hoch.

»Mann, Alte, was soll'n der Scheiß?«, murrte er, aber ich konnte sehen, dass er dabei die Zähne zusammenbiss und sein Knie rieb. Das tat jetzt bestimmt genauso weh wie meins. Haha. »Alles stabil bei dir?«, checkte ich dennoch vorsichtshalber.

»Hä?«

»Pass das nächste Mal auf, wo du hinfährst, du Knallkasper«, erklärte ich würdevoll und schwenkte kampfeslustig meine Handtasche.

Der Junge blinzelte verstört und glotzte mich stumm an, ein Hauch von Furcht in seinem Blick. Na, ging doch. Befriedigt schlurfte ich weiter. Jetzt stand ich endlich vor meinem Haus, und wenn ich in einer halben Stunde oder so hoffentlich in meinem eigenen Körper wieder hier stand, würde ich den kleinen Mistkerl erneut dafür zusammenstauchen, dass er meine Oma beleidigt hatte.

Es war schon demütigend genug, an der eigenen Tür klingeln zu müssen, aber nichts hatte mich auf den Anblick vorbereitet, der sich mir bot, als die Tür aufging.

Da stand ich selbst. Mensch, sah ich jung und schön aus. Warum war ich nur immer so kritisch mit mir?

Halt, nein, ich sah überhaupt nicht gut aus. Was hatte ich denn Bescheuertes an? Und was für eine kitschige Heimatfilmfrisur türmte sich da auf meinem Kopf?

»Was um alles in der Welt haben Sie mit mir angestellt?«, fragte ich schockiert. »Wieso haben Sie mein Faschingskostüm vom letzten Jahr angezogen? Machen   Sie sich lustig über mich? Und was soll der Unfug mit den Haaren?«

»Also das ... « Diese Alma guckte leicht beleidigt an sich hinunter. »Das ist eine Hochsteckfrisur mit toupiertem Hinterkopf, wie sie Audrey Hepburn immer hatte, und das hier ist doch ein hübsches Kleid. Das einzige hübsche Kleid in Ihrem Schrank, wenn ich das mal so sagen darf. Und ... «

»Dürfen Sie nicht«, unterbrach ich sie. Das einzige hübsche Kleid, das war ja wohl der Brüller des Tages.

Was war mit meinen Bodycon-Kleidern und mit meinem weißen Jumpsuit? Dann stutzte ich, beugte mich vor und schnüffelte. Den Geruch kannte ich doch. So nach Kernseife und Zitronen und Mottenkugeln und Sonntagnachmittag und Faltenrock und Langeweile bei Verwandten. »Sie riechen so ... «

»Frisch, nicht? Das ist 4711. Habe ich in Ihrem Schrank gefunden.«

»Das olle Zeug? Das habe ich mal bei einer Joke-Party gewonnen.« Ich konnte es nicht fassen. Was fiel dieser Frau ein? »Das können Sie doch nicht einfach hemmungslos über mich drüberkippen.«

Diese Alma runzelte verdutzt ihre beneidenswert glatte Stirn. Meine Stirn. »Ich habe es ja auch nicht auf Sie gekippt. Sondern auf mich. Gesprüht außerdem.«

»Aber ich bin doch Sie.«

»Nein, das sind Sie nicht. Im Moment sind Sie ich.

Also das heißt, ich bin Sie und ... « Sie stockte.

»Es ist mir total egal, wer Sie sind. Ich will meinen Körper zurück, kapiert? Wie haben Sie das überhaupt gemacht, hä?« Sie regte mich auf, wie sie dastand in diesem Kleid und mit diesen Haaren wie steif geschlage-

nes Eiweiß, als ob sie geradewegs aus einer Fünfziger-
jahre-Komödie mit Heinz Erhardt herausgeklettert
wäre.

Und das Ganze mit meinem Gesicht und meinem Körper und meinen Fingernägeln, die jetzt im Übrigen säuberlich gefeilt und geschrubbt waren, wie mir auffiel.

»Ich habe überhaupt nichts gemacht«, wehrte sie sich.

»Ich bin genauso davon überrascht worden wie Sie,
das versichere ich Ihnen.«

Na klar doch. »Ach ja? Und das soll ich Ihnen glauben?« Für wie dumm hielt die mich eigentlich? »Sie haben dabei ja eindeutig die besseren Karten gezogen,
nicht wahr?« Meine Stimme wurde immer lauter und
leider auch immer krächzender. Wie eine heisere alte
Krähe flatterte ich hier vor meiner eigenen Wohnungstür herum, es war zum Verrücktwerden. »Wissen Sie
eigentlich, wie nervend das ist, wenn man mit solchen
wackeligen alten Knien durch die Gegend zuckeln
muss?« Ich betrachtete unwillkürlich ihre Knie – meine
Knie – und bekam den nächsten Schock. Sie trug Kniestrümpfe.

Kniestrümpfe und die karierten Hausschuhe, die
meine Mutter mir mal (offenbar nach Erleidung eines
modischen Gehirntraumas) zu Weihnachten geschenkt hatte.

Wenn Alma jetzt von irgendjemand fotografiert
würde, wäre ich für den Rest meines Lebens erpressbar.

»Ja, ich weiß, wie schrecklich weh die Knie tun«, antwortete sie leise und brachte mich damit aus dem Kon-
zept. Ich verstummte. Natürlich wusste sie das, sie lief
ja dauernd damit herum. Ich hingegen hatte keine Ahnung davon gehabt, wie es sich anfühlte, alt zu sein.

Woher auch. Ich hatte ja auch keine Ahnung davon, wie es war, mit einem Fallschirm aus einem Flugzeug zu springen oder Königin von England zu sein!

Ich schluckte. »Verzeihung.«

Hinter mir klappte die Wohnungstür meines Nachbarn. Heraus kam Gerald, der Späthippie um die fünfzig, mit seinen langen grauen Haaren und dem verwaschenen Neil-Young-T-Shirt, der mich mindestens dreimal in der Woche auf eine etwas verschlafene und ziemlich uncoole Art anmachte. Er brachte einen Schwall abgestandener Luft mit sich und wuchtete einen Kasten leerer Bierflaschen zur Tür hinaus. Neugierig sah er zu uns hinüber. Hatte er etwa alles mitgehört?

»Jo, Jasmin. Voll die leeren Bierflaschen hier, was?«
Er hob seine freie Hand wie in Zeitlupe hoch.

Alma reagierte nicht. Ich räusperte mich laut und funkelte sie an.

Jetzt kapierte sie. »Guten Tag«, grüßte sie Gerald höflich und schenkte ihm ein jugendfrisches Lächeln.

»Jo. Und sonst so, schöne Nachbarin?« Gerald blieb interessiert stehen.

»Ich würde gerne ein Wort mit ... meiner Enkelin reden«, gelang es mir endlich zu sagen, wobei die Ironie dessen, was ich da von mir gab, mich fast in einen Kreislaufkollaps hineinmanövrierte, der jedem anderen Ü-Achtziger des Universums Ehre gemacht hätte. Wie um alles in der Welt war ich, Jasmin Ahrendt, Männer verschlingende und kinderlose junge Partyqueen, innerhalb weniger Stunden zu einer Enkelin gekommen? Und das, während ich in Gestalt einer alten Frau daherkam?

Oh Gott, war das kompliziert.

»Jo.« Gerald kriegte wieder mal nichts mit. Er glotzte ungerührt weiter zu uns rüber. »Hier mieft es irgendwie nach WC-Reiniger«, schnupperte er dann.

»Das ist 4711.« Ich drehte mich um und funkelte ihn an. »Also, Gerald, meine Enkelin würde jetzt wirklich gerne mit mir reden.«

Endlich schaltete Alma. »Komm doch rein ... Großmutter«, sagte sie folgsam und trat zur Seite.

»Hey, Jasmin, deine Oma kennt ja meinen Namen.

Du hast ihr also von mir erzählt«, sagte Gerald begeistert. Er sah sich stolz nach Zeugen um.

Ich verdrehte die Augen, trat ein und zog wortlos die Tür hinter mir zu. »Der totale Wacko. Reden Sie bloß nicht zu lange mit dem. Der nagelt einen drei Tage lang im Treppenhaus fest, wenn er kann. Und ja nicht reinlassen. Niemals.« Den Fehler hatte ich nämlich einmal gemacht, und nachdem Gerald sich damals durch vier Tassen Kaffee, eine Packung altbackener Kekse und zwei Bier gearbeitet und mir detailliert von seinem Plan für einen Bongotrommelkurs für ukrainische Einwanderer berichtet hatte, den das Arbeitsamt aber nicht finanzieren wollte, nachdem er all meine Signale, dass das Gespräch beendet war, ignoriert hatte, war ich irgendwann auf der Couch eingeschlafen. Als ich aufgewacht war, hatte er zu meinem Entsetzen immer noch dort gesessen und meine Frauenzeitschriften durchgeblättert.

»WC-Reiniger.« Alma verzog das Gesicht. »So ein Rüpel.«

»Wo er recht hat, hat er recht. Und nennen Sie mich ja nie wieder Großmutter. Sehe ich etwa aus wie eine verdammte Großmutter?«

»Also ... «

»Ach, geschenkt. Ich will es gar nicht wissen.« Ich begab mich in mein Wohnzimmer und ließ mich mit einem Ächzen auf die Couch sinken. Sofort fuhr ich wieder hoch. Was hatte diese verrückte Person mit meiner Wohnung gemacht? »Sie haben ja alles verändert.«

»Nun, ich habe ein bisschen aufgeräumt. Das wollte ich Ihnen am Telefon noch sagen, aber Sie haben ja so schrecklich schnell aufgelegt, dass ich überhaupt nicht zu Wort gekommen bin.«

War das denn zu fassen? Diese Frau war noch nicht mal einen halben Tag hier und tobte schon ihren Putzfimmel aus. Ich fand, das war eigentlich eine Unverschämtheit, doch da entdeckte ich etwas. »Meine schwarzen Slingbacks. Wo kommen die denn auf einmal her?«

»Die was?« Sie drehte sich um. »Sie meinen die Schuhe? Die habe ich unter der Couch gefunden.«

»Mensch, die suche ich schon seit Wochen. Danke.«

Meine Laune besserte sich ein wenig. Sollte sie doch putzen und aufräumen. Ich kam ja doch nie dazu. Und selbst wenn ich das – meiner Meinung nach völlig überbewertete – Bedürfnis verspürt hätte, den Boden zu wischen, ich kam im Moment ja nicht mal runter. Dann fiel mir allerdings ein, dass ich die schicken Slingbacks in meinem jetzigen Zustand und mit den geschwollenen Knöcheln sowieso nicht würde anziehen können, womit wir wieder beim Thema waren. »Also, wie machen wir das jetzt?«, wandte ich mich geschäftsmäßig an Alma.

»Wie tauschen wir zurück?«

»Ich habe nicht die leiseste Ahnung.«

Ihre Antwort war ein Faustschlag ins Gesicht und mein Herz schien einen Moment lang vor Schreck auszusetzen. Was sollte das bitte schön heißen – nicht die leiseste Ahnung? Ich hatte gehofft, dass Alma – irgendwie und aus welchen Gründen auch immer – das alles hier verursacht hatte und deshalb logischerweise auch in der Lage war, das Ganze wieder rückgängig zu machen. Aber wenn sie es auch nicht wusste, dann war das eine Katastrophe. Es war das Ende. Herzlichen Glückwunsch, Jasmin Ahrendt. Du bist ab jetzt Mitglied im Ü-Achtzig-Klub, als Willkommensgeschenk gibt es Stützstrümpfe und die neueste Ausgabe der Apothekenzeitung. Tränen schössen mir in die Augen.

Sie knetete gestresst ihre Hände. Meine Hände. »Es tut mir so leid, bitte weinen Sie doch nicht. Weine du nicht, meine ich. Wollen wir uns denn nicht duzen, ich bin die Alma, aber das wissen Sie ... weißt du ja schon, ich ... «

Es klingelte. Sturm. Ich zuckte zusammen und wischte mir hastig die Tränen aus dem Gesicht. »Das sind Ben und Lisa, meine Freunde. Überlass mir das Reden. Ich bin deine Oma, kapiert.«

»Kapiert.« Sie nickte und lächelte zaghaft. »Und herzlichen Dank fürs Duzen.«

»Whatever.« Das machte uns noch lange nicht zu Busenfreundinnen. In dem Zusammenhang fiel mir ein, dass ich ja momentan sowieso kaum noch einen Busen hatte. Meine ganzen schönen BHs würden im Schrank verschimmeln. Gleich heulte ich wieder los, ich musste mich zusammenreißen. »Jetzt mach schon die Tür auf.«

»Hm? Ach so, natürlich.« Sie sprang auf, zog sich den Rock des idiotischen Faschingskostüms glatt und ging zur Tür.

»Hereinspaziert in die gute Stube«, hörte ich sie im Flur mit gespielter Heiterkeit rufen. Gequält schloss ich kurz die Augen. Alma kehrte mit Ben und Lisa im Schlepptau zurück, denen es offenbar die Sprache verschlagen hatte. »Nehmen S... nehmt doch bitte Platz. Das ist meine Gro... Oma. Oma Alma.«

Lisa und Ben sahen ohne jedes Interesse zu mir herüber, nickten mir dann aber zu. »Tach.«

»Tach«, presste ich heraus.

Niemand sagte etwas. Alma blickte beschwörend zu mir und ich zermarterte mir das Hirn, was ich als Nächstes tun sollte. Die beiden einweihen? Auf gar keinen Fall. Abgesehen davon, dass jeder, der noch alle seine Tassen im Schrank hatte, mir sowieso nicht glauben würde. Nein, ich musste das Spiel von Enkelin und Oma weiterspielen, bis die Sache irgendwie geklärt war. Geregelt. Zurückgetauscht. Was auch immer.

»Käffchen?«, fragte Alma jetzt munter in die Runde, offenbar bemüht, das immer noch andauernde Schweigen zu brechen. »Ist auch richtig guter Bohnenkaffee. Mit Milch oder ... «

Ach du lieber Himmel. Die Kaffeemaschine verwandelte sich beim Einschalten in ein zischendes und spuckendes Ungeheuer, aber das konnte sie ja nicht wissen.

»Im Kühlschrank ist noch Prosecco«, ging ich daher rasch dazwischen. »Damit können wir vorglühen. Ich hol ihn.« Ich hievte mich ächzend aus der Couch. Warum war die auf einmal so tief?

»Hey, deine Oma gefällt mir.« Ben nickte begeistert.

»Oh.« Alma räusperte sich. »Dann will wohl niemand einen Kaffee?«

»Deine Kaffeemaschine ist doch kaputt«, ließ ich verlauten und sah sie beschwörend an. »Voll schrottig, das Teil. Hast du mir doch gerade erzählt.«

»Ach, ja richtig«, stammelte sie und stand auf. Sie deutete einen unsicheren Schritt in Richtung Kühlschrank an, als ob es da irgendwas für sie zu erledigen gäbe, blieb dann aber verwirrt stehen, setzte sich wieder hin und nestelte an der Schmetterlingsbrosche an ihrem Kleid. Die hatte ich ja noch gar nicht entdeckt. Grausam. Wo hatte sie die nur ausgegraben? Soweit ich mich erinnern konnte, hatte ich das olle Blechding von meiner geizigen Tante Ursula zur Konfirmation bekommen und nach einem kurzen Lachanfall in einer Kiste zusammen mit einer Schneekugel vom Berliner Fernsehturm, einem Liebesbrief von Ralf Schmidt aus der 8b und dem Rumpf einer Barbiepuppe versenkt.

Ich stöhnte leise, strich mir die grauen Haare aus der Stirn, holte die Flasche aus dem Kühlschrank und noch vier Gläser dazu. Im Spiegel konnte ich jetzt sehen, wie Ben Alma hinter meinem Rücken mit Daumen und Mittelfinger ein Zeichen gab. Sein Signal dafür, dass er einen Joint drehen wollte. Sie kapierte das natürlich nicht und sah ihn ausdruckslos an. Jetzt kniff er auch noch konspirativ ein Auge zu.

Sie zögerte kurz und kniff dann ebenfalls ein Auge zu. Dabei lächelte sie unsicher, weil sie ja nicht die leiseste Ahnung hatte, was sie von diesem Ritual halten sollte.

Ben beschloss offensichtlich, zu stärkeren Geschützen überzugehen, denn er warf jetzt den Kopf zur Seite in Richtung Wandschrank, wo ich hinter nie benutzten fliederfarbenen Stoffservietten eine Bongpfeife versteckt hatte.

»Hast du öfters so Zuckungen?«, erkundigte sie sich daraufhin interessiert. »Das solltest du unbedingt untersuchen lassen. Ich hatte auch mal so ein Muskelzucken im Gesicht, bei mir war es das Augenlid, erst hab ich ja Angst gehabt, dass es Parkinson ist, aber Dr. Walter hat mich beruhigt, obwohl das in meinem Alter natürlich nicht auszuschließen sei, hat er gesagt und … « Sie schlug erschrocken die Hand vor den Mund.

»Dr. Walter? Ist das der Medizinstudent, mit dem du mal was hattest? Der mit dem Skelett im Flur?«, fragte Lisa. Meine beste Freundin erinnerte sich echt akribisch an jedes Date von mir, was Segen und Fluch gleichzeitig sein kann. Der Medizinstudent hieß René und war Letzteres. Er hatte mich mal beim Sex auf einen seltsam geformten Leberfleck an meiner Schulter aufmerksam gemacht. Das war sicher gut gemeint, aber Dienst ist Dienst und Schnaps ist Schnaps, finde ich.

»Nein. Dr. Walter ist ein fescher junger Mann um die sechzig, also ich meine ein alter Mann oder besser ein mittelalter Mann ... « Alma verhaspelte sich und lief feuerrot an. Oh Gott, dachte ich. Sag bitte einfach gar nichts mehr.

»Hä?« Ben starrte sie an, Lisa prustete los. Ich ließ den Korken knallen und goss hastig das überschäumende Getränk in vier Gläser.

»Hier. Für dich, Jasmin«, sagte ich laut und hielt Alma ein Glas hin.

»Oh, danke, nicht für mich«, wollte sie abwehren, aber ein flehender Blick meinerseits brachte sie offenbar zur Besinnung. »Ja, also dann, danke. Oma, meine ich. Danke, Oma.« Zögerlich nahm sie das Glas entgegen und hob es hoch. »Prösterchen. Was du heute kannst entkorken, das verschiebe nicht auf morgen.«

Lisa gackerte los. »Was hast du da gesagt, Jassi?«

»Das haben wir doch früher immer ge... « Alma biss sich auf die Lippe. »Was ist eigentlich der Anlass?«, versuchte sie dann rasch abzulenken.

»Dass es das Zeug bei Aldi für drei Euro gab.« Ich reichte Ben und Lisa die Gläser. »Hier.«

»Hau weg.« Ben kippte sein Glas wie immer auf Ex aus. Ich machte es ihm nach, Alma nippte an ihrem Glas wie ein Spatz an der Tränke.

»Wow.« Lisa lachte, betrachtete mich fasziniert und wandte sich dann an Alma. »Ich hab ja gar nicht gewusst, dass du so 'ne nette Oma hast. Das hast du uns nie erzählt.«

»Hat sie bestimmt vergessen«, antwortete ich an Almas Stelle. »Ihr jungen Leute habt ja immer so viel um die Ohren.« Ich musste mich kurz an meinem Sessel festhalten. Der Prosecco knallte ganz schön. War das normal? Sonst kippte ich den doch runter wie Limo? Sonst. Shit. Ich war ja jetzt eine alte Frau und vertrug wahrscheinlich gar nichts mehr. So ein Mist. Einen Eierlikör am Abend, und das war's, bei einem weiteren

Glas würde ich höchstwahrscheinlich laut und meckernd lachen, endlose Schwanks aus meiner Jugend in den Fünfzigern erzählen und nach zwei weiteren Gläsern dann krächzend »Ich will keine Schokolade, ich will lieber einen Mann« singen. Und Alma, die jetzt in meinem Körper herumlief, war in der Lage, die ganze Bar leer zu trinken, und hatte dennoch ihr noch volles Glas bereits diskret zur Seite geschoben. Es war einfach nicht fair.

»Tja.« Ben trommelte auf seinen Knien herum. »Dann gehen wir langsam mal los, was?«

»Wohin?«, erkundigte Alma sich nervös.

»Hey, Jasmin, stehst du heute auf dem Schlauch oder was? Ins New York, Baby.« Ben hörte kurz auf zu trommeln.

»Ich weiß … « Sie schluckte und sah hilfesuchend zu mir. »Ich weiß aber jetzt gar nicht, wo mein Pass ist.«

Eine Sekunde lang saßen alle da wie versteinert, dann grölten Ben und Lisa los.

Ich krallte meine Finger um das Glas, bis es trotz meiner altersschwachen Hände fast zerbrach, dann fixierte ich Alma und formte »Sei still!« mit meinen Lippen.

Sie nickte stumm und verschreckt.

Eigentlich tat sie mir jetzt leid. Ich räusperte mich.

»Du hast mir doch selber vorhin von diesem tollen Nachtklub namens New York erzählt, Jasmin«, sagte ich laut und überdeutlich. »Wo man so schön tanzen kann.«

»Tanzen, ach ja.« Alma nickte. »Tanzen ist gut. Besser als nach New York. Und auch näher.« Sie lief wieder rot an.

»Und du wolltest dir auch noch was anderes anziehen«, fügte ich schnell hinzu, die Gelegenheit beim Schopf ergreifend. Wenn Alma im Faschingskostüm im New York aufkreuzte, konnte ich mich da nie wieder blicken lassen.

»Wollte ich eigentlich nicht«, erwiderte sie jetzt zu meiner unglaublichen Verblüffung. »Das Kleid gefällt mir.« Störrisch strich sie den Rock glatt.

Ging es ihr jetzt zu gut? Was fiel ihr ein? »Ich finde, es wirkt ein bisschen altmodisch.« Ich hustete demonstrativ und laut.

»Ach nö, ich finde eigentlich, es sieht geil aus«, ließ sich Lisa vernehmen. »So retro, stimmt's, Jassi? Auch mit den Haaren und so. Mal was anderes.«

Musste Lisa sich immer einmischen? Das ging sie doch überhaupt nichts an. Und es war ja nun weiß Gott nicht so, dass Lisa die Krönung modischen Geschmacks verkörperte. Man musste sich nur mal ansehen, was sie sich heute für eine Wurstpelle von Rock über die Hüften laminiert hatte. Ich schäumte innerlich vor Wut, aber es gab nichts, was ich unternehmen konnte, denn ich konnte Alma ja schließlich nicht in mein Schlafzimmer zerren und ihr das hässliche Kleid vom Leib reißen.

»Was meinst du, Ben?«, erkundigte Lisa sich. »Findest du es altmodisch?« Sinnlose Frage. Seit wann hatte Ben eine Meinung zu modischen Dingen?

»Woher soll ich das wissen? Ist halt ein Kleid.« Ben verdrehte die Augen, stand auf und nickte mir zu. »Also, tschüss dann. War nett, Sie kennenzulernen.«

Wie bitte? Die wollten jetzt einfach alle abhauen? Und Alma mitnehmen? Schlagartig wurde mir klar, dass ich diese Person auf gar keinen Fall mit meinen Freunden allein lassen konnte. Wer wusste denn, was sie für Schaden anrichten würde? Ich suchte krampfhaft nach einem Ausweg und dann fiel mir plötzlich etwas ein. Es gab ja doch etwas, was ich tun konnte.

»Also so schnell werden Sie mich nicht los, junger Mann«, erklärte ich betont munter und schoss Alma dabei einen beschwörenden Blick zu. Sag ja nichts. »Ich komme nämlich mit ins New York.«

»Echt jetzt?«, fragte Ben. Sein Mund stand offen und seine Coolheit glitt einen Moment lang von ihm ab wie ein zu großer Bademantel.

Tja, da staunst du, was, Ben? »Echt jetzt.« Ich setzte noch eins drauf. »Ich muss mich nur noch aufbitchen.«

Die Disco befand sich in einem unheimlich wirkenden, düsteren Gebäude, das an ein Gefängnis aus Kaisers Zeiten erinnerte. Aber noch unheimlicher waren die Geräusche, die daraus erklangen – ein rhythmisches Wummern genau von der Art, wie junge Männer es laut aus ihren Autos röhren ließen, wenn sie durch meine Straße jagten. Und das sollte ich die ganze Nacht lang aushalten? Gütiger Himmel. Ich betrachtete unauffällig meine Umgebung. Heutzutage war alles so anders.

Natürlich hatte ich dieses und jenes schon aus dem Fernsehen oder den Zeitungen mitbekommen, aber es leibhaftig selbst zu erleben, war dennoch etwas völlig Neues. In den letzten zwanzig oder dreißig Jahren hatte ich kaum noch etwas mit jungen Leuten zu tun gehabt.

Wann auch und wozu? Und wie heutzutage die ganzen Kennenlernrituale abliefen, davon hatte ich nicht die geringste Ahnung. Auf jeden Fall nicht mehr so wie früher, so viel war mir in den letzten zehn Minuten schon klar geworden. Ich wäre zum Beispiel in meiner Jugend niemals auf die Idee gekommen, alleine zum Tanzen zu gehen. Damals hielt man sich einfach immer an seiner Freundin und seiner Handtasche fest und wartete voller Herzklopfen darauf, dass ein junger Mann einen zum Tanzen aufforderte oder dass irgendein unbekannter Verehrer über das Tischtelefon anrief.

Hier hingegen hatte ich schon mindestens fünf junge Frauen entdeckt, die offenbar ganz alleine gekommen waren. Sie starrten wie hypnotisiert auf ihre Handys oder rauchten und eine tanzte bereits auf der Straße. Hemmungslos und ohne Tanzpartner, das musste man sich mal vorstellen!

Die beiden Freunde dieser Jasmin waren zum Glück nicht so Furcht einflößend, wie ich auf den ersten Blick angenommen hatte. Obwohl Ben schrecklich viele Tätowierungen hatte und irgendwie in einer Art verknappter Geheimsprache zu kommunizieren schien und seine Freundin Lisa eine Art Metallschraube in der Zunge stecken hatte, von der ich zuerst angenommen hatte, sie wäre das Resultat einer komplizierten Kieferoperation.

Es stellte sich heraus, dass das ein Piercing war, wie sie es nannten, und somit als schick galt. Ein entsetzlicher Gedanke, sich etwas in die Zunge schrauben zu lassen.

Wer kam nur auf solche Ideen? Mir wurde ja bei dem Gedanken schon ganz schlecht. In gewisser Weise war ich Jasmin dankbar, dass sie ihren Körper von derlei Humbug verschont hatte, denn sonst müsste ich ja jetzt mit so einem Metallpickel in der Nase oder der Lippe herumlaufen und wäre den abfälligen Blicken der Leute ausgesetzt. Allerdings war ich das indirekt sowieso, denn Jasmins Kleiderwahl für den heutigen Abend sah aus, als hätte sie jedes einzelne Stück von der Wäscheleine eines Wanderzirkus gestohlen.

Sie hatte feuerrote Strumpfhosen über meine ramponierten alten Beine gezogen, darüber etwas, das wie ein schwarzes Négligé aussah und angeblich ein Kleid darstellte, und darüber eine lange schwarze Strickjacke mit Fellkragen. Sie hatte meine schöne Frisur zerstört und ein silbernes Band in die offenen grauen Haare gebunden und anschließend versucht, ihre geschwollenen Füße in diese schwarzen Slingback-Schuhe zu quetschen, die ich unter der Couch gefunden hatte. Weil ihr das nicht gelungen war, hatte sie einen wütenden Schrei ausgestoßen und trug jetzt unförmig dicke Fellstiefel. Die nannte sie aus irgendwelchen Gründen Ax, keine Ahnung, warum. Aber das alles wäre ja noch zu ertragen gewesen, wenn sie nicht noch mein Gesicht mit ihrer Schminkpalette bearbeitet hätte. Ich fand ja ehrlich gesagt, dass Jasmin jetzt wie eine demenzkranke Animierdame aussah, und schämte mich ganz schrecklich für sie und für mich. Aber was konnte ich schon tun oder sagen? Ich hing hier fest. Außerdem betete ich, dass wir niemanden treffen würden, der mich vielleicht vom Augenarzt, aus der Apotheke oder aus der Kleingartenanlage

»Am Gänsebach« kannte, obwohl das zugegebenermaßen in dieser Gruft von Nachtklub eher unwahrscheinlich war.

»Deine Oma ist echt der Hammer, Jassi«, bemerkte gerade Lisa, die neben mir stand und sich fröstelnd die Arme um den Körper schlang. Ich hätte sie ja gern darauf hingewiesen, dass sie sich in ihrem kurzen dünnen Röckchen und bei diesen Temperaturen eine enorme Blasenentzündung holen würde, genau wie die ganzen anderen halb bekleideten Mädchen, die quasi in Unterwäsche um mich herumstöckelten, aber ich verkniff mir die Bemerkung. Ich beschloss, meine

Kommunikation auf das absolut notwendige Minimum zu beschränken, was allerdings schwierig war, weil diese Lisa ohne Punkt und Komma auf mich einredete.

»Ich hoffe ja mal, dass wir beide auch so werden, wenn wir alt sind, was? Genauso abgefahren. Ich meine – die kommt tatsächlich mit in einen Klub. Meine Oma schnippelt immer nur die Sonderangebote aus den Werbeflyern aus und freut sich einen Ast, wenn sie irgendwo zwei Euro spart.«

»Das ist doch gut«, rutschte es mir unwillkürlich und gegen meinen soeben gefassten Vorsatz heraus. »Wenn sie damit die Rente ein bisschen streckt. Sehr vernünftig.« Ich wusste, wovon ich redete. Meine Rente war lächerlich gering.

»Na, das sind ja ganz neue Töne von dir. Wirst wohl langsam erwachsen, was?« Lisa knuffte mich freundschaftlich in die Seite. »Jetzt brauchst du nur endlich einen festen Freund. Nicht nur solche Eintagsfliegen, wie du sie immer hast. Oder besser – Einnachtsfliegen.« Sie kicherte.

Die Schamesröte schoss mir ins Gesicht. Jasmin war also von losem Charakter. Das war ja entsetzlich, was sich hier offenbarte.

»Wie war eigentlich der Typ von gestern, von dem du mir in der SMS geschrieben hast?«, erkundigte Lisa sich ungerührt weiter. »Du hast noch gar nichts erzählt. Du bist überhaupt heute so einsilbig.« Sie musterte mich prüfend und ich begriff, dass ich unbedingt etwas von mir geben musste, was in etwa dem Sprachschatz dieser Jasmin entsprach, damit Lisa keinen Verdacht schöpfte.

»War ein Schuss in den Ofen, stimmt's? Sonst hättest du doch schon längst was gesagt«, half Lisa mir unerwartet auf die Sprünge.

»Genau«, stimmte ich erleichtert zu. Was hatte Jasmin vorhin gleich für ein Wort benutzt? Da fiel es mir wieder ein. »Er war voll schrottig.«

Lisa kicherte, ich kicherte erleichtert mit. Jetzt kam Bewegung in die Menge. Die Türen des Nachtklubs gingen auf, rotes Licht glimmerte hinter wabernden Nebelwolken, die einen merkwürdig süßlichen Geruch verströmten, und der Lärm wurde noch lauter, falls das überhaupt möglich war. Es kam mir vor, als öffnete sich der Schlund des Hades vor mir, komplett mit einem schnauzbärtigen Cerberus im Ledermantel davor, der die hereinströmenden Gäste emotionslos begutachtete, gelegentlich jemanden herausfischte und ihm aus Gründen, die sich meinem Verständnis entzogen, keinen Einlass gewährte. Voller Angst näherte ich mich daher diesem brutal wirkenden Menschen, doch er winkte mich nicht nur vorbei, er zwinkerte mir sogar zu! Ganz offensichtlich verband mich eine Art geheime Kumpanei mit diesem Gorilla. Ich lächelte ängstlich zurück und schritt hastig weiter. Wo blieb Jasmin?

»Und tschüss, Omma«, erklang da die raue Stimme des Türstehers hinter mir. »Seniorentanz ist mittwochs im Café Hubert am Markt.«

»Was soll der Mist, Kalle?«, brauste Jasmin auf. »Lass mich gefälligst rein.«

»Ich hab tschüss gesagt.«

»Und ich sage: Lass mich rein. Sonst erzähle ich allen, was du ... « Sie beugte sich ungelenk vor und flüsterte dem bulligen Typen etwas zu.

Der zuckte zurück. »Kennen wir uns von irgendwoher?«

»Aber sicher doch, Schätzchen. Aus deinem Boxklub. Ich bin dort Trainerin.« Jasmin schwenkte ihren Arm in einem angedeuteten rechten Haken.

Die Leute hinter ihr brachen in Gelächter aus, jemand rief: »Jetzt lass sie doch rein.« Der Türsteher schnaubte kurz auf und ließ sie dann mit einem Kopfschütteln und einem schiefen Grinsen in den Klub.

Unfassbar. Ich wollte ihr meine Bewunderung für ihren Mut gegenüber diesem furchterregenden Kerl ausdrücken, aber sie würdigte mich keines Blickes. Sie hustete nur rachitisch, klatschte ihre faltige Hand gegen die von Ben und krächzte: »Let's party!«

Das Erste, was ich erblickte, waren Käfige, die über der Tanzfläche hingen und in die man halb nackte Leute eingesperrt hatte, die tanzen mussten. Das konnte doch unmöglich rechtens sein. Diese armen Menschen. Ich blieb erschrocken stehen und überlegte, ob ich das jemandem melden sollte, aber keiner sonst schien sich daran zu stören, denn die Masse schob mich weiter, jemand grinste mich an, ein anderer bot mir leise eine Kopfschmerztablette an, die ich dankend ablehnte, weil ich ja schon die Schmerztabletten von Dr. Walter nahm und man Medikamente in meinem Alter nicht wild mischen soll. Ich musste aber zugeben, dass ich von einer derartigen Fürsorglichkeit an so einem Ort überrascht war. Der ganze Klub war nämlich voll von der Sorte Leute, vor denen ich gestern noch die Flucht ergriffen hätte. Da gab es Leder, Lack, lange Bärte, Tätowierungen, Haare in allen Farben des Re-

genbogens, merkwürdig rasierte Augenbrauen und irr-
witzige Frisuren und vor allem furchtbar viel nackte
Haut. Das Merkwürdige war allerdings, dass niemand
angestarrt wurde. Jasmins krude Ausstaffierung zum
Beispiel harmonierte optisch völlig mit dem Rest der
Verrückten hier, ja es schien sich überhaupt niemand
daran zu stören, dass hier eine Rentnerin im
Nachthemd, mit einem Stirnband wie Winnetou und
mit Arthrose in den Knien herumlief. Und überhaupt
war äußerst sonderbar, dass ich nicht nur im Dunkeln
sehen konnte, sondern dass mir auch die schrillen Geräusche nichts mehr ausmachten, noch dazu in der
Lautstärke. Ganz im Gegenteil – ich verspürte auf einmal das dringende Bedürfnis, mich in diesen wum-
mernden Rhythmus zu stürzen, die Arme hochzurei-
ßen oder den Takt mitzuklopfen. Nur der Gedanke daran, dass mich jemand erkennen und dann allen in der
ganzen Straße erzählen würde, dass die Frau Winter
auf ihre alten Tage enthemmt in zwielichtigen Spelun-
ken tanzte, hielt mich zurück. Dann fiel mir wieder ein,
dass ich ja gar nicht mehr wie Alma Winter aussah.
Aber trotzdem gestattete ich mir lieber keine Aus-
schweifungen, man konnte ja nie wissen. Gespenstisch
war dieses Verlangen aber dennoch – fast als ob mein
neuer Körper ein Eigenleben führte.

Nach langem Suchen fanden wir einen Tisch im hin-
teren Bereich des Klubs. Allerdings setzte Ben sich
nicht, sondern sah mich fragend an. »Jassi? Mojito wie
immer?«

Ich brauchte eine Sekunde, um zu begreifen, dass er
mich und nicht Jasmin etwas gefragt hatte. Aber was
bloß? Was war ein Mohito? Wollte er mit mir tanzen?

»Was du trinken willst«, flüsterte mir Jasmin da glücklicherweise ins Ohr.

»Oh.« Warum sagte er das denn nicht gleich. »Einen Sherry bitte.«

»Sherry?« Ben starrte mich mit offenem Mund an.

Was war denn daran so überraschend?

»Ist Sherry jetzt in?«, erkundigte sich Lisa. »Mann, Jassi, woher weißt du eigentlich immer, was in ist? Ich kriege das irgendwie nie so schnell mit.«

»Hast du Sherry in der Blutbahn, bist du sexy wie ein Truthahn«, zitierte ich einen Lieblingsspruch von mir und meinen Freundinnen früher.

Sie sahen mich alle sprachlos an. Offenbar kannte die heutige Jugend den Spruch nicht mehr. Schade.

»Ich ... «, setzte ich an, aber Jasmin stieß mich unter dem Tisch an und so verstummte ich lieber, ehe ich noch etwas Falsches sagte.

»Ich nehme dann den Mojito«, erklärte Jasmin. »Einen doppelten. Wenn die Jugend schon nicht will.« Sie lachte. Es klang fürchterlich! Noch nie war mir aufgefallen, wie scheppernd und rasselnd ich lachte. Verschämt sah ich zur Seite, bis ich merkte, dass sich kein Mensch darum scherte.

»Hey, klar. Kommt sofort. Ich fass es nicht. Deine Oma, Jassi, die ist, die ist ... « Ben kratzte sich unschlüssig am Kopf, grinste dümmlich und begab sich dann zur Bar, nicht ohne sich noch ein paar Mal nach uns umzudrehen.

»Gehen Sie oft in Nachtklubs?«, erkundigte sich Lisa jetzt höflich bei Jasmin.

»Dauernd.« Ein Schnauben, das verächtlich und sehnsüchtig zugleich klang.

»Meine Oma ist sehr unkonventionell«, beeilte ich mich zu sagen. »Sie geht gern schwofen.«

»Hä?«

»Also tanzen.« Meine Erklärung kam nur als Piepsen heraus.

»Clubbing«, verbesserte Jasmin kaum hörbar.

Ja, Herrgott, sollte sie es doch nennen, wie sie wollte, zu meiner Zeit hieß das eben schwofen. »Clubbing«, wiederholte ich dennoch folgsam.

»Finde ich voll geil«, meinte Lisa bewundernd. »Dahinten ist übrigens die Raucherlounge, kommst du mit, Jassi?« Sie stand auf.

Das galt mir. »Ich rauche nicht«, erwiderte ich automatisch, doch dann fing ich Jasmins Blick auf und fügte sofort hastig hinzu: »Mehr. Nicht mehr, meine ich.«

»Echt? Seit wann? Das hast du mir gar nicht erzählt?« Lisa riss die Augen auf.

»Seit heute.« Nein, eigentlich schon seit 1960, wenn ihr es genau wissen wollt. Ich vermied es, die beiden dabei anzusehen.

»Ja, Wahnsinn, ich fasse es nicht. Und wie ist es? Hast du großen Bock darauf?«

»Nein.« Das war immerhin die Wahrheit.

Sie staunte. »Mensch, ich will auch aufhören, aber ich schaffe es irgendwie nicht.«

»Ja, dann lass sie halt. Ich komm stattdessen mit.«

Jasmin warf ihre – meine! – grauen Haare wild zurück und stand entschlossen auf, aber jetzt fand ich, dass ich schon ein Recht hatte, einzuschreiten. »Ich finde nicht, dass du rauchen solltest«, sagte ich. »Oma«, schob ich noch schnell hinterher.

»Wie bitte?« Sie grunzte belustigt.

»Es ist nicht gut für deinen Körper.« Ich betonte deinen mit einiger Schärfe, damit sie begriff, dass damit nicht zu spaßen war. »Du erinnerst dich, du hattest vor ein paar Jahren schon mal einen Schlaganfall.«

»Ach. Hab ich ganz vergessen.« Sie setzte sich allerdings immer noch nicht wieder hin.

»Tja. Scheint so, als ob unsere Jassi jetzt Kommissarin bei der Nichtraucherpolizei ist, was?« Lisa lachte zögerlich.

»Wird schon nicht so schlimm sein.« Jasmin winkte ab.

Das sah ich anders. Sie hatte ja keine Ahnung. »Es war schlimm. Deine linke Gesichtshälfte war eine Weile lang gelähmt. Du konntest weder trinken noch essen, ohne etwas zu verschütten. Das willst du doch bestimmt nicht noch mal erleben.« Dir lief die Spucke aus dem Mund, hätte ich am liebsten noch hinzugefügt. Dein Mund hing schief wie ein altes Wischtuch und du hast gelallt wie der Vater von Edith Graupner aus dem Erdgeschoss, der meine ganze Kindheit hindurch betrunken war. Es war absolut demütigend für eine Frau in deinem Alter, das kann ich dir sagen.

»Das ist doch schon ewig her.« Sie winkte ab.

»Also ich geh dann mal«, hauchte Lisa und huschte davon.

Kaum war sie weg, beugte Jasmin sich zu mir. »Was soll das? Willst du mich jetzt erziehen oder was?«

»Nein. Aber wenn du rauchst, rauche ich. Und das kann ich nicht zulassen.«

»Und was soll ich also deiner Meinung nach tun? Kräutertee trinken und Kreuzworträtsel lösen?« Sie brach ab, denn Ben kam zurück und stellte die Drinks vor uns auf den Tisch.

»Ich gehe jetzt auf die Toilette«, erklärte sie laut, sah mich dabei aber nicht an. Es war offensichtlich, dass sie eine Zigarette rauchen würde. Wie konnte ich ihr nur begreiflich machen, dass sie dabei mit meinem Leben spielte? Andererseits war ich heute Morgen ja selbst noch bereit gewesen, dieses Leben einfach wegzuwerfen.

Welches Recht hatte ich also, Jasmin irgendetwas vorzuschreiben? Ich entschied, dass in den letzten Stunden einfach zu viel Seltsames passiert war und dass kein Mensch von mir verlangen konnte, vernünftige Entscheidungen zu treffen. Völlig durcheinander nahm ich einen Schluck von meinem Sherry.

»Schmeckt das komische Zeug? Hab noch 'ne Pille, wenn du später eine brauchst«, sagte Ben und zeigte mir verstohlen eine Tablette in der offenen Hand.

»Danke, nett von dir. Aber ich habe keine Kopfschmerzen.« Das war schon die zweite Kopfschmerztablette, die man mir heute Abend anbot. Ich fand es richtig rührend, wie gut ausgerüstet und verantwortungsbewusst die jungen Leute heutzutage ausgingen. Die jungen Männer zu meiner Zeit tranken meist viel zu viel und rauchten dazu unentwegt filterlose Zigaretten, was sie dann am nächsten Morgen bitterlich bereuten. Ich beschloss, ihm ein Kompliment zu machen, um ihm für seine Umsichtigkeit zu danken.

»Deine Manchesterhose sieht sehr schick aus. Gut verarbeitet.«

»Meine was?« Er lachte. »Du bist heute irgendwie voll daneben, Jassi. Am besten, du chillst erst mal ’ne Runde.«

»Tschillen?« Was war das? Gott, wie sollte ich nur dieses Kauderwelsch der Jugend verstehen?

»Chillen. Auf der Tanzfläche.«

»Was, ich?« Um Gottes Himmels willen. Sosehr ich mich heute Nachmittag am Anblick des hübschen Kleides und den Erinnerungen an meine früheren Tanzabende berauscht hatte und sosehr es mich auch juckte, mal wieder das überraschend gesunde Tanzbein zu schwingen, so unvorstellbar erschien es mir dennoch, mich zu dieser menschlichen Herde zu begeben, die sich zuckend und hopsend auf der Tanzfläche bewegte. Gelegentlich schoss ein Lichtstrahl wie ein Komet auf jemanden zu und erhellte ein ekstatisches Gesicht, Trillerpfeifen schrillten und der Boden bebte. Die armen Leute in den Käfigen führen mittlerweile eine Art Veitstanz auf.

»Nein, ich glaube nicht«, erwiderte ich rasch. »Ich glaube, ich tschille und tanze heute eher nicht.«

Ben wechselte einen fragenden Blick mit Lisa, die gerade zurückkam, dann zuckte er die Schultern und zog Lisa mit sich, dicht gefolgt von Jasmin, die wie von mir vorausgesehen nach Tabak roch, ihnen hinterherschlurfte und mich ignorierte.

Unversehens fand ich mich also ganz alleine am Tisch wieder. Ich strich mir nervös den Rock glatt und überlegte, was um alles in der Welt ich tun sollte, wenn jemand kam und mich zum Tanzen aufforderte. Ich nippte an meinem Glas und sah mich vorsichtig um.

Wahrscheinlich würde niemand kommen, dämmerte es mir.

Wer hier tanzen wollte, der begab sich eben auf die Tanzfläche, so einfach war das. Eigentlich gut, wenn man es recht betrachtete. Mit Grauen erinnerte ich mich an einen Tanzabend 1956 im Flamingo, als meine beste Freundin Hannelore mit einem flotten Amerikaner den ganzen Abend lang auf der Tanzfläche verschwand, während ich am Tisch saß wie bestellt und nicht abgeholt. Was hätte ich damals dafür gegeben, einfach auf die Tanzfläche springen zu können wie all die jungen Leute hier. Stattdessen sortierte ich an jenem Abend meine Handtasche aus und wieder ein, nippte an meinem Drink mit dem kleinen Schirmchen und versuchte unbeteiligt und lasziv auszusehen. So wie Grace Kelly, die war ja damals eins unserer großen Idole. Aber natürlich sah ich nicht aus wie Grace Kelly, denn wenn ich so ausgesehen hätte, so elegant und schön, dann wäre ich ja gar nicht erst am Tisch versauert. Denn dass ich durchaus witzig und charmant sein konnte, sah man mir ja nicht an. Irgendwann erbarmte sich dann ein Mann, ein junges Fass mit Mundgeruch, der mir beim Tanzen immer auf die Füße trat, aber trotzdem war ich ihm dankbar, weil er mich aus der Gefangenschaft des Mauerblümchendaseins befreite.

Und jetzt, sechzig Jahre später, saß ich wieder an einem Tisch in der Ecke, hielt mich an meinem Sherry fest und traute mich nicht aufzustehen. Und das, obwohl ich auf absurde Weise eine unbegreifliche und unerklärliche zweite Jugend geschenkt bekommen hatte, die überdies jeden Moment zu Ende sein konnte. Wer wusste denn, wie lange dieser Spuk anhalten würde? Ich wusste es nicht und Jasmin auch nicht, genau, wie ich keine Ahnung hatte, warum dieser Wahnwitz ausgerechnet über uns beide hereingebrochen war.

Ich wurde richtig wütend auf mich selbst und stand entschlossen auf. Wenigstens sollte ich ein bisschen herumlaufen und mich umsehen. Ich kippte meinen Sherry hinunter und begab mich forsch dahin, wo der Lärm am größten war. Auf der Tanzfläche hatte sich jetzt eine Art Kreis von Leuten geformt, die alle um etwas herumsprangen und tanzten, dabei johlten, lachten und die Arme rhythmisch in die Luft rissen. Neugierig blieb ich stehen. Weder Lisa noch Ben noch Jasmin waren irgendwo zu sehen. Sollte ich einfach mutig sein und frei von der Leber weg ein Gespräch mit jemandem beginnen? Ich beobachtete eine junge Frau in unglaublich hohen Schuhen, die immer wieder auf der Tanzfläche umknickte.

»Pariser Schuhe, Odenwälder Füße«, scherzte ich laut.

»Hä?« Das dunkelhäutige Mädchen neben mir, fast noch ein Backfisch, sah mich verwundert an.

Offenbar verstand sie kein Deutsch.

»Voll der Hammer, ey«, brüllte da jemand hinter mir einem Freund ins Ohr. »Die flippt total aus!«

»Mega!«, schrie jemand zurück.

»Boah, die Alte, schau mal«, sagte eine andere Stimme.

Eine dumpfe Vorahnung beschlich mich. Ich wagte einen vorsichtigen Schritt nach vorn und befand mich nun an der äußersten Peripherie der Tanzfläche. Jetzt sprang einer der Leute aus dem Kreis zur Seite und ich hatte freie Sicht auf das, was sich dort abspielte: Es war

Jasmin. Sie tanzte mit geschlossenen Augen in der Mitte des Kreises, die grauen Haare flatterten, das Kleid wehte, die Halsketten flogen umher. Ein Scheinwerfer war genau auf sie gerichtet wie der leuchtende Zeigefinger einer höheren Gewalt und um sie herum tobte die Masse.

Mir gefror das Blut in den Adern. Ein ungeheuerlicher Anblick. Und das Schlimmste war – das war ja ich, die da völlig enthemmt herumhopste!

»Eat, sleep, rave, repeat«, schallte der Refrain aus den Lautsprechern und jedes Mal riss die Menge um Jasmin herum die Arme in die Luft und sang mit. In diesem Moment wurde ich mit einer Traube von Neuankömmlingen nach vorn geschoben, und noch bevor ich michs versah, stand ich mitten auf der Tanzfläche. Ich versuchte panisch, wieder an den Rand zu gelangen, aber die Masse zu durchdringen glich einer ungeheuren Anstrengung und war nahezu unmöglich. Endlich schaffte ich es, weil jemand mich am Arm griff und hinauszog.

Ein junger Mann mit bekritzeltem T-Shirt und Ohrring, so alt wie meine Enkel wahrscheinlich jetzt wären, hätte ich je Kinder bekommen.

Ich betrachtete ihn verblüfft. Er hatte die Haare an den Seiten kurz geschnitten und oben mit Pomade zu einer wilden Tolle frisiert – genau der Haarschnitt, den die jungen Männer damals zu meinen Tanzstundenzeiten getragen hatten. Sofort hatte ich wieder die näselnde Stimme von Tanzlehrer Zellmann im Ohr: »Die Herren bitte die Hand auf dem Rücken der Dame lassen und eins, zwei, drei, eins, zwei, drei … « Beinahe hätte ich den jungen Mann gefragt, ob er sich vielleicht im

Körpertausch mit einem alten Mann befand, aber ich konnte mich gerade noch bremsen. Die Frisur war einfach wieder modern geworden, begriff ich. Das war alles.

»Alles klar?«, fragte er. »Du siehst aus, als ob du gleich umfällst.«

»Alles gut.« Ich schüttelte die Nachwirkungen dieser geradezu apokalyptischen Tanzerei von mir ab. »Es ist nur ein bisschen viel ... Bambule hier drin und die Musik ist so ... « Ich suchte nach Worten und fand keine.

»Bambule? Gefällt dir der Song nicht?«, erkundigte sich der Junge.

»Nein. Also doch, doch, durchaus. Sehr flottes Lied.«

Ich spürte, wie ich rot wurde. »Ich finde es nur schwierig, danach zu tanzen. Oder zu tschillen.« Hoffentlich hatte ich das jetzt richtig ausgesprochen.

»Echt? Wonach tanzt du denn so?« Er grinste mich an.

Nach gar nichts mehr, lag es mir auf der Zunge. Hilflos kramte ich in den Tiefen meiner Erinnerungen nach irgendeinem Hinweis auf moderne Tänze oder Musik, etwas, das ich in einer Illustrierten beim Arzt oder in der Wochenendbeilage der Zeitung gelesen hatte, aber mir fiel nichts ein. Das letzte Mal hatte ich mit Harry vor fünfunddreißig Jahren getanzt. Zur Silvesterparty, die wir zusammen mit seinen Kollegen gefeiert hatten. Damals spielten sie ABBA, daran konnte ich mich noch erinnern, aber wahrscheinlich war das mittlerweile genauso aus der Mode gekommen wie ich. Oder war ABBA vielleicht gerade wieder modern geworden, genau wie die Frisur? Wer sollte das noch alles verstehen?

»Rock 'n' Roll«, sagte ich schließlich, denn das war noch nicht mal gelogen. Ich hatte ja mal Rock 'n' Roll gemocht und auch danach getanzt. Sogar verdammt gut. »Und Twist. Boogie-Woogie.«

»Ist ja irre.« Der junge Mann strahlte mich an. »Ich lerne gerade jeden Dienstag Twist in Klaras Ballhaus, wie geil ist das denn? Wo hast du es gelernt?«

»Tanzschule Zellmann.«

»Nie gehört.«

Natürlich nicht. Das Haus wurde vor dreißig Jahren wegen Baufälligkeit abgerissen. In der Decke des Saals hatten sich am Ende Fledermäuse eingenistet, die manchmal durch den Saal flatterten und die jungen Damen reihenweise zu gellendem Gekreische veranlassten. »Hat mittlerweile zu.«

»Und was machst du dann hier? Wenn dir Techno nicht gefällt?«

Techno? Wovon redete er? Ich beschloss, am besten nicht darauf einzugehen. »Ich bin hier, weil … « Ach, Herrschaftszeiten, wie verfahren war das nur alles. »Ich bin wegen meiner Oma hier.« Ich holte tief Luft. »Die da .« Ich deutete auf die zweiundachtzigjährige Jasmin, die gerade den Kreis durchbrach, sich mit einer Hand an Lisa festhielt und mit der anderen den Schweiß von der Stirn wischte. »Mann, ich brauche dringend 'nen Drink«, hörte ich sie krächzen. Sie hatte wirklich überhaupt keine Contenance.

»Das ist deine Oma?«, fragte der Junge verblüfft.

»Und ihr zieht zusammen durch die Klubs? Das ist ja krass!«

»Du sagst es«, antwortete ich schwach.

Alles tat mir höllisch weh. Mein rechtes Knie wurde offensichtlich gerade von roten Waldameisen attackiert, während das linke von sadistischen Baumarktangestellten mit einem Hammer bearbeitet wurde. In ein solches Tal der Qual war ich noch nicht einmal gestürzt, als ich mir beim Basketball in der zehnten Klasse das Handgelenk angebrochen hatte. »Shit«, fluchte ich laut, hielt mich dabei an Lisa fest und humpelte zum erstbesten Stuhl, auf den ich mich keuchend niederließ. Ich würde garantiert niemals wieder im Leben aufstehen können.

»Hol mir bitte was zu trinken, Lisa«, flehte ich meine Freundin an. »Und Eis.«

»Eis? Meinen Sie Mövenpick oder so?«

Herrgott noch mal. Manchmal war Lisa echt nicht die hellste Kerze auf der Torte. »Eiswürfel. Für meine Knie.«

»Ach so.« Lisa nickte eifrig. »Ich schau mal, ob ich was kriege.« Sie machte sich auf die Suche.

»Hey, das ist mein Platz«, ließ sich da eine Stimme vernehmen. Ein junges Mädchen stand vor mir, in einem ärmellosen silbernen Kleid und mit platinblondem Bob und einem Busen so spitz wie Verkehrshütchen. Ich erkannte sie sofort, dieses Biest hatte mir vor einigen Wochenenden genau hier einen super Typen weggeschnappt.

Patrick, mit dunklen halb langen Locken, einem verschmitzten Grinsen, Dreitagebart und einer Figur zum Niederknien, mit dem ich bereits fast so was wie ein regelmäßiges Date gehabt hatte. Also zumindest waren wir mehr als einmal miteinander ins Bett gegangen und das ließ schließlich schon auf gemeinsame Interessen schließen, oder etwa nicht? Das blonde Gift hatte sich jedoch einfach bei Patrick auf den Schoß gesetzt, als ich aufs Klo gegangen war, und von dem Moment an war ich für ihn so interessant gewesen wie eine Nacktschnecke.

Ich fixierte das blonde Biest jetzt aus schmalen Augenschlitzen. »Kannst du 'ner alten Frau vielleicht mal einen Sitz überlassen?«, blaffte ich sie an. »Ist das zu viel verlangt? Zufälligerweise sterbe ich hier gerade.«

»Sie machen was?« Das Mädchen klapperte erschrocken mit ihren großen Rehaugen. »Patrick?«, rief sie ins Unbestimmte nach hinten. »Patrick, kommst du mal schnell?« Dann wandte sie sich wieder an mich. »Also ich finde, dass … «

»Ich finde, das gehört sich so. Alter geht vor Schönheit.«

Ich-klaue-alle-Männer-Blondie sah sich erneut um, offenbar auf der Suche nach Patrick, der treulosen Tomate, von dem sie sich wohl erhoffte, dass er mich bizarre alte Schachtel aus ihrem Gesichtsfeld räumen würde.

»Du könntest dich bei irgendeinem Typen auf den Schoß setzen, wenn seine Freundin gerade auf dem Klo ist«, schlug ich vor und musste trotz meiner Schmerzen kichern. Ihr Gesicht, als ich das sagte! »Das machst du doch so gern.«

Sie setzte zu einer Antwort an, brachte aber nichts heraus und fuhr sich stattdessen mit den Fingern durch die Haare. Ohne ein weiteres Wort drehte sie sich um und verschwand. Und tschüss. Mit einem Flyer, der auf dem Tisch lag, fächerte ich mir zufrieden Luft zu, allerdings hielt die Erfrischung nicht lange an. Ich brauchte jetzt dringend was zum Aufputschen, sonst brach ich hier gleich zusammen. Am liebsten hätte ich mich ja ausgeruht und vor allem die Beine hochgelegt und außerdem verursachte mir die laute Musik irgendwie Kopfschmerzen, von dem spastischen Gezucke der Lichter ganz zu schweigen. Musste das sein?

»Hier, Oma Alma.« Lisa erschien und reichte mir ein Glas mit Eiswürfeln. »Ich gehe mal Ben suchen.«

»Danke, Süße.« Ich presste das Glas an meine Knie. Ach, tat das gut, aber leider hielt es nicht lange an. Und genau – wo war eigentlich Ben abgeblieben? Ben hatte doch immer was dabei, ein paar Pillen, einen Joint, dieses oder jenes Pülverchen. Ich sah mich um. Aha, da vorn stand er ja und gleich daneben Alma in ihrem närrischen Aufzug, einfach unglaublich. Ich wollte mich gerade wieder aufregen, als ich noch etwas entdeckte.

Alma, diese Rentnerin im Schafspelz, hatte einen Typen aufgerissen, mit dem sie am Rand der Tanzfläche stand und schwatzte. Einen Hottie vom Feinsten noch dazu, mit süßem Gesicht und knuffiger Frisur. Das war doch echt nicht zu glauben, innerhalb kürzester Zeit und trotz ihres drögen Outfits, in dem sie so sexy aussah wie ein Milchbrötchen. Während ich hier altersschwach und von allen ignoriert am Tisch hocken musste, denn jetzt hatten sich auch noch Lisa und Ben zu den beiden gesellt. Lisas Piercing funkelte, sie lachte gerade über irgendwas. Lisa, die Herrin der Nasenringe, und ich, die Herrin der Jahresringe, oder wie? Wo blieb da die Gerechtigkeit? Andererseits, so schlussfolgerte ich, war der süße Typ ja an dem interessiert, was er vor sich sah, und das war immerhin noch ich. Also hatte ich demzufolge das totale Recht, mich dazuzustellen und meinem zukünftigen Lover ein bisschen auf den Zahn zu fühlen.

Bei der Gelegenheit konnte ich auch gleich Ben nach einem kleinen Aufputscher fragen. Ach, Mist, das konnte ich eben nicht, ich war ja angeblich meine eigene Oma.

Alma würde das irgendwie erledigen müssen. Aber erst mal das Wichtigste. Ächzend hievte ich mich auf die Beine.

»Schönen guten Abend, junger Mann«, grüßte ich, nachdem ich mich zu den anderen geschleppt hatte. Ich zwinkerte dem Hottie zu.

»Hallo. Abend.« Er nickte leicht verdutzt. »Ich kann es ja kaum glauben, dass Sie in Ihrem Alter noch mit Ihrer Enkelin durch die Klubs ziehen.«

»Alter wird völlig überbewertet, es sei denn, es geht um Käse«, erwiderte ich und kniff ein Auge zu. Gott, war der rasiermesserscharf. Dieser Waschbrettbauch ...
»Du hast da was«, sagte ich, strich ihm übers T-Shirt und berührte bei der Gelegenheit rasch seinen Arm. Diese Muskeln. Ich schnipste einen unsichtbaren Faden weg. »So. Weg isses.« Schwungvoll warf ich meine Haare nach hinten, allerdings klatschte ich mir mit dieser ungestümen Geste nur ein paar graue Strähnen ins Gesicht.

Der Junge lachte pflichtschuldig, wenn auch mit einem Anflug von Verwunderung, sein hübsches Gesicht keinen halben Meter von mir entfernt und doch wie hinter kugelsicherem Glas in einer Welt der Sorglosen, Schönen und Jungen. Was hatte ich eigentlich verbrochen, dass man mich so gnadenlos daraus verstoßen hatte?

Und was war überhaupt mit Alma? Wieso hatte ich ausgerechnet mit ihr tauschen müssen? Wenn ich schon plötzlich so eine alte Scharteke sein musste, warum dann nicht wenigstens eine reiche Hollywood-Ikone mit einer Armee von Poolboys, die knappe Badehosen trugen, eine erstklassige Massage hinlegten, unaufgefordert meine Drinks auffüllten und mir jede Stunde einmal versicherten, dass ich immer noch top für mein Alter aussah? Ich hätte ja wenigstens mit Liz Taylor oder Brigitte Bardot tauschen können. Obwohl, war Erstere nicht schon tot und lebte Letztere nicht mit tausend Tieren im Zoo?

Egal. Auf jeden Fall wären sie besser als Alma gewesen.

Wie aufs Stichwort flüsterte der Hottie ihr jetzt ins Ohr. »Also, deine Oma, die ist wirklich ungewöhnlich.«

»Meine Großmutter ist sehr modern.« Sie wedelte entschuldigend mit den Händen. »Oma, meine ich.«

»Was sie meint, ist, dass ich nicht so sehr der Typ süße kleine Oma bin«, erklärte ich und lächelte. Verführerisch, wie ich hoffte. »Ich bin mehr so der Typ gefährlicher grauer Panther. Der am liebsten junge Männer frisst.« Ich machte einen spielerischen Satz nach vorn und schrie im nächsten Moment vor Schmerz auf. »Mein Knie! Aua, mein Knie!«

»Ach du meine Güte, setz dich doch.« Alma sprang mir sofort zu Hilfe und schob mir einen Stuhl unter.

Zum ersten Mal empfand ich so etwas wie Dankbarkeit für sie, denn sie war die Einzige, die wusste, was ich jetzt durchmachte.

Sie beugte sich zu meinem Ohr. »Das linke Knie hat ganz schlimme Arthrose«, flüsterte sie. »Noch schlimmer als das rechte. Du darfst es nicht belasten und nicht zu lange stehen. Du brauchst eine Schmerztablette, hast du eine?«

Ich schüttelte den Kopf und biss mir auf die Lippen.

Nicht dass ich hier im angesagtesten Nachtklub der Stadt noch losplärrte wie ein Baby.

»Ich kümmere mich drum.« Alma tätschelte mir eifrig die Hand. »Da fällt mir ein – dein Freund Ben hat ja welche. Er hat sie mir vorhin gezeigt.«

Was? Was sagte sie da? Beinahe hätte ich laut aufgelacht, doch da wandte sie sich bereits an Ben. »Du hattest doch vorhin ein paar Schmerztabletten dabei. Könntest du meiner Oma eine geben?«

»Hm?« Ben lief dunkelrot an. Er versuchte ihren Blick einzufangen und formte ein »What the fuck?« mit den Lippen, aber das rauschte natürlich vollständig an ihrer Wahrnehmung vorbei.

»Verzeihung?«, fragte sie. »Ich hab dich nicht verstanden.«

»Die Tabletten sind speziell.« Bens Blick flackerte nervös von Alma zu mir.

»Inwiefern?«, fragte sie zurück.

»Weil, weil … Herrgott, Jassi! Sie haben … spezielle … und … äh … starke Wirkstoffe, das weißt du doch.« Ben sah sie jetzt irgendwie richtig flehend an und trotz meiner Knieschmerzen amüsierte ich mich gerade prächtig. Vielleicht kam ich ja heute Abend doch noch zu etwas Vernünftigem, und das sogar ohne mein Zutun.

»Starke Wirkstoffe?« Sie ließ nicht locker.

»Ja«, quiekte Ben gequält.

Lisa meldete sich ebenfalls zu Wort. »Jassi, die Pillen sind doch nichts für deine Oma.« Sie räusperte sich demonstrativ.

»Also, ich weiß ja nicht, worum es hier geht«, mischte der Hottie sich ein, »aber … «

»Stark ist genau das, was meine Oma braucht«, ging Alma streng dazwischen. »Normalerweise nimmt sie Indomet, sie ist einiges gewöhnt. Die Knieschmerzen sind wirklich ganz schlimm, ihr macht euch keine Vorstellungen. Besonders morgens nach dem Aufstehen, wenn man lange Zeit still gelegen hat, oder auch nach langem Laufen, Treppensteigen geht auch kaum, ein Kreuz ist das, und zwar schon seit Jahren. Der Dr. Walter sagt, dass ich … « Sie brach ab und setzte erneut an. »Eine Tablette, die einem wieder auf die Beine hilft, ist jedenfalls manchmal die letzte Rettung. Und zwar am besten eine starke«, fügte sie noch aufmüpfig hinzu.

»Also gut.« Ben zuckte mit den Schultern. »Okay, eine halbe. Ich übernehme aber echt keine Verantwortung, nur dass du's weißt.«

»So was Knauseriges. Jetzt stell dich nicht so an.« Sie wurde langsam ärgerlich. »Du kriegst von ihr eine Indomet wieder, wenn es sein muss.«

Ben wand sich wie ein Wurm, er schien wirklich hin und her gerissen zu sein und knetete sich nervös die

Hände. Schließlich hielt er ihr eine halbe weiße Pille hin.

»Danke.« Alma klaubte sie heraus und reichte sie mir.

»Und hier hast du ein Wasser zum Runterspülen.« Sie nahm Lisa einfach das Glas aus der Hand, ohne auf deren schwachen Protest zu achten.

Yeah! »Danke, mein Kind«, sagte ich. »Du bist eine Gute. Du weißt, was eine alte Frau glücklich macht.«

Ich zwinkerte Ben zu, der stumm und wie gebannt zu mir sah, offenbar bereit, mir im letzten Moment die Tablette wieder aus der Hand zu reißen. Dann schob ich die Pille in den Mund und spülte sie mit dem Wasser aus Lisas Glas runter, das, wie ich jetzt befriedigt feststellte, reiner Wodka war.

»Fuck«, flüsterte Ben. »Sie hat sie echt genommen.«

»Fühle mich jetzt schon besser«, sagte ich zu Alma, die beruhigend meine Hand streichelte. Und dann lehnte ich mich zurück und wartete auf das Prickeln auf der Kopfhaut.

Wenig später verlor ich jedes Zeitgefühl. Dafür überkam mich der unbändige Drang, alle Leute anzusprechen und ihnen mitzuteilen, dass ich in Wahrheit erst achtundzwanzig Jahre alt war. Und ich wollte tanzen und tanzen und alle anlachen. Noch nie hatte ich hier so viele attraktive Leute gesehen, und da schloss ich mich selbst mit ein, ich sah nämlich verdammt gut aus in den großen Spiegeln. Überhaupt nicht mehr alt, ich sah wieder aus wie ich selbst und deshalb würde ich mir jetzt irgendeinen coolen Typen suchen und ...

»Oma?« Jemand rüttelte mich an der Schulter. Warum war mir plötzlich so kalt? Verdutzt sah ich mich um. Ich saß vor dem Klub auf einer Bank, Alma neben mir, die sich gestresst mit einem Taschentuch das Gesicht abtupfte. Daneben standen wie erstarrt Lisa, Ben und der Hottie. Ein kalter Wind wehte und hetzte erschlaffte braune Blätter über den nassen Asphalt. Es nieselte.

»Was ist los?«, krächzte ich. Gott, was hatte ich für einen Durst. Am liebsten hätte ich meinen Mund aufgerissen und Regentropfen hineinfallen lassen.

»Du warst plötzlich ein wenig zu ausgelassen«, erklärte Alma mit zitternder Stimme. »Du hast mit allen Leuten geredet und so wild getanzt und dann hast du ... « Sie brach verschämt ab, offenbar unfähig, mich über den weiteren Verlauf des Abends zu informieren.

»Dann haben Sie den Barkeeper mit Ihrer Handtasche attackiert und mehrere Flaschen umgeschmissen, weil sie unbedingt mit ihm tanzen wollten und er nicht wollte.«

Ben deutete mit einem kurzen Schlenker meinen Angriff auf den bedauernswerten Barmann an. »Sie haben ihm gesagt, dass er einen Knackarsch hat und dass er sich nicht so anstellen soll, weil Sie in Wahrheit erst achtundzwanzig sind.«

»Es war so was von krass«, flüsterte der Hottie voller Ehrfurcht.

»Ich hab Durst.« Das Atmen fiel mir schwer. »Lasst uns wieder reingehen.«

»Das ist leider nicht möglich«, stotterte Ben. »Weil wir wegen ... also wegen Ihnen ... weil wir Klubverbot haben.«

»Wie bitte?« Mein Herz raste und mein Kopf dröhnte. Was für einen üblen Mist hatte ich da nur eingeschmissen? Was hatte Ben mir da gedealt?

»Wir dürfen ein halbes Jahr lang nicht mehr rein. Ein halbes Jahr.« Ben schüttelte ungläubig den Kopf. »Ich bin noch nie irgendwo rausgeflogen.«

»Ich auch nicht«, murmelte Alma.

»Ich auch nicht«, sagte Lisa leise. Das stimmte nicht. Ich wusste zufälligerweise ganz genau, dass sie aus ihrem ersten Job als Friseurin rausgeflogen war, weil sie bei einer Kundin die Dauerwellentinkturen verwechselt und dadurch ein monströses Haargeflecht auf deren Kopf erschaffen hatte, das sich drahtig und unbezwingbar wie eine feindliche Armee nach allen Seiten hin ausgebreitet hatte. Die Kundin war bei ihrem Anblick im Spiegel total ausgerastet und hatte mit einem Haarspray nach Lisa geworfen. Aber der Laden war eh voll lahm und spießig gewesen und ich hielt es überdies für ratsam, jetzt nicht davon anzufangen.

»Also ich fand's phänomenal«, meldete sich der Hottie zu Wort. »Wir sind jetzt da drin Legende. Und außerdem können wir weiterziehen, ins Ballhaus, wenn ihr wollt. Da ist heute Swing Night.«

»Swinger-Night?«, fragte Lisa alarmiert. Sie zupfte unruhig an ihrem Tuch herum.

»Nee, Swing. Twist, Boogie und so was. Das magst du doch, stimmt's?«, wandte er sich an Alma.

»Ja, sehr. Ich war immer gut im Twist. Also ich meine ich bin gut im Twist.«

»Du?« Lisa riss die Augen auf. »Du kannst so gut Twist tanzen wie ein Emu!«

Das war doch jetzt egal. »Kann mir jetzt mal jemand was zu trinken besorgen?«, versuchte ich mich bemerkbar zu machen, aber plötzlich redeten sie alle durcheinander, außer Ben. Der fing an, sich wie ein gestresster

Manager die Schläfen zu massieren. Fast tat er mir ja leid, weil der Abend so abdriftete und er keine Ahnung hatte, was hier eigentlich lief.

Auf einmal wurde es still und aus irgendeinem Grunde sahen jetzt alle zu mir.

»Möchten Sie … « Lisa hüstelte gekünstelt. »Möchten Sie denn da auch wieder mitkommen?«

Ach, daher wehte der Wind. Aber so leicht wurden sie mich nicht los. Und schon gar nicht jetzt, wo der Hottie mit ins Spiel gekommen war. »Aber selbstverständlich.« Ich stand auf, obwohl ich kaum noch kriechen konnte. »Ich gehe überallhin, wo meine Enkelin hingeht.«

Ben stöhnte leise auf, Alma hingegen drückte erleichtert meine Hand. »Danke«, flüsterte sie mir zu, während die anderen drei wieder in zischelnden Streit ausbrachen. »Und wenigstens hast du jetzt keine Schmerzen mehr, was?«

Das Ballhaus befand sich zum Glück in unmittelbarer Nähe und entpuppte sich auf den ersten Eindruck als gar nicht so lahm, wie ich befürchtet hatte. Abgesehen davon vielleicht, dass die meisten Kerle da drin mit Anzug und Krawatte herumliefen wie mein Chef Andreas Bergner und dass die Musik so eine Art Frühschoppen-Gedudel war, bei der Männer mit Hosenträgern und angeklatschten Haaren vorn auf der Bühne wie aufgezogen in Trompeten und Saxophone bliesen. Die Frauen, das musste ich jetzt leider feststellen, hatten ähnliche Kleider an wie Almas heiß geliebtes Faschingskostüm und sahen total brav und ordentlich aus. Soweit ich das beurteilen konnte, war es eine komplett drogenfreie Zone.

Erstaunlich, was für ein Paralleluniversum sich da in direkter Nachbarschaft zum New York auftat.

»Oh, die tanzen ja Twist.« Alma blieb stehen. »Das hab ich schon ewig nicht mehr gesehen.« Sie deutete zur Tanzfläche, auf der sich Paare wie Gummifiguren hin und her bewegten und die Beine und Hüften dabei in entgegengesetzte Richtungen schwenkten und drehten.

»Was ist das eigentlich genau?«, fragte Lisa.

»Ein Tanz aus den fünfziger Jahren.« Alma wippte mit dem Fuß den Takt mit. »Hab i... hat meine Oma immer getanzt.«

»Ja, logisch«, log ich. Ich hatte es mir auf einer plüschigen roten Couch bequem gemacht und man konnte sagen, was man wollte, hier war es eindeutig gemütlicher als im New York. Hier konnte man wenigstens die Beine hochlegen. »Ich war der Twitter-Champion seinerzeit.« Ich hoffte, dass der Hottie das hörte, aber der hatte ja nur Augen für Alma.

»Twist«, verbesserte sie schnell.

»Ja, genau der. Davon war ich Meister. Was sind mir die Männer in Scharen zugeflogen. Du erinnerst mich an einen von ihnen.« Das galt dem Hottie, der übrigens Dominik hieß, wie ich inzwischen wusste, aber der hatte mich gar nicht gehört, sondern zog gerade Alma auf die Tanzfläche. »Ich war so was von phantastisch«, rief ich ihm hinterher. »Das könnt ihr euch gar nicht ... « Ich verstummte und starrte zur Tanzfläche.

»Nee, oder? Das ist jetzt nicht wahr!« Für einen Moment vergaß ich, dass ich doch meine eigene Oma spielen musste. Zu unglaublich war, was ich zu sehen bekam.

Alma tanzte so irre gut, dass alle Leute um sie herum sofort anfingen mitzuklatschen und bewundernde Pfiffe ausstießen. Sie drehte die Fußballen geschmeidig von links nach rechts, sie drehte das Becken, sie drehte einfach alles, sie ging butterweich in die Knie, nur um sofort wieder hochzuschnippen und weiterzutanzen.

»Wahnsinn«, staunte Ben neben mir. »Wie Elvis oder so. Wusstest du, dass Jasmin das kann?«, fragte er Lisa.

»Nee.« Sie schüttelte den Kopf. »Sie behält auf einmal so viel für sich. Was in ist und so. Ich weiß auch nicht, warum, aber dass sie jetzt Twist tanzen gelernt hat, hätte sie mir doch echt sagen können. Vielleicht hätte ich das ja auch gern gelernt.« Sie zeigte anklagend auf Alma, die jetzt mit dem Rücken weit zurückgelehnt in die Knie ging und dabei lachte.

»Twist and shout«, sangen die Männer auf der Bühne und der ganze Saal tobte. Ich staunte nicht schlecht. Hier ging ja voll die Post ab, noch mehr als im New York.

Wer hätte das gedacht?

»Wie geil ist das denn«, sagte Ben bewundernd. Beide schienen mich ganz vergessen zu haben.

»Ich meine, sie ist auch total komisch heute, findest du nicht?«, fuhr Lisa mit gedämpfter Stimme fort, aber ich hörte sie trotzdem. »Sie raucht nicht mehr, sie hat deine Pillen nicht angerührt und eiskalt ihrer Oma angedreht. Auf einmal macht sie einen auf fünfziger Jahre. Sie trinkt Sherry, verdammt noch mal. Und zwar nur einen. Und sie tanzt auf einmal perfekt Rock ’n’ Roll oder was immer das ist. Ich kapier das nicht.«

Nervös rutschte ich auf meinem Plüschsitz hin und her. Vielleicht war es ja besser, hier zu verschwinden, ehe Ben und Lisa noch misstrauischer wurden. Überdies hatte ich im Verlauf des Abends mein Ziel völlig aus den Augen verloren: endlich wieder meinen Körper zurückzutauschen. Darüber musste ich endlich nachdenken und dafür brauchte ich einen klaren Kopf. Und Almas Hilfe.

»Ist ja nett von dir, dass du deine Oma nach Hause bringen willst, aber wir könnten doch hinterher weiter irgendwo Party machen«, hörte ich Dominik leise mit Alma diskutieren. Er war übrigens fünfundzwanzig. Siebenundfünfzig Jahre jünger als sie, das musste man sich mal auf der Zunge zergehen lassen. Was war das dann eigentlich? Ein Verhältnis à la »reife Frau sucht Lustknaben«, wie es in den Anzeigen für Perverse beschrieben wurde? Ich platzte bald vor Neid, besonders weil ich jetzt müde und total fertig hinter den beiden Turteltäubchen herschlurfte. Meine Beine knackten bei jedem Schritt wie bröselige Grissini und ich wollte nur noch eins: ins Bett. Auch Ben und Lisa hatten sich mittlerweile verabschiedet und wollten irgendwo noch einen Absacker trinken gehen.

»Aber ich bin für meine Oma verantwortlich.« Alma blieb stehen. »Da werde ich wohl kaum auf irgendwelche Tanzveranstaltungen gehen und mich amüsieren, wenn es einer alten Frau nicht gut geht.«

»Ja, du hast ja recht. Ich würde dich nur so gern wiedersehen. Oder heute noch was unternehmen. Du weißt schon.« Er blieb stehen und beugte sich vor.

Jetzt küsst er sie gleich, realisierte ich voller Schreck.

Nein, er würde nicht Alma küssen. Verdammter Mist, Dominik würde mich gleich küssen und ich würde es nicht mal merken. »Hey«, krächzte ich. »Nicht so forsch, junger Mann.«

Schuldbewusst zog er sein Gesicht zurück.

Ein Quietschen ertönte in der Ferne. Die Straßenbahn. Moment mal, die Straßenbahn. Das war die Lösung!

»Alma«, zischte ich. »Ich meine, Jasmin! Komm mal her.«

Sie löste sich von Dominik, leicht unwillig, wie es aussah, und kam näher. »Was ist?«

»Die Straßenbahn.« Ich quietschte geradezu hysterisch vor Erleichterung. Warum hatte ich nicht schon eher daran gedacht? »Es ist doch ganz einfach – wir setzen uns wieder zusammen in die Straßenbahn und ... tada! Wir wechseln wieder.«

Ihre Augen weiteten sich. »Du meinst ... «

»Ja, ich meine. Was denn sonst? Überleg doch mal.«

Ich zerrte sie aufgeregt am Ärmel. »Komm«, rief ich Dominik zu und grinste ihn an. Oh Gott, wenn alles gut ging, dann würde der Kuss mit diesem Prachtexemplar heute Abend doch noch stattfinden. Aber diesmal mit mir. »Wir fahren mit der Bahn.«

»Apropos Bahn. Ich muss dir noch etwas gestehen«, flüsterte Alma. »Ich hatte heute keine Monatskarte und keinen Fahrschein und musste sechzig Euro Strafe zahlen. Also du, meine ich. Du wirst das zahlen müssen.«

»Wieso das denn? Mann, das Ticket war doch auf dem Handy.«

»Oh.« Sie vergrub schuldbewusst ihr Gesicht in den Händen. »Das tut mir leid. Daran habe ich gar nicht gedacht, ihr jungen Leute seid heutzutage immer so schrecklich technisch.«

»Schwamm drüber, komm, steig ein, los.« Nichts konnte meine Laune mehr trüben, jetzt, wo diese Farce gleich vorbei sein würde. »Dominik?«

Er kam näher. Diese Grübchen, wenn er lächelte. Dieser coole Look. Bald bist du mein, mein, mein.

»Wieso nehmen wir die Bahn?« fragte er. »Ich dachte, Sie wohnen gleich um die Ecke?«

»Das wirst du gleich verstehen.« Ich gestikulierte zur Straßenbahntür. »Hilf mir mal.«

Ächzend und ungraziös kletterte ich mit Dominiks Hilfe in die Bahn hinein. Egal. In absehbarer Zeit würde der Albtraum vorbei sein.

Alma

Der Straßenbahnwagen war komplett leer und verursachte gerade deswegen bei mir eine Art Déjà-vu. Genauso war es heute Morgen gewesen – dieselbe Strecke, derselbe schwache Geruch nach regennassen Mänteln, dieselben abgesessenen Polster und unter Umständen sogar derselbe Waggon.

Lediglich mein junger Begleiter war neu. Ich betrachtete ihn verstohlen von der Seite. Er weckte Erinnerungen in mir. An heiße Sommernächte und Nacktbaden im See, an Gelächter, das über den Zeltplatz wehte, an den Geruch von Harrys Selbstgedrehten und an seine zärtlichen Hände auf meinem Körper später im Zelt in unserem allerersten heimlichen Urlaub zusammen. All das schien auf einmal wieder zum Greifen nahe, besonders wenn dieser Dominik mich wie zufällig berührte und mich mit Blicken verschlang. Beinahe hätte ich laut aufgelacht. Wenn mir noch letzte Woche jemand prophezeit hätte, dass sich am kommenden Samstag ein junger Mann nach mir verzehren würde, ich hätte denjenigen für verrückt erklären lassen. Und doch rührte sein Anblick auch etwas in mir – eine Sehnsucht nach Liebe, nach Komplimenten, nach Umarmungen. Noch einmal, noch ein letztes Mal.

Wie dumm von mir. Gleich würde ich wieder meinen ausgedienten alten Körper zurückhaben, in dem die Knieschmerzen mich wie griesgrämige alte Verwandte begrüßten und Dominik und Jasmin würden wahrscheinlich später in der Nacht übereinander herfallen, während ich meinen am Morgen begonnenen letzten Gang vollendete. Oder? Nein, das würde ich nicht. Ich verspürte keinerlei Verlangen mehr, mich von den Felsen zu stürzen. Das Leben hatte mich für einen halben Tag noch einmal mit voller Wucht umschlungen wie ein eifersüchtiger Liebhaber und es schien mir einfach unmöglich, mich aus dieser letzten Umarmung zu lösen.

Aber was sollte ich stattdessen tun? Ich hatte ja immer noch diesen Matzke am Hals und immer noch keine elftausend Euro.

»Hey. Jasmin«, rief Jasmin mir zu und lachte geradezu euphorisch, als hätte sie einen besonders guten Witz gerissen. »Setz dich mir gegenüber, okay. Wie heute früh. Und wenn die Bahn durch die Kurve fährt, dann lassen wir uns aufeinanderfallen. Halt, du setzt dich da drüben hin«, befahl sie Dominik, der neben mir Platz nehmen wollte.

»Wieso das denn?«

»Tu's einfach. Wer weiß, was sonst rauskommt, wenn wir dich auch noch in die Mischung reinwerfen. Vielleicht ein Transvestit Mitte vierzig.« Sie schlug sich vergnügt auf die Knie, zuckte aber augenblicklich zusammen und biss sich auf die Lippe. »Autsch.«

»Ist mit deiner Oma alles in Ordnung?«, erkundigte sich Dominik leise bei mir. Der arme Kerl. Er verstand selbstredend kein Wort.

»Doch, doch.« Warte es nur ab. Die alte Frau da drüben wird dir in wenigen Momenten um den Hals fallen, dachte ich traurig. Gleich kam die Kurve, gleich würde sich das Blatt wieder wenden, gleich war alles vorbei.

»Achtung«, rief Jasmin. »Jetzt!« Sie warf sich nach vorn, direkt auf mich drauf.

Die Straßenbahn rumpelte durch die Kurve und ich hielt mich krampfhaft an Jasmin fest, hatte meine Augen geschlossen, den Mund zusammengepresst und den Atem angehalten. Einen Moment lang nahm ich nichts anderes wahr als das Rauschen meines Blutes in meinen Ohren und die winzig kleine Stimme in meinem Kopf, die »Ich will noch nicht. Ich will doch noch nicht« flüsterte.

Ich öffnete die Augen.

Das Erste, was ich sah, war die Füllung des Sitzes mir gegenüber, die wie süßer Brei an einer Stelle herausquoll, an der offenbar jemand mit einer Zigarette ein Loch hineingebrannt hatte, das Generationen pulwütiger Kinder immer weiter vergrößert hatten. Das Zweite war Jasmin. Sie war immer noch alt und hatte Tränen in den Augen.

»Scheiße, Scheiße, Scheiße!« Sie rang fassungslos die Hände. »Es hat nicht geklappt.«

»Hör mal, findest du nicht, dass deine Oma irgendwie Medizin braucht?«, fragte Dominik mich leise. Er betrachtete Jasmin mit einer Mischung aus leisem Unbehagen und Sorge. »Hat sie vielleicht das Tourette-Syndrom oder so?«

Es hatte nicht geklappt.

»Es tut mir leid«, stammelte ich, ohne auf Dominik einzugehen. »Es tut mir wirklich sehr leid.« Aber das stimmte nicht ganz. Ein kleiner Teil von mir war erleichtert. Ekstatisch. Dankbar für die gewonnene Zeit.

Und doch empfand ich Mitleid für Jasmin, ganz großes Mitleid. Ich hatte wenigstens meine Jugend ausleben dürfen. Sie hingegen war von einer Sekunde zur anderen der ihren beraubt worden.

»Ich glaube, du steigst an der nächsten Haltestelite besser aus«, wandte ich mich an Dominik. »Meine Oma und ich, wir müssen etwas bereden.«

»Na gut.« Er sah mich traurig an. »Sehen wir uns wieder? Ich finde dich echt toll. So ganz anders irgendwie als die meisten Frauen.«

Jasmin gab von ihrem Platz aus ein höhnisches kleines Schnauben von sich, aber Dominik hielt es wahrscheinlich nur für eine weitere Manifestierung ihrer nicht weiter erläuterten Krankheit, er schenkte ihr jedenfalls keinerlei Beachtung.

»Das weiß ich nicht«, erklärte ich ihm. Der arme Junge tat mir aufrichtig leid. »Ich kann meine Zukunft im Moment nicht so planen.« Das war nicht einmal gelogen, schließlich hatte ich keine Ahnung, was der nächste Tag, die nächsten Stunden, die nächsten Minuten bringen würden. Und vor allem in welchem Zustand ich mich dabei befinden würde. »Aber es war sehr schön, dich kennenzulernen, Dominik. Es freut mich, dass es heutzutage noch so nette junge Kavaliere gibt.« Ich reichte ihm die Hand, die er überrascht schüttelte.

»Ja, ich freue mich auch«, antwortete er. »Dass es noch so nette ... äh ... junge Frauen gibt.«

Die Straßenbahn hielt an.

»Deine Handynummer.« Er riss sein Handy aus der Tasche. »Du hast mir deine Nummer noch gar nicht gegeben.«

»Ich hab keins.«

»Hä? Echt? Wie das denn? Jeder hat ein Handy.«

Wenn man niemanden hat, den man anrufen kann, dann hat man auch kein Handy, mein Jungchen.

»Du musst jetzt raus«, mischte Jasmin sich ein, die sich von ihrem Schock offenbar etwas erholt hatte.

»Tschüss, Hottie.« Sie kniff ein Auge zu.

»Okay. Man sieht sich. Hoffentlich. Viel Glück mit deiner Oma. Und ihrem … äh … Syndrom.« Dominik bewegte sich rückwärts von uns weg und sprang in letzter Sekunde aus der Bahn, bevor sich die Türen schlossen. Draußen verharrte er wie ein Reh im Scheinwerferlicht an der Haltestelle und blickte voller Verlangen zu mir herein. Die Bahn fuhr los.

»Armer Schatz«, sagte Jasmin. »Nicht auszuhalten, dass er heute Nacht alleine schläft. Und warum zum Geier hast du dir nicht seine Handynummer geben lassen?«

»Weil eine Dame nie nach der Telefonnummer fragt«, erklärte ich empört. »Wie sieht denn das aus? So ungeniert. Als ob man es nötig hat.«

»Hallo? Vielleicht hätte ich ja irgendwann mal Interesse an ihm gehabt. Später, meine ich. Hast du da mal dran gedacht?« Sie schüttelte den Kopf. »Wie soll ich ihn denn dann wiederfinden, hm?«

»Gar nicht. Ein Mann findet dich, ganz einfach. Wenn er dich wirklich will, findet er einen Weg.« So war das bei Harry und mir schließlich auch gewesen.

»Glaubst du das wirklich? Willkommen im 21. Jahrhundert«, murrte sie. »Und jetzt? Was machen wir jetzt?«

»Nach Hause gehen.« Ich hatte ja gar kein Zuhause mehr, fiel mir da ein. »Also zu dir nach Hause. Wenn es dir nichts ausmacht.«

»Du willst mit zu mir? Kommt überhaupt nicht infrage. Ich bin nicht so der WG-Typ. Du hast doch deine eigene Bude.«

»Aber wenn ich bei dir wohne, dann könnten wir uns zusammen überlegen, was wir als Nächstes versuchen.«

Die Idee gefiel mir immer besser. Ich hatte außerdem das vage Gefühl, dass ich irgendwie mitschuldig daran war, dass die Rückverwandlung nicht geklappt hatte, und wollte das wiedergutmachen. »Ich kann auch ein bisschen für dich Ordnung halten, wenn du willst, du hast es ja jetzt mit den Knien und außerdem ... «

»Was ist mit deiner Wohnung?«, unterbrach mich Jasmin. Ein misstrauisches Funkeln erschien in ihren Augen. »Warum willst du nicht zu dir?«

»Ich könnte auch für dich kochen. Du hast ja kaum was im Kühlschrank. Vielleicht auch für deine Freunde und ... «

»Alma? Warum willst du nicht in deine Wohnung?«

Ich schluckte. »Weil ich nicht kann.«

»Du kannst nicht. Aha. Ich hab mir doch gedacht, dass da irgendwas nicht stimmt. Warum kannst du nicht zurück in deine Wohnung?«

Ich schwieg. Mein Herz klopfte wie verrückt.

»Alma?« Jasmin tippte mich an.

»Ich kann eben einfach nicht.«

»Du kannst nicht zurück in deine Wohnung«, wiederholte sie leise. Sie dachte offenbar nach, denn jetzt schien ihr eine Erkenntnis zu kommen. »Du bist also heute Morgen aus deiner Wohnung aufgebrochen, um auf eine Kaffeefahrt zu gehen, jedenfalls hast du das dieser neugierigen alten Wachtel von Nachbarin erzählt. Nur dass du ja gar nicht auf Kaffeefahrt gefahren bist, stimmt's?«

»Nein.«

»Okay. Dann stelle ich meine Frage mal anders herum: Wo wolltest du denn heute Morgen hin, Alma?«

Ich antwortete nicht. Ich starrte auf meine Hände.

Auf meine so schönen jungen Hände.

Jasmin

Dominik beugte sich über mich und küsste mich. Ich strich ihm über die nackten Schultern, zog ihn zu mir herunter, presste mich an ihn. Er murmelte etwas Geiles, schob mein Bein zur Seite und ...

»Autsch, pass auf! Mein Knie!«, brüllte ich und war mit einem Schlag wach. Statt Dominik lag nur meine dicke Steppdecke auf mir, mein linker Fuß hatte sich im Kabel des elektronischen Weckers verhakt, woraufhin dieser ins Bett und auf mein Knie gefallen war. Vor Schmerz stöhnte ich leise. Im ersten Moment glaubte ich mich in einem Albtraum zu befinden, und zwar in einem der besonders hinterhältigen Art, in dem man unter dem Gelächter der gesamten Stadt nackt auf dem Marktplatz herumläuft oder in dem man eine wichtige Rede halten soll und einem der Text nicht mehr einfällt oder in dem man auf einmal zweiundachtzig Jahre alt ist und der eigene Körper sich morgens anfühlt, als hätte man in einem Zementmischer übernachtet. Schlagartig fiel mir alles wieder ein. Der ganze schreckliche Tag gestern, die Nacht im New York, mein Filmriss dort und zu guter Letzt der gescheiterte Tauschversuch in der Straßenbahn.

Ganz offensichtlich war ich heute, am Sonntagmorgen, immer noch alt. Blaue Adern formten wilde Muster auf meinen Handrücken und der Hottie Dominik war momentan so unerreichbar für mich wie ein dreistelliger IQ für die meisten Promis. Im Grunde genommen konnte ich mich auch gleich umbringen. Umbringen …

Oh Gott. Ich richtete mich auf. Genau das hatte Alma mir gestern Nacht noch gestanden, kurz bevor ich völlig übermüdet und fertig in mein Bett gesunken war. Sie hatte sich gestern das Leben nehmen wollen und nur der Zwischenfall in der Straßenbahn hatte das verhindert.

Wo war die potenzielle Selbstmörderin jetzt?

»Alma?« Keine Antwort.

Mir wurde es erst heiß, dann kalt. Alma steckte in meinem Körper und ich durfte einfach nicht zulassen, dass dieses verrückte alte Frauenzimmer seinen Vorsatz durchführte, denn dann würde ich für immer wie in einem dunklen Verlies in ihrem Körper gefangen bleiben.

Oder zumindest so lange, bis ihr Körper sein unausweichliches und natürliches Ende fand, und das möglicherweise schon bald. Den letzten Gedanken stieß ich sofort erschrocken von mir, aber er schwelte dennoch in meinem Unterbewusstsein weiter. Ächzend zog ich mich an der Heizung hoch und humpelte so rasch ich konnte aus dem Schlafzimmer.

»Alma? Wo bist du?«

»Was ist denn?« Sie hatte meinen weißen Jumpsuit an und kroch gerade auf meinen Wohnzimmerdielen herum. Ich hatte das fellartige Teil schon vor zwei Jahren aussortiert und in die hinterste Ecke des Schlafzimmers verbannt, weil ich fand, dass es mich fett machte und ich darin wie eine Kreuzung aus Eisbär und Ferkel aussah.

»Gott sei Dank, du lebst«, rutschte es mir heraus.

»Ja, natürlich lebe ich.«

»Na, hör mal. Du hast mir immerhin gestern Abend erzählt, dass du dich umbringen wolltest.«

»Ja, das stimmt.« Sie senkte den Blick. »Aber ich bin doch keine Mörderin.«

»Zum Glück für mich.« Ich ließ mich auf einen Stuhl sinken. »Und für dich natürlich«, fügte ich etwas verspätet hinzu. Alma hatte sich umbringen wollen, das ging mir erst jetzt so richtig auf. Wenn es mich nicht gegeben hätte, dann läge sie jetzt tot im Steinbruch. Ihre Zukunft, wenn man davon noch sprechen konnte, läge darin, irgendwann zu Wildschweinfutter zu werden, denn um diese Jahreszeit lief da kein Mensch vorbei. Ich fröstelte unwillkürlich. Warum nur hatte sie so etwas Schreckliches tun wollen? Ich wollte sie so viel fragen, traute mich aber nicht, und sie schien ihrerseits heute Morgen nicht sonderlich gesprächig zu sein. Das Schweigen zwischen uns hielt an. Sie schrubbte die Dielen mit fast an Gewalttätigkeit grenzender Energie und blickte dabei kein einziges Mal hoch.

»Was hast du dir denn da Grusliges angezogen?«, versuchte ich schließlich einen Scherz. »Wehe, du gehst so auf die Straße. Ich habe so viele geile Klamotten, aber du greifst dir mit schlafwandlerischer Sicherheit den krassesten Scheiß heraus. Das Ding wollte ich schon längst wegschmeißen.«

»Wieso denn? Der Hausanzug ist von guter Qualität und noch völlig in Ordnung und er hält warm, von dem muss man sich doch noch nicht trennen. Und selbst wenn man ihn nicht mehr anzieht, so kann man noch Putzlappen daraus schneiden. Oder einen Kissenbezug nähen. Ihr jungen Leute wisst heutzutage die Dinge überhaupt nicht mehr zu schätzen. Und im Übrigen kann ich deine anderen Sachen beim besten Willen nicht anziehen. Die sind so überaus obszön.«

»Wie bitte?« Ich glaubte, mich verhört zu haben.

»Also für mich sind sie das. Nicht für dich«, verbesserte sie sich sofort. »Nein, das meine ich jetzt auch nicht so, wie es klingt, als ob dir das Obszöne gut steht, ich meine nur, dass es mir eben nicht steht. Ach, verflixt.«

»Schon gut.« Meine schrägen Klamotten gefielen eben nicht jedem. »Hast du mal eine von deinen Schmerztabletten?«

»Nein, leider nicht. Das Rezept liegt zu Hause. Aber da ... « Sie stockte.

»Da kannst du nicht hin, ich weiß schon. Das erzählst du mir jetzt mal alles genauer.«

»Ich ... « Ihr Blick flackerte unsicher. »Wir hätten von deinem Freund Ben noch ein paar Schmerztabletten mitnehmen sollen«, versuchte sie abzulenken. »Die haben doch recht gut gewirkt.«

Oh Mann. Ich fing an zu lachen. Alma lebte wirklich in geradezu beneidenswerter Unwissenheit. Zeit, sie aufzuklären.

»Was ist daran so lustig?«, fragte sie.

»Okay.« Ich wischte mir eine kleine Lachträne aus den Augen. »Zeit für die Stunde der Wahrheit für uns beide. Du erzählst mir, warum du dich umbringen wolltest, und ich verrate dir dafür auch ein Geheimnis. Alma – das waren keine Schmerztabletten. Das war ... «

»Ja?« Sie lächelte erwartungsvoll.

»Das war Ecstasy.«

»Ach ja?« Sie lächelte immer noch, wenn auch eine Spur vorsichtiger.

»Ec… ach verdammt, Mann, du weißt ja nicht mal, wovon ich rede. Drogen, Alma. Partydrogen.«

Das Lächeln glitt aus ihrem Gesicht, als hätte es jemand weggespült. Sie griff sich an den Hals.

»Rauschgift?«, fragte sie fassungslos. »Du meinst, du hast – also ich habe Rauschgift genommen?«

Rauschgift? Lieber Himmel, wer benutzte denn heute noch so ein bescheuertes Wort? Wie aus einem Tatort, den meine Mutter sich früher jeden Sonntagabend anschauen musste, weil sie in den Schimanski-Schauspieler verknallt war. Und jedes Mal, wenn eine Sexszene kam, wurde ich aus dem Zimmer geschickt, um einen Apfel zu holen. Jahrelang habe ich darüber gegrübelt, warum es meine Mutter immer ausgerechnet dann nach einem Apfel gelüstete, wenn es interessant wurde, bis ich irgendwann merkte, dass die Äpfel ja gar nicht gegessen wurden, sondern Teil eines fiesen Ablenkungsmanövers waren, wie es sich eben nur die Erwachsenen ausdenken konnten. Irgendwann aber interessierte mich der lahme Blümchensex ohnehin nicht mehr.

Jetzt seufzte ich geduldig. »Ja, okay, wenn du es so nennen willst. Aber das ist kein Rauschgift, das sind einfach nur Partydrogen. Das ist was anderes.«

»Sie sind illegal. Sie vergiften deinen Körper. Und sie verursachen einen Rausch. Was ist daran bitte schön kein Rauschgift?« Sie stemmte die Hände in die Seiten.

»Alma, nun mach doch nicht so einen Aufriss.« Ich fand, dass sie sich lächerlich benahm, und wollte noch viel mehr sagen, doch zu meiner Bestürzung fing sie an zu schluchzen.

»Ich war mein Leben lang eine anständige Frau. Ich habe auf meine Ernährung geachtet, ich war im Schwimmverein, ich habe seit Jahrzehnten nicht geraucht und nie übermäßig getrunken, ich habe mir nie Geld geborgt und war nie im Gefängnis und auf einmal werde ich in alles Mögliche hineingerissen, ohne es zu wollen. Ich habe horrende Schulden, fahre schwarz mit der Bahn und habe Rauschgift genommen. Wenn das Harry wüsste. Ich bin eine zweiundachtzigjährige kriminelle Drogensüchtige! Du vergiftest meinen Körper, dabei hatte ich vor ein paar Jahren einen Schlaganfall, das habe ich dir doch gestern erzählt, als du unbedingt deiner Nikotinsucht frönen musstest.«

»Moment mal.« So einfach war das ja wohl nicht.

»Du machst mir Vorwürfe, dass ich deinen Körper vergifte? Mit ein paar Partydrogen? Denselben Körper übrigens, den du gestern noch, ohne groß nachzudenken, vom Felsen jumpen wolltest? Du wolltest dich umbringen! Das habe ich doch richtig verstanden, oder etwa nicht?«

»Ohne groß nachzudenken? Du weißt ja überhaupt nicht, wovon du sprichst. Du weißt gar nichts von meinen Sorgen.«

»Woher denn auch? Du hast sie dir weder auf die Arme tätowiert noch auf Facebook gepostet oder an die Kummerkastentante bei der Zeitung geschrieben, also kann ich sie auch nicht kennen.«

»SMS für dich«, quäkte da eine Comicstimme aus meinem Handy. »SMS für dich. SMS für dich. SMS für ... «

»Halt die Klappe!« Ich schnappte mir das nervende Ding, schielte kurz darauf – die SMS war natürlich nicht von Dominik, wie auch, sondern von Alice, einer meiner anderen Freundinnen, die mich regelmäßig sonntags zum Pilates-Kurs mitschleifen wollte, aber ich wollte nun mal verkatert keine hundert Bauch-Crunches in zwei Minuten machen. No way! Ich schaltete es aus.

Warum hatte ich eigentlich diese idiotische Quäkstimme als Klingelton eingestellt? Die war so was von bescheuert. Und die Tatsache, dass Dominik sich nicht meldete, nervte mich noch mehr, obwohl der arme Typ ja keinerlei Anhaltspunkte hatte, wie er mich finden konnte. Er müsste sich eben einfach ein bisschen anstrengen.

»Egal, was ich sagen wollte, war ... Alma?«

Sie hatte das Gesicht in den Händen vergraben, ihre Schultern zuckten, sie gab hicksende Geräusche von sich.

»Mensch, Alma.« Ich stolperte zu ihr. »Ich bitte dich, jetzt weine doch nicht. Was sind das überhaupt für Schulden, die du da hast?«

»Ich weine nicht.« Ihr Gesicht verzerrte sich erneut, diesmal allerdings eindeutig in Richtung eines unkontrollierten und mit Lachstreuseln garnierten hysterischen Anfalls. »Ich lache. Ich lache über mich und darüber, wie albern ich alte Frau in deinem getigerten Nachtgewand aussehe. Also, wie albern du alte Frau aussiehst. Und wie diese Entenstimme da aus deinem Telefon quakt. Haha.«

Sie japste nach Luft und gackerte erneut los.

Sie hat einen Schock, dachte ich. Garantiert hat sie einen Schock. Was sollte ich denn jetzt nur tun? Behutsam tätschelte ich ihren Arm. »Komm. Jetzt erzählst du mir erst mal alles. Ich kann dir auch einen Tee machen, wenn du willst. Als ich das letzte Mal eine Magengrippe hatte, habe ich mir Pfefferminztee gekauft, er muss noch irgendwo herumliegen.« Die Magengrippe war ein Kater der Extraklasse gewesen, das Resultat von einem durchgefeierten Wochenende, aber das musste ich ihr jetzt nicht auch noch auf die Nase binden.

»Ich habe schon Kaffee gekocht.«

»Echt? Wie denn? Meine Kaffeemaschine geht doch gar nicht mehr.«

»Natürlich geht die.« Alma schnäuzte sich. »Die musste nur entkalkt werden.«

»Schöne Scheiße«, fluchte ich leise, als sie mir wenig später von ihrem letzten traurigen Jahr berichtet hatte, das am Freitag im Besuch dieses Kotzbrockens seinen demütigenden Höhepunkt gefunden hatte. Automatisch griff ich nach der Zigarettenschachtel auf dem Tisch, zog die Finger aber rasch zurück, denn Alma gebärdete sich so angewidert, als ob ich mir eine Ladung Frostschutzmittel hinter die Binde gießen wollte.

Ich deutete ein schwaches Husten an. »Hab sowieso Halsschmerzen. Und ich glaube, ich habe diesen Armleuchter getroffen, als ich in deiner Wohnung war. Lächelt wie ein Hammerhai, hat einen Goldzahn im Mund wie Captain Hook, trägt einen Anzug vom Vietnamesenstand oder so und stinkt nach total prolligem Rasierwasser, stimmt's?«

»Könnte man so sagen. Du hast ihn getroffen?« Alma verschüttete vor Schreck etwas Kaffee auf den weißen Anzug.

»Ich habe ihn nicht nur getroffen. Wir haben uns unterhalten. Und dann habe ich ihm einen Tritt in die Kronjuwelen versetzt.« Die Erinnerung daran bereitete mir ausgesprochenes Vergnügen und ich deutete eine Bewegung mit dem rechten Fuß an. Es knackte irgendwo in meiner Hüfte.

»Was?«

»Ich hab ihn … getreten«, übersetzte ich ihr. »Du weißt schon, wohin.«

»In … ? Um Gottes willen.« Alma schlug die Hand vor den Mund. »Das macht man doch nicht als alte Frau.«

»Wie bitte? Soll ich mir vielleicht alles gefallen lassen? Ich sag dir mal was – genau das erwartet so ein Schwachmat doch nicht von unsereins. Von uns alten Damen, meine ich.« Hatte ich tatsächlich gerade von uns alten Damen geredet? Ich prustete los.

Alma fiel unsicher mit ein. »Na, jedenfalls weißt du jetzt, mit wem ich es zu tun habe«, sagte sie, als ich mich wieder eingekriegt hatte. »Das ist ein impertinenter Kerl. Er hat meine Katze … « Sie redete nicht weiter, offenbar von Gefühlen überwältigt, und fing an zu schluchzen.

Ich reichte ihr ein Taschentuch.

»Er hat meine Katze beinahe aus dem Fenster geschmissen und mir angedroht, dass er das Gleiche mit mir machen wird, wenn ich nicht zahle. Und jetzt taucht er garantiert täglich vor meiner Tür auf. Lauert mir auf wie der Jäger dem Wild.«

»Was für ein mieses Schwein.« Arme Alma. Da hatte sie allerdings echt ein heftiges Problem am Hals. Halt – hatte ich jetzt am Hals.

»Jedenfalls kann ich nicht in meine Wohnung zurück.« Sie sah an sich herunter. »Und jetzt – erst recht nicht.«

»Sag doch einfach, du bist Almas Enkelin und weißt von nichts«, schlug ich vor, aber sie winkte nur ab.

»Dieser Matzke weiß ganz genau, dass ich keine Kinder und demzufolge keine Enkel habe. Und wenn ich mich in meiner Wohnung aufhalte, dann würde er sofort wittern, dass ich irgendetwas mit Alma Winter zu tun habe. Würde mich wahrscheinlich erpressen, damit ich für Alma Winter zahle oder, ach was weiß ich. Ich habe einfach Angst vor dem Mann.« Sie schüttelte sich bei der Erinnerung an den grässlichen Typen. »Und ich hab nicht mal mehr meine Dina bei mir. Sie sitzt jetzt im Tierheim herum. Sie war so eine schöne weiße Katze.«

»Na, die können wir doch holen«, rutschte es mir heraus. Gleich darauf hätte ich mich am liebsten selbst geohrfeigt. Welcher Floh hatte mich gerade gebissen?

Katzen waren zwar im Endresultat erträglicher als Kleinkinder, aber in meiner Wohnung? Samt Katzenklo und Katzenfutter und endlos vielen Katzenhaaren, die sich vorzugsweise auf schwarzen Klamotten auf ewig niederließen. Und dann das launische Miauen und die hinterlistigen kleinen Krallen, die am liebsten Möbel zerkratzten und Gardinen zerrissen?

»Das würdest du tun?« Alma strahlte mich an. »Das würdest du wirklich für mich tun? Oh Jasmin, was bist du nur für ein guter Mensch!« Spontan kam sie auf mich zu und drückte mich an sich.

Als guten Menschen hatte mich schon lange niemand mehr bezeichnet. Eigentlich noch nie, wenn ich es mir recht überlegte. Und dann fiel mir aus einem völlig unpassenden Grund noch auf, dass mein Busen doch völlig okay war. Ich konnte ihn ja jetzt in der Umarmung prima spüren, an Alma, meine ich. Da war nichts zu klein. Was machte ich mir nur immer für unnötige Sorgen? Etwas verlegen befreite ich mich. »Ist ja sicher nicht für lange. Irgendwann muss das hier«, ich deutete auf uns beide, »wieder vorbei sein. Oder?« An die Alternative wollte ich lieber gar nicht denken.

»Bestimmt. Ich wünschte, mein Harry würde noch leben.« Sie seufzte. »Der könnte mir sagen, was ich tun soll.«

»Das wüsste dein Harry auch nicht.« Ich stellte rigoros meine Kaffeetasse ab. »Männer sind auch nicht allwissend und außerdem hat er dich erst in diese Lage gebracht, schon vergessen? Was hat er denn mit der Kohle angestellt?«

»Ich weiß es nicht«, flüsterte sie. »Das ist ja das Schlimme.«

»Vielleicht hatte er eine Freundin?«

»Unmöglich. Harry war die Liebe meines Lebens und ich seine.«

Unmöglich? Wake up, baby. »Wie kannst du dir da so sicher sein?« Ich versuchte erfolglos, mir ein Grinsen zu verkneifen. Sie war ganz schön naiv. Dass Männer nach zig Ehejahren mal Lust auf etwas anderes bekamen, wusste doch jeder.

»Das weiß ich einfach. Zwischen uns, das war echte Liebe, da brauchst du gar nicht so zu lachen. Offenbar weißt du nicht, was das ist.«

Autsch. Almas Bemerkung war bestimmt nur so dahingesagt, aber sie traf mich mitten ins Epizentrum meiner mageren Vergangenheit in Sachen festere Beziehungen. Da hatte es ein paar Monate mit Robert gegeben, der am Ende die Fernbedienung öfter als mich angefasst und sich wie ein Buddha in einer Art Wachkoma auf meiner Couch eingerichtet hatte. Dann fast ein Jahr mit Gregor, der mit jedem neuen Tag eine weitere Macke offenbarte, die es einfach unmöglich machte, mit ihm zusammenzuleben. Er hinterließ eine Spur der Verwüstung, kleine Pyramiden aus dreckigen Socken und Apfelsinenschalen, er lachte heiser im Schlaf, aß Mayonnaise mit dem Finger aus dem Glas, hörte norwegische Trash Metal Bands und verschwand eines Tages auf Nimmerwiedersehen, allerdings nicht, ohne ein kaputtes Fahrrad und zwei löchrige Turnschuhe zu hinterlassen. Und dann war da noch Dennis, bei dem eigentlich alles gestimmt hatte, jedenfalls bis zu dem Tag, als er mich aus heiterem Himmel durch eine langbeinige Trainerin aus seinem Fitnessklub ersetzte. Ich mochte vielleicht nicht die wahre Liebe kennen, aber dafür kannte ich die Männer.

»Selbst ist die Frau«, stellte ich klar. »Wir finden schon eine Lösung, Alma. Für dein Problem und für unser Problem. Ich ziehe mir erst mal was an und dann denke ich nach. Aber als Erstes brauche ich eine Schmerztablette.« Ich wühlte in der Küchenschublade herum und zog eine Packung Aspirin heraus.

»Das ist alles, was ich habe.« Das stimmte nicht ganz. Es gab ja immer noch die Bong, die in ihrem Verlies im Schrank zwischen fliederfarbigen Servietten neben einem winzigen Rest von Gras ausharrte. »Es sei denn, du lässt mich etwas äh ... rauchen.«

»Rauchen? Auf gar keinen Fall.«

Ich gab mich einen Moment lang der verlockenden Vorstellung hin, wie ich den winzigen Rest Gras auf einem Tellerchen verbrannte und Alma einredete, dass das Inhalieren desselben gut für die Bronchien sei, oder wie ich ihn in den Blender schmiss und mit Yoghurt und Eiswürfeln zu einem »Gesundheits-Smoothie« verarbeitete oder wie ich gemeinsam mit der ahnungslosen Alma »leckere Plätzchen mit Geheimzutaten« backen könnte, aber dann schämte ich mich. »Okay. War nur ein Vorschlag.«

»Tut mir leid. Ich wünschte, ich könnte dir helfen. Wie gesagt, zu Hause hätte ich noch das Rezept. Für richtige Tabletten«, fügte Alma mit strafendem Blick hinzu.

Etwas an dieser Bemerkung setzte ein Rädchen in meinem Gehirn in Bewegung, und als ich unter der Dusche stand, fand ich eine Lösung. Es gab nur einen Weg herauszufinden, ob dieser Vorstadtmafioso tatsächlich bei Alma vor der Tür lauerte. Wir mussten dort hinfahren, ganz einfach. Bei der Gelegenheit konnten wir auch gleich das Rezept holen. Ich musste der Tatsache ins Auge blicken – wir waren aufeinander angewiesen, und zwar auf unbestimmte Zeit.

Auf unbestimmte Zeit ...

Der Spiegel im Bad war gnädigerweise beschlagen, trotzdem konnte ich grob meinen Körper erkennen, dessen jetzige Form mich an eine Ingwerwurzel erinnerte. Eine entsetzliche Vorstellung, dass Dominik, dass überhaupt irgendein Mann mich so sehen könnte. Aber es gab ja sowieso keinen Mann in meinem Leben und zum ersten Mal verspürte ich darüber eine gewisse grimmige Erleichterung. Die sinnlosen Diskussionen mit meiner Mutter fielen mir ein. Meine Mutter konnte einfach nicht verstehen, warum ich mir nicht endlich jemand Netten suchte. Jemanden, der nie über die Stränge schlug und mit dem man sich ein Nest bauen konnte, ohne Gefahr zu laufen, dass er Hals über Kopf mit einer jüngeren Nachbarin oder Kollegin davonlief. Weil mein Vater, Sänger in einer drittklassigen Jazzband, genau das getan hatte und meine Mutter jahrelang in einem Zustand der beleidigten Wut auf die gesamte Männerwelt vor sich hin geköchelt hatte, irgendwann jedoch einsah, dass man ohne selbige auch nicht leben konnte. Deshalb hatte sie sich vor zehn Jahren mit einem Mann namens Jürgen zusammengetan, einem Taxifahrer im Jeanslook, den ich in meiner pubertären Nonchalance in einem einzigen schnippischen Satz zusammenfasste: »Seh ich Jürgen, muss ich würgen.«

Zwischen Jürgen und mir herrschte seitdem ein halbherziger Waffenstillstand, der gelegentlich bröckelte, wenn meine Mutter ihn als Beispiel für einen gelungenen Fang hinstellte, meist gekoppelt mit der Hoffnung, dass mir ein ebensolches Glück widerfahren möge. Und das Glück waren ihrer Meinung nach nun mal keine Typen mit gedehnten Ohrlöchern, mit wilden Bärten, mit der Trinkfestigkeit eines russischen Oligarchen und mit nicht näher definierbaren Jobs. Aber was wäre denn zum Beispiel jetzt, wenn ich einen festen Freund hätte? Oder gar einen Ehemann? Würde der mich als Hutzeloma immer noch lieben? Oder Alma in meinem Körper bevorzugen und mich ins Altersheim stecken?

»Tja, Mama, das wäre ja dann wohl ein Problem«, sagte ich laut. »Ich wusste doch schon immer, dass Heiraten nur Unglück bringt. Nur schade, dass du es nie erfahren wirst, weil ich erstens sowieso nicht mehr mit dir rede und dir zweitens auch nie so unter die Augen treten würde. Jedenfalls bis … « Ich verstummte, stieg aus der Dusche, trocknete mich ab und wischte den beschlagenen Spiegel sauber. Ich zwang mich, genau hinzusehen.

»Du hältst das aus«, befahl ich mir. »Und du findest eine Lösung.« Ich war achtundzwanzig und nicht blöd, auch wenn mein Biolehrer, der alte Fettsack, mich früher immer vor der gesamten Klasse mit Fräulein Einzeller angesprochen hatte. Wir würden zu Almas Wohnung fahren. Wir würden Almas Katze aus dem Tierheim holen, damit Alma nicht so traurig war. Das war erst mal ein Anfang. Und morgen würden wir dann … Verdammt.

Morgen war Montag und ich musste zur Arbeit. Ich hatte diesen Monat schon zweimal krankgemacht und das Trüffelschwein Schenker würde liebend gern einen Grund erschnüffeln, um mich rauszuschmeißen.

Aber wie um alles in der Welt sollten wir das anstellen? Alma hatte doch nicht die leiseste Ahnung von meinem Job. Ich konnte sie doch nicht auf die Bank und die Kunden dort loslassen. »Du findest eine Lösung«, schwor ich mir erneut laut. Es klang trotzdem nicht so überzeugend, wie ich es mir wünschte.

In meine Motorradstiefel kam ich wenig später nur mit Müh und Not hinein, woran einzig Almas blöde Hühneraugen schuld waren, aber ansonsten fand ich mich cool. Ein bisschen wie eine zähe alte amerikanische Bikerbraut mit rauer Stimme – dem Resultat von geschätzten zehn Millionen gerauchten Zigaretten –, die einen erlegten Waschbären häuten konnte, Tankwarte einschüchterte, Red Bull zum Frühstück trank und ihren ledrigen und vor Testosteron fast platzenden Freund zärtlich ihren »little old motherfucker« nannte. Summend holte ich die Motorradhelme von der Ablage im Flur. Nach einer Handvoll Aspirin war der Knieschmerz auf ein etwas erträglicheres Maß abgeklungen.

»Was genau hast du vor?«, fragte Alma. Ihre Augen weiteten sich. »Du willst doch nicht etwa Motorrad fahren?«

»Natürlich, was glaubst du denn? Dass ich Straßenbahn gefahren bin, war die totale Ausnahme, und man sieht ja, wohin diese Schnapsidee geführt hat. Nahverkehr ist was für Luschen. Wir fahren mit dem Motorrad.«

»Wir?« Sie trat einen angstvollen Schritt zurück. »Du vergisst, dass ich nicht Motorrad fahren kann.«

»Musst du ja auch nicht, weil ich es kann. Motorradfahren lernt man mit dem Kopf. Ich fahre gut und du kommst hintendrauf. Und das sexy Gerät hier wird mir helfen.« Mit leichtem Widerwillen zog ich Almas Brille aus der Tasche. »Sind die Gläser aus alten Butzenscheiben, oder was? Na, egal, morgen geh ich zum Optiker und hole mir eine vernünftige Brille. Was von Tommy

Hilfiger oder so, mit getönten Gläsern.« Ich setzte Almas Brille und den Helm auf und blickte ein letztes Mal in den Spiegel. Hammer. Ich sah zu hundert Prozent aus wie eine wahnsinnige Kamikaze-Pilotin aus dem Ersten Weltkrieg, die man mitsamt ihrem Flugzeug hundert Jahre später mumifiziert in der Wüste entdeckt und wieder ausgegraben hatte.

Ich genoss die verwirrten Blicke der Autofahrer, die mich rasende Rentnerin mit den grauen Haaren unter dem Helm voller Angst anhupten. Einige fuhren sogar an den Straßenrand und hielten an. Mit einem letzten Röhren hielt ich vor Almas Wohnblock an und wartete auf sie, während sie in ihr Haus ging. Ich checkte rasch die Umgebung. Es war niemand zu sehen, aber ich behielt vorsichtshalber trotzdem den Helm auf. Nach einer Weile tauchte sie mit einem Köfferchen wieder auf und in diesem Moment sah ich ihn. Den Matzke.

Verdammt, Alma hatte recht. Sie konnte hier nicht bleiben. Er schlenderte gerade die Straße entlang und hatte scheinbar alle Zeit der Welt. Jetzt blieb er stehen, legte den Kopf in den Nacken und sah hoch zu einem Fenster, von dem ich hätte wetten können, dass es zu Almas Wohnung gehörte. Alma hatte ihn jetzt auch entdeckt. Steif wie ein Storch stakte sie an ihm vorbei und vermied jeden Blickkontakt. Der Matzke glotzte ihr kurz hinterher und wandte sich dann wieder dem Fenster zu.

»Fahr los«, keuchte sie mir ins Ohr, als sie hinter mir saß. »Schnell.«

»Klar doch.« Ich ließ die Maschine aufheulen und fuhr mit lautem Röhren haarscharf an dem Matzke vorbei. Erschrocken vollführte er einen ungraziösen

Hüpfer zur Seite, strauchelte und landete mit dem linken Fuß in einer tiefen Pfütze.

»Als Tiger gesprungen und als Bettvorleger gelandet, der Gute«, schrie Alma mir ins Ohr. Wir grölten beide vor Lachen, als wir um die Ecke bogen.

Zwei Stunden und eine göttliche Schmerztablette später hatte ich mich zu Hause so weit erholt, dass ich Alma zu mir an den Laptop winkte.

»Hier.« Ich reichte ihr mein Ersatz-Smartphone. »Das ist jetzt deins. Ich hatte zum Glück noch eine Sim-Karte. Meine Nummer hab ich dir schon gespeichert.«

Sie betrachtete das Handy voller Unbehagen, drehte es hin und her und hielt es auf Armeslänge von sich weg.

»Es explodiert nicht«, erklärte ich geduldig.

»Danke, aber ich brauche das nicht. Neulich ist ein Mann in eine Baugrube gestürzt, weil er auf sein Telefon gesehen hat, das stand in der Zeitung. Die sind gefährlich, die Dinger.«

»Doch, brauchst du. Ganz dringend. Weil du nämlich morgen für mich zur Arbeit gehen musst, okay? Und weil du mich dann garantiert alle drei Minuten anrufen wirst, um mich um Rat zu fragen.«

»Ich soll was?« Almas Augen weiteten sich entsetzt.

»Das ist nicht dein Ernst.«

»Das ist mein Ernst. Ich kann es mir nicht leisten, meinen Job zu verlieren. Und ich stehe kurz davor, weil meine Chefin mich hasst. Also wirst du meinen Job in der Bank machen müssen.«

»Aber ich habe überhaupt keine Ahnung davon.« Sie krallte sich erschrocken in die Polster der Couch. »Ich kann noch nicht mal Schreibmaschine schreiben oder

Stenografie. Ich bin gelernte Schneiderin und keine Vorzimmerdame.«

»Bin ich auch nicht. Und du musst. Das schaffst du.«

»Du hast leicht reden. Du musst ja nicht hin. Auf fremdem Arsch ist gut durchs Feuer reiten.«

»Alma!« Ich prustete los.

»Haben wir zu meiner Zeit immer gesagt.«

»Okay – ich helfe dir und ich hole dafür deine Katze aus dem Tierheim. Du schaffst das schon, es ist nicht so schwer. Fangen wir mal mit den Basics an. Hast du schon mal mit Word gearbeitet? Oder vielleicht mit Excel?«

Sie sah mich leer an.

»Okay – mit welchem Computer hast du schon gearbeitet?«

»Harry hatte einen«, stotterte sie. »Da hat er immer davorgesessen und im Internet herumgeguckt, aber ich habe nicht viel damit gemacht. Er hat mir mal gezeigt, wie man eine E-Mail schickt, aber das habe ich ehrlich gesagt auch schon wieder vergessen. Es gab ja niemandem, dem ich eine E-Mail hätte schreiben können. Den Computer habe ich nach seinem Tod jemandem aus meinem Haus verkauft, weil ich doch so dringend Geld brauchte.«

»Okay, du hast E-Mails geschickt. Gut. Guter Anfang. War der Computer ein PC oder ein Mac?«

»Er war grau«, erinnerte Alma sich.

Ich schloss kurz die Augen. Es würde eine verdammt lange Nacht werden.

Alma

Ich presste meine Handtasche an mich und verharrte eine letzte Schrecksekunde lang vor dem Gebäude der Bank.

»Na los. Geh jetzt.« Jasmin hatte eine strategisch gute Position vor dem Geldautomaten bezogen, von wo aus sie den Eingangsbereich der Bank im Blick hatte. Abgesehen von ihrer lila Wildlederjacke, dem getigerten Minirock und den Fellstiefeln wirkte sie wie eine ganz normale Rentnerin, eine von uns, wie wir in Hundertschaften morgens ins Stadtzentrum ausschwärmten, auf dem Weg zu Arztterminen und Behördenterminen und Fußpflegeterminen oder eben ungeduldig trippelnd vor Sparkassen und Banken darauf warteten, dass die Türen geöffnet wurden.

»Nun mach schon. Sonst kommst du zu spät und dann kriegst du als Erstes eine Ladung schlechte Laune von der Schenker ab. Da vorn, das ist sie. Die mit der Wischmoppfrisur, die mit ihren Titten gleich die Kostümjacke sprengt.«

»Jasmin!« Ich konnte nicht glauben, dass sie ausgerechnet jetzt obszöne Witze riss. Als ob ich hier nicht ohnehin schon tausend Tode starb. Eine völlig abstruse Idee war das, an Jasmins Stelle in die Bank zu gehen.

Man würde mich innerhalb von fünf Minuten entlarven und entlassen. Sie würde ihre Arbeit so oder so verlieren, warum sich also die Mühe machen und mich in die Höhle des Löwen schicken?

»Ich kann das nicht«, presste ich heraus. »Ich habe schon wieder alles vergessen, was du mir gestern gesagt hast. Das mit der Ablage und wie das mit dem Computer geht und die Namen von deinen Kollegen und deinem Chef, ich weiß gar nicht, wie der aussieht und wie ich die überhaupt alle auseinanderhalten soll.«

»Bergner heißt der Kerl. Und er verschmilzt komplett mit der grauen Bürolandschaft. Außerdem rennt er immer voller Angst weg, wenn er mich sieht. Dich sieht, meine ich. Und jetzt los. Hast du deinen Bluetooth an?«

»Nein, eine Bluse und einen Rock, das siehst du doch.«

»Mann, deine Kopfhörer, Alma. Du kannst alles mit mir besprechen. Du sitzt ganz hinten alleine an einem Schreibtisch. Wenn du leise redest und dich geschickt anstellst, kriegt das kein Mensch mit. Oder du schickst mir 'ne SMS.«

»Das kann ich auch nicht. Das ist alles so verwirrend.«

Ich wäre jetzt lieber sonst wo gewesen, selbst beim Arzt oder ganz alleine in diesem schrecklichen Nachtklub von neulich.

»Das kannst du.«

»Ich ... also gut.« Ich gab mir einen Ruck. Wenigstens sah ich heute einigermaßen akzeptabel aus. Ich hatte mir aus meiner Wohnung neben dem Rezept und dem Matzke-Vertrag noch zwei hübsche Blusen mitgebracht und bei Jasmin auch tatsächlich noch einen etwas dezenteren Rock gefunden, von dem Jasmin behauptete, er sei ein Fehlkauf gewesen und würde ihre

Beine wie Milchflaschen aussehen lassen. Das war mir herzlich egal. Lieber Milchflaschenbeine, als wie eine aufgetakelte Hupfdohle durch die Gegend zu flattern. Ich setzte mich in Bewegung, presste den Zahlencode neben der Eingangstür in das Tastenfeld und schlüpfte dann ins Innere des Gebäudes.

»Frau Ahrendt?«, quäkte es von rechts, kaum dass ich drin war. Ich blieb stehen, obwohl ich am liebsten gleich schreiend wieder hinausgerannt wäre. Die Chefin namens Schenker kam auf mich zu und ihr Gesichtsausdruck verhieß nichts Gutes. Ich musste Jasmin heimlich recht geben. Diese Person trug eine Kostümjacke, die mindestens zwei Größen zu klein und außerdem in einem ungesunden Grünton gehalten war, der die Frau wie eine Tbc-Kranke aussehen ließ. Kopp und Beene machen Mädchen scheene, haben wir ja früher immer gesagt, aber hier retteten weder Kopf noch Beine etwas, ganz im Gegenteil. Und dann noch der braune Lippenstift, mit dem die Lippen wie ein von Kinderhand ausgemaltes Paar Wiener Würstchen wirkten ...

Was sollte denn daran nur attraktiv sein?

»Guten Morgen, Frau Schenker«, grüßte ich und zwang mich zu einem Lächeln, was die Frau offenbar einen Moment lang aus dem Takt brachte.

»Morgen. Ich wollte Sie nur noch einmal darauf hinweisen, Ihre Kleidung bitte professionell zu halten. Leider war das in den letzten Wochen nicht immer der Fall. Wir verstehen uns?«

»Aber natürlich«, stimmte ich ihr eifrig zu. Warum zog sie sich dann selbst so komisch an, wenn sie das doch wusste? »Das versteht sich doch von selbst.«

Ganz offensichtlich war das nicht die Antwort, die sie erwartet hatte. Sie bedachte mich mit einem missmutigen Blick, der noch länger wurde, als ich meinen Mantel ablegte und meine marineblaue Plissee-Bluse mit dem schönen Stehkragen und den weißen Pünktchen zum Vorschein kam. Die besaß ich schon seit dreißig Jahren, ich hatte sie aus erstklassigem Material selbst genäht.

»Also dann.« Sie drehte sich abrupt um und ging weg.

Ich atmete auf. Das war ja noch mal gut gegangen.

»Ich habe gerade deine Chefin getroffen«, flüsterte ich in das kleine Mikro an meinem Kragen. »Unsympathische Person. Hat keinerlei Stil.«

Im Kopfhörer erklang Jasmins begeistertes Lachen.

Ich lächelte vorsichtig und sah mich rasch um. Nicht dass noch jemand dachte, ich führte Selbstgespräche, obwohl ich zugeben musste, dass die Technik mit den kleinen Kopfhörern unglaublich raffiniert war. Man hatte das Gefühl, als säße einem eine unsichtbare winzige Jasmin im Ohr. Eigentlich fand ich ja die Leute, die in Bus und Bahn und überhaupt überall dauernd ungeniert laut in ihre Handys bellten, mehr als rücksichtslos.

Jetzt musste ich allerdings zugeben, dass man in der Tat völlig vergessen konnte, dass man nicht alleine war. Gut.

Wohin jetzt? Erste Tür links nach dem Eingang, hatte Jasmin gesagt. Ich nahm all meinen Mut zusammen, öffnete die Tür und betrat ein Büro.

»Morgen, Jasmin«, grüßte eine Frau mit randloser Brille, ohne aufzusehen. »Spaß gehabt am Wochenende?«

»Total. Guten Morgen«, antwortete ich. Total war ein Wort der heutigen Jugend, das immer passte, hatte ich mittlerweile festgestellt. Das hier musste Jasmins Kollegin Sabine Wieland sein, die eine seltsam unnatürliche Bräune zur Schau stellte. Garantiert zu viel Sonnenstudio. Und dahinten, der kleine Dicke mit dem Bart, das war offenbar Herr Ramsen, der laut Jasmin kein anderes Thema als sein riesiges Aquarium kannte und mit der Chefin auf Kriegsfuß stand, weil sie ihm nicht gestattet hatte, im Büro ebenfalls eins zu halten.

»Hallo, Frau Ahrendt.« Er nickte mir freundlich zu.

»Die Prachtschmerlen haben sich wieder erholt. Das Wasser war wohl ein bisschen zu kühl.«

»Freut mich.« Ich nickte zurück. »Fische sind so ein feines und interessantes Hobby. Sie können sich glücklich schätzen.«

Herr Ramsen blinzelte überrascht und strahlte mich dann an.

Rasch glitt ich auf den leeren Stuhl hinten in der Ecke.

Die beiden anderen telefonierten jetzt so laut, dass ich den Instruktionen von Jasmin lauschen konnte, ohne Aufsehen zu erregen. Ich schaltete mit Jasmins Hilfe den Computer ein und schaffte es bis zu den E-Mails. Es war ja gar nicht so schwer. Wenn mein Harry mich hätte sehen können! Dann verschwanden die beiden anderen irgendwohin und ich konnte mich ohne Hemmungen mit Jasmin austauschen, die es sich in einem Café gegenüber der Bank gemütlich gemacht hatte. Jetzt konnte ich sie sogar sehen. Ich winkte zaghaft und Jasmin winkte zurück.

Voller Tatendrang las ich die erste E-Mail. Ich verstand kein Wort. »Was muss ich hier machen?«, fragte ich Jasmin und las ihr den Text vor.

»Da geht es um die Provisionen, die die Berater bekommen«, erklärte sie. »Du öffnest das Dokument Provisionen, suchst dort den Namen und schreibst die Summe in diesem Monat dahinter.«

»Oh Gott, nicht so schnell.« Ich hatte sofort den Faden verloren. »Wie noch mal?«

Jasmin antwortete nicht, weil sie ihre Bestellung aufgab. Eine Menge, wie es sich anhörte. Sie futterte offensichtlich noch mit der Hemmungslosigkeit der Jugend alles in sich hinein, was ihr vor die Nase kam. Ein Zustand, an den ich mich nur noch vage erinnern konnte.

»Ja?«, erklang es dann wieder aus den Kopfhörern.

»Iss bitte nicht so viel«, rutschte es mir heraus. »Denk an meine Galle.«

»Also hör mal. Essen ist der Sex des Alters, sagen sie doch immer. Also – je mehr ich esse, umso mehr Sex habe ich. Rein theoretisch natürlich. Oder hast du irgendwo noch einen Hausfreund versteckt, Alma?« Sie kicherte.

»Jasmin, ich bitte dich.« Ich konnte nicht glauben, was für eine zügellose Einstellung sie manchmal an den Tag legte. Kein Wunder, dass bislang noch kein Mann bei ihr angebissen hatte. Wenn sie nicht aufpasste, würde sie als alte Jungfer sterben. Nein, als Jungfer natürlich nicht, korrigierte ich mich sofort selbst. Und abgesehen davon konnte Jasmin in meinem altersschwachen Körper momentan jederzeit das Zeitliche segnen, besonders wenn sie sich mit den ganzen von ihr bestellten

Windbeuteln und Eisbechern vollstopfte, die der Kellner gerade anschleppte. Was wäre dann eigentlich? Ein mulmiges Gefühl überkam mich. Würde meine Seele sozusagen in Jasmin weiterleben oder irgendwann weiterwandern? Und wohin? In den Körper eines zweijährigen Kindes, eines magersüchtigen Models oder der Bundeskanzlerin? Beim bloßen Gedanken daran brach mir der Schweiß aus, allerdings nur so lange, bis ich entdeckte, dass Jasmin drüben im Café spielerisch an der Schürze des Kellners zupfte. Sie konnte es einfach nicht lassen. Was, wenn da im Café jemand war, der mich kannte? Der dann überall herumerzählte, dass Alma Winter offenbar geistig verwirrt in Caféháusern herumlungerte und junge Männer begrapschte? Peinlich berührt schloss ich die Augen.

»Geht es dir nicht gut, Jasmin?«, fragte eine Stimme.

Sabine Wieland war wieder hereingekommen und trat eben an meinen Schreibtisch.

»Nein, nein, alles bestens«, beeilte ich mich zu antworten. »Da im Café am Fenster sitzt nur ... « Ich stockte.

»Meine Großmutter«, beendete ich meinen Satz lahm.

»Wie nett. Die hat's gut«, erwiderte Frau Wieland ohne jeden Enthusiasmus und wandte sich wieder ihrer Arbeit zu.

Ich machte mich erneut an diese lästigen Provisionen.

Was hatte Jasmin gleich darüber gesagt? Ich schielte auf den Namen. Dieser Berater bekam eine fette Provision, die mehr als meine Rente ausmachte, es war nicht zu glauben. Plötzlich klemmte das komische Ding, die Maus des Computers. Wieso hieß das eigentlich Maus?

Und warum nannte man den Apparat des Computers dann nicht wenigstens Katze, um eine gewisse Balance zu halten? So viele Dinge der heutigen Zeit ergaben einfach keinen Sinn, weshalb ich es schon vor Ewigkeiten aufgegeben hatte, sie noch verstehen zu wollen. Und nun wurde ich dazu gezwungen, und ausgerechnet jetzt, wo ich schon so weit gekommen war, dieses ominöse Dokument zu finden und zu öffnen, streikte die Maus. Diese Ratte!

»Jasmin?«, flüsterte ich in den Kopfhörer. »Jasmin? Herrgott noch mal, Jasmin?« Keine Reaktion. Ich wurde lauter. »Jasmin?«

Sabine Wieland drehte sich um.

»Manchmal schimpfe ich mit mir selbst.« Ich lachte zu laut. »Wenn ich was falsch mache. Haha.«

»Warte nur, bis du verheiratet bist«, murmelte sie.

»Dann übernimmt jemand anderes den Part.«

Ich hantierte an den Kopfhörern herum, aber irgendwie war jetzt die Verbindung unterbrochen. Was sollte ich nur tun? Ich konnte Jasmin eine Nachricht schicken, aber wie funktionierte das schreckliche Handy gleich wieder? Ich wischte und drückte darauf herum und wie durch Zauberhand verschob sich das Foto von Jasmin und gab den Blick auf unzählige andere kleine Bildchen frei. Entschlossen drückte ich auf die grüne Sprechblase.

Voilà! Jasmins Name erschien dort und ich begann in das kleine Feldchen zu tippen: Jasmin, ich brauche deine Hilfe. Aber irgendwie war mein Finger viel zu dick dafür, ständig erwischte ich den falschen Buchstaben. Kamin. Kasimir. Jasmin. Endlich. Aber was war das? Von irgendwoher erschienen Wörter, die ich überhaupt nicht schreiben wollte.

Jasmintee, ich braue deutsche Hilde.

»Was?«, schrieb Jasmin prompt zurück.

Jasmintee, ich baue deinen Hitler.

Jasmins Antwort erschien in Form eines kleinen gelben Gesichtes, das verwirrt die Stirn runzelte. Ich fing an zu schwitzen. Was war das nur für ein verflixtes Gerät? Ich entschied mich für einen einfacheren Satz – Ruf mich an.
Aber einfach ging auch nicht.

Ruf Michael an

Verdammt noch mal.
»Wen?«, fragte Jasmin zurück.

Ruf Milch an

Wieder das gelbe Gesicht, diesmal lachte es albern.

Milz

Mirko

Mich!!

Endlich. Es machte sich ja niemand eine Vorstellung davon, was ich hier eigentlich leistete. Jetzt hörte ich es im Kopfhörer klingeln und atmete auf.

»Alma? Was machst du denn da Ulkiges«, erklang es aus dem Kopfhörer. »Saugeile Windbeutel hier. Und der Kellner meinte, ich sehe toll aus für mein Alter. Der konnte gar nicht glauben, dass ich neunundachtzig bin.«

»Bist du ja auch nicht«, flüsterte ich.

»Na und? Weiß das wer? Stört das wen? Er will seine Tochter nach mir nennen, damit sie eine genauso tolle Frau wird wie ich. Was ist los?«

»Ich habe versucht, dir eine Nachricht zu schicken, aber dieses unheimliche Telefon schreibt immer was ganz anderes.«

»Ah ja. Autokorrektur«, erklärte Jasmin.

»Was? Ach egal. Diese Maus bewegt sich nicht mehr. Und wie löse ich ein Darlehenskonto auf?«

»Das machst du so.«

Ich lauschte Jasmins Instruktionen und befolgte sie fieberhaft und ohne aufzusehen. Anschließend arbeitete ich sogar eine ganze Weile ohne Jasmins Hilfe weiter und stellte fest, dass diese Computer ja gar nicht so beängstigend waren, wie ich immer gedacht hatte. Wenn man jemanden fand, der einen da hindurchnavigierte, war das durchaus ein fesselnder Zeitvertreib. Ich fühlte mich voller Energie und Abenteuerlust. Am liebsten hätte ich auf eigene Faust etwas erforscht, das Internet zum Beispiel, in dem man ja angeblich alles fand. Die letzte verpasste Folge der Lindenstraße etwa oder ein schönes Rezept für Rinderbraten. Doch auf einmal schien sich etwas in der Luft verändert zu haben, als ob statische Aufladung sich um meinen Schreibtisch angesammelt hätte, bereit, sich jeden Moment in einem fürchterlichen Gewitter zu entladen. Ich sah auf. Die Schenker stand genau vor meinem Tisch und betrachtete mich aus kleinen Augen, die voller bösartiger Vorfreude funkelten.

»Frau Ahrendt, es gibt ein Problem. Kommen Sie bitte mit?« Sie setzte sich in Bewegung, ohne eine Antwort abzuwarten. Wie ferngesteuert schraubte ich mich aus meinem Sitz. Was hatte das zu bedeuten? War etwas passiert? »Jasmin?«, hauchte ich in das kleine Mikro.

»Und nehmen Sie die lächerlichen Dinger da ab.« Die Schenker drehte sich um und deutete auf meine Kopfhörer. »Wir sind doch hier nicht bei der Bodenkontrolle am Flughafen. Oder hören Sie etwa bei der Arbeit Musik?«

Jasmin

Der süße Kellner war leider verschwunden und von einer Kaugummi kauenden Kollegin ersetzt worden, welche die ganze Zeit um einen Tisch mit drei Italienern herumscharwenzelte und alle anderen Gäste komplett ignorierte.

Ich schob den letzten halben Windbeutel von mir, ich war proppenvoll und irgendwo in meinem Bauch setzte ein stechender kleiner Schmerz ein. Was war das?

»Alma?«, flüsterte ich in mein Handy. »Was genau ist mit deiner Galle?«

Aber Alma antwortete nicht. Ich blickte durch das Fenster hinüber zur Bank, konnte aber nichts erkennen.

Widerwillig holte ich das Ungetüm von Brille aus meiner Handtasche. Ich musste unbedingt zum Optiker, dieses Ding konnte ich kaum noch ertragen. Die Brille hockte widerspenstig und unförmig auf meiner Nase und erinnerte mich an ein schrecklich moralisches Kinderbuch über ein Insekt namens Sybille, das zu bescheuert war, sich ein Haus zu bauen, und deswegen von den ganzen anderen ekligen Insekten gehänselt wurde, jedenfalls so lange, bis es von irgendwoher eine Brille bekam. Sybille mit der Brille. Genauso hilflos und dämlich sah ich jetzt aus. Aber wenigstens konnte ich damit etwas erkennen. Ich zuckte zusammen. Ach du lieber Himmel. Alma wurde gerade von der Chefin zu sich zitiert. Das bedeutete nichts Gutes. Und der Gesichtsausdruck der Schenker noch dazu ... so triumphierend. Jetzt musste Alma anscheinend auch noch die Kopfhörer abnehmen und konnte nicht mehr mit mir kommunizieren. Ich stand erschrocken auf. Was sollte ich nur tun? Ich musste ihr helfen und vor allem musste ich mir selbst helfen, denn was immer sie in den nächsten zehn Minuten sagen oder tun würde, hatte sehr wahrscheinlich meinen Rausschmiss zur Folge. Ich musste hier weg. Ich versuchte, die nutzlose Kellnerin herzuwinken. Die aber war gerade mit Abräumen beschäftigt, wobei sie einem der Italiener ihren Hintern ins Gesicht schob und klirrend lachte. Ich warf einfach einen Geldschein auf den Tisch in der Hoffnung, dass es ungefähr stimmte und dass ich noch rechtzeitig in die Bank kam.

Genau vor mir betrat ein junger Mann die Filiale und ich lief ihm blind hinterher. Wenn es ein Gutes daran gab, dass ich jetzt eine alte Frau war, dann das: Männer hielten mir die Tür auf, halfen mir in die Straßenbahn hinein, standen für mich auf und boten mir ihre Sitzplätze an. Es war zwar nicht ganz die Aufmerksamkeit, die ich mir vom anderen Geschlecht erhoffte, aber inzwischen war ich schon für Kleinigkeiten dankbar.

In diesem Moment knallte die Tür mit voller Wucht an meine Stirn. Mir wurde schwarz vor Augen.

Als ich wieder aufwachte, beugte sich jemand über mich. Es war Patrick, mein heißes Date aus dem New York. Was machte der hier? Und wo war ich? Im New York und endlich wieder jung? Patrick mein Retter, wollte ich rufen und meine Arme um seinen Hals

schlingen, aber aus meinem Mund kam nur ein Rö-
cheln.

»Sie lebt doch noch«, sagte Patrick in diesem Moment
laut zu jemandem, den ich nicht sehen konnte. »Weiß
gar nicht, was die Aufregung soll.« Dann klatschte er
mir leicht mit der Hand ins Gesicht. »Alles klar,
Omma?«, brüllte er. »Nächstes Mal besser aufpassen,
nicht wahr? Oder besser Onlinebanking machen.«

»Spinnst du?«, brachte ich heraus. Ich versuchte mich
aufzurichten, aber davon wurde mir schwindlig. Jetzt
kamen noch mehr Leute in mein Blickfeld. Andreas
Bergner, mein Chef in seinem taubengrauen Anzug, dahinter die Schenker, die Augen überrascht aufgerissen,
und dahinter Alma, das Gesicht schreckverzerrt.

»Also, das war jetzt echt nicht meine Schuld.« Patrick
schmiss seinen Schal zurück. »Die hat überhaupt nicht
geguckt, wo sie hinläuft. Das kennt man ja von den Alten ... ich meine, von den alten Leutchen.« Er sah sich
Beifall heischend um.

»Ich bin mir ziemlich sicher, dass die Dame richtig
aufgepasst hat«, widersprach Andreas Bergner. »Wahrscheinlich ging alles nur etwas zu schnell.« Er beugte
sich über mich, so nah, dass ich einen Moment lang
seine perfekt rasierte Wange sehen und einen Geruch
nach einem würzigen Eau de Cologne wahrnehmen
konnte. »Geht es? Brauchen Sie einen Arzt? Hol doch
mal jemand ein Glas Wasser. Warten Sie, ich helfe
Ihnen.«

Er reichte mir die Hand und half mir auf. Benommen
wankte ich zu einem Stuhl. Patrick, das Arschloch,
hatte mir die Tür ins Gesicht gefeuert. Das war doch
nicht zu fassen!

»Na, dann ist ja alles bestens«, meinte er jetzt. Trotz meines desolaten Zustands nahm ich war, dass er eine helle Wolljacke trug, die ihm extrem gut stand und die Farbe seiner Augen betonte.

»Lebt und ist unversehrt.« Er wandte sich zum Gehen.

»Halt, halt, nicht so schnell.« Zu meinem Erstaunen hielt Andreas Bergner ihn ziemlich rabiat am Ärmel fest.

»Wenn Sie vielleicht Ihre Telefonnummer hinterlassen könnten? Wegen der Versicherung?«

»Was?«, raunzte Patrick aufgebracht.

»Andi.« Die Schenker zupfte ihn am Ärmel. »Ich meine ... Herr Bergner? Ein Wort?«

Er ignorierte sie, denn er war ganz offensichtlich noch nicht fertig mit Patrick. »Sind Sie Kunde bei uns?«

»Nein, bin ich nicht. Ich bin nur hier wegen ... « Patrick sah sich um. »Jasmin. Da bist du ja. Ich wollte eigentlich zu dir.«

Alma reagierte nicht. Sie hatte ihn nicht einmal wahrgenommen, sie kannte ihn ja schließlich auch nicht und hatte keine Ahnung davon, was er mit diesem von ihr so sorgsam in dunkelblaues Plissee gehüllten Körper schon so alles Herrliches angestellt hatte.

Jetzt drängte sie sich zu mir durch. »Bist du in Ordnung, Oma?«, fragte sie. »Willst du dich irgendwo hinlegen?«

»Das ist Ihre Oma?«, fragte Andreas Bergner überrascht.

»Wollte ich doch gerade sagen. Das ist die von neulich«, raunte die Schenker ihm zu. »Die Verrü... ich meine, die mental benachteiligte Bürgerin vom Wochenende. Sie erinnern sich, Herr Bergner? Offenbar eine Verwandte von Frau Ahrendt.« Sie verzog den Mund.

»Das überrascht mich jetzt nicht wirklich.«

Ich stöhnte nur. Mein Kopf tat weh und jetzt hatte die Schenker, diese bösartige Wurst in Algengrün, mich auch noch erkannt.

»Ja und?«, gab Andreas Bergner zurück. »In meiner Filiale wird trotzdem niemand mit Türen erschlagen. Hier.« Er reichte mir ein Glas Wasser, das irgendjemand organisiert hatte. Die Schenker trat näher zu ihm heran und flüsterte ihm hektisch etwas ins Ohr. Ich verstand nur einzelne Brocken. Kontoauflösung. Provision.

Er runzelte die Stirn und sah zu Alma.

»Jasmin. Wie schaut's aus? Bock, nach der Arbeit irgendwohin zu gehen?« Patrick hatte sich in der Zwischenzeit vor Alma aufgebaut und zupfte ihr verspielt an der Bluse herum. Empört schlug sie ihm auf die Finger. »Was fällt Ihnen ein, Sie Lümmel?«

»Was denn, was denn.« Er zog erstaunt die Augenbrauen hoch. Dann glitt ein siegessicheres Lächeln über sein Gesicht. »Man ziert sich? Ganz was Neues.« Er senkte die Stimme. »Törnt mich an, Baby. Törnt mich voll an.«

»Wenn Sie dann bitte kurz Ihren Ausweis zeigen könnten.« Andreas Bergner hatte die Schenker abgewürgt und wandte sich wieder Patrick zu. Der lachte unsicher, aber da niemand ihm beistand, zog er schließlich demonstrativ langsam und genervt seinen Ausweis aus der Tasche.

»Hier, Sheriff«, sagte er. »Tu, was du nicht lassen kannst.«

Andreas Bergner notierte sich die Adresse und reichte Patrick den Ausweis zurück.

»Verstehe echt nicht, was das Problem ist.« Patrick schob den Ausweis in seine Brieftasche. »Der Frau geht es doch gut.« Und dann murmelte er noch etwas, das nur ich verstehen konnte, weil ich mich gerade in diesem Moment zur Seite drehte. »Die steht doch eh schon mit einem Fuß im Grab.«

Wut brodelte in mir hoch, ein rauschender Orkan von Wut über meine hilflose Situation und darüber, wie ich hier abgetan und behandelt wurde, und zwar von jemandem, über dessen lahme Witze ich noch vor gar nicht allzu langer Zeit übertrieben laut gelacht hatte, nur damit er sich gut fühlte und bei mir blieb und mich nicht für ein jüngeres und schöneres Modell eintauschte!

»Weißt du was, Patrick, du bist ein Flegel. Ein ganz egoistischer Flegel, ein Rüpel und ein nichtsnutziger Hallodri.« Ich wusste selbst nicht, aus welcher Ecke meines Gehirns diese altmodischen Worte auf einmal in meinen Mund geflattert kamen, aber sie erschienen mir mehr als passend. »Du hast keine Manieren, bist eine Luftnummer im Bett und so ersetzbar wie ein Radiergummi. Und nimm gefälligst deine Hände von meiner Enkelin weg, sonst hau ich dir eine rein, und wenn ich mir dabei die Hand breche, dann kriegst du die Arztrechnung, das schwör ich dir.«

Um mich herum war es mucksmäuschenstill geworden. Patricks Mund stand offen und ich stellte befriedigt fest, dass er einen leichten Überbiss hatte und sich sein Haar an den Schläfen schon zurückzog. Im Alter würde er wie ein kahler Fischotter aussehen. Warum war mir das früher nie aufgefallen? Die Antwort konnte ich mir im Grunde gleich selbst geben – weil es immer zu dunkel und ich meistens nicht nüchtern gewesen war.

»Ha... haben wir uns schon mal gesehen?«, stotterte er und sah mich zum ersten Mal richtig an.

»Keine Ahnung. So ein Gesicht wie deins vergisst man schnell«, gab ich zurück. Eine der Bankangestellten hinter den Schaltern im Empfangsbereich grinste.

Patrick öffnete und schloss mehrmals seinen Mund wie ein Zierfisch. »Also irgendwie ... «, setzte er schließlich an, brach aber verwirrt ab und verließ ohne ein weiteres Wort die Bank. Die Tür knallte er demonstrativ hinter sich zu.

Andreas Bergner räusperte sich. »Frau Ahrendt, vielleicht begleiten Sie Ihre Oma zum Arzt? Oder gehen Sie ein wenig an die frische Luft mit ihr oder zum Mittagessen. Ist nicht gleich Mittagszeit?« Er sah sich suchend im Vorraum der Filiale um, als erwartete er, dass sich jeden Moment in irgendeiner Ecke ein Tischlein-deck-dich materialisieren und unter Bergen von Schnitzel mit Bratkartoffeln biegen würde.

»Aber Herr Bergner, Frau Ahrendt sollte eigentlich zu mir kommen, zur Klärung des ... äh Fehlers.« Die Schenker trippelte unruhig hin und her.

Er winkte ab. »Das kann bis zum Nachmittag warten. Ich denke, sie sollte sich jetzt erst mal um ihre Oma kümmern.«

Täuschte ich mich oder wirkte er leicht gereizt?

»Komm, schnell.« Alma half mir hoch. »Vielen Dank, Herr Bergner. Sehr nett von Ihnen. Ich kümmere mich dann mal um meine Oma.« Sie nahm meinen Arm und führte mich aus der Bank.

»Geht es?«

»Natürlich geht es. Ich bin doch keine alte Frau.« Ich blieb trotzdem stehen, um mich zu sammeln.

»Frau Winter? Sind Sie das?«

Oh Gott. Vor mir stand Almas komische Nachbarin, die schwatzhafte Blumenmutti mit dem Reptilienblick. Wie hieß sie nur gleich?

»Tag, Frau Kowalski«, grüßte Alma neben mir automatisch.

»Tag.« Die Kowalski, ausgestattet mit einem Einkaufsnetz, einer beigebraunen hüftlangen Jacke und beigen Schuhen mit kleinen gestanzten Luftlöchern, betrachtete Alma interessiert. »Habe ich Sie nicht gestern Frau Winters Wohnung betreten sehen?«

»Das ist meine Enkelin.« Ich stöhnte innerlich auf.

Die hatte mir jetzt gerade noch gefehlt.

»Ihre Enkelin?« Die Kowalski riss die Augen auf.

»Aber ich dachte, Sie hätten gar keine Kinder?« Sie musterte mich argwöhnisch und scannte gierig mein Erscheinungsbild mit all den aufsehenerregenden Details (lila Jacke! Fellstiefel! Minirock!), ganz als müsste sie jeden Moment auf dem Revier eine Täterbeschreibung zu Protokoll geben.

Shit. Ich wechselte einen kurzen Blick mit Alma. Shit, shit, shit.

»Uneheliche Enkelin«, krächzte ich.

Der Kowalski klappte die Kinnlade herunter. »Nein.«

»Also aus erster Ehe. Von meinem Mann. Von Heinz.«

»Harry«, korrigierte Alma schnell.

»Der Harry war vor Ihnen schon mal verheiratet? Aber das haben Sie mir ja nie erzählt. Und Ihr Mann auch nicht.« Sie wirkte zutiefst beleidigt, dass ich solche kostbaren und pikanten Informationen bislang für mich behalten hatte.

»Tja, die Männer.« Ich bemühte mich um einen komplizenhaften Ton, auch wenn ich mir sicher war, dass die Spezies Mann in ihrem Leben keine großen Auftritte gehabt hatte. »Kennst du einen, kennst du alle. Wir müssen leider weiter. Meine Enkelin hat nicht so lange Mittagspause.« Damit versuchte ich, mich an der Kowalski vorbeizudrängen, aber die stand da wie ein Fels in der Brandung.

»Ich habe gestern bei Ihnen geklingelt«, informierte sie mich. »Aber Sie haben nicht aufgemacht.«

»Nun, ich war ganz offensichtlich nicht da. Ich wohne jetzt bei meiner Enkelin.« Ich verstärkte meinen Druck und schob die Frau energisch zur Seite. Nichts wie weg hier.

»Da hat so ein Herr nach Ihnen gefragt«, krähte sie uns hinterher. »Er hat gesagt, er kommt wieder.«

»Der Herr kann mich mal kreuzweise«, rief ich über die Schulter zurück.

Alma verlangsamte noch einmal ihren Schritt. »Frau Kowalski, kümmern Sie sich bitte um die Blumen?«

»Los, weg hier.« Es reichte. Alles in mir gierte nach einer Zigarette, aber ich hatte Schiss, das zu sagen, weil Alma dann wieder so ein Gesicht ziehen würde. Aber dass ausgerechnet Patrick sich als so ein Jahrhundertloser herausstellte, das musste ich erst mal verdauen.

»Hoffentlich erzählt sie das nicht überall herum«, jammerte Alma, als wir endlich aus dem Sichtfeld der

Kowalski waren. »Was sollen denn die Leute denken, wenn sie von Harrys angeblicher erster Ehe hören?«

»Das kann dir doch total egal sein«, meinte ich. »Du wolltest dich doch sowieso … « Ich brach ab, als ich ihren Gesichtsausdruck bemerkte. Irgendwie war das Thema immer noch heikel.

»Ja, du hast recht. Es könnte mir egal sein. Ist es aber nicht.« Sie seufzte. »Es ist mir wichtig, einen guten Eindruck auf die Leute zu machen. Du bist noch jung. Du hast keine Ahnung, wie bösartig die Leute sonst über dich reden, glaub es mir.«

»Alma – die Leute reden sowieso, was sie wollen. Egal, was du tust oder nicht tust. Ich bin zwar über fünfzig Jahre jünger als du, aber das weiß ich schon seit der dritten Klasse, als Melanie Wolf behauptet hat, ich hätte einen Frosch gegessen, und von dem Tag an keiner mehr mit mir spielen wollte. Dabei habe ich den Frosch nur geküsst, weil ich gehofft habe, dass er ein Prinz ist. War er aber nicht. Er war nur eine stinknormale warzige Erdkröte.« Ich kickte einen kleinen Stein weg. »Aber mein Ruf war im Eimer.«

»Das war Kinderkram, das ist was anderes«, sagte sie störrisch. »Und wer war eigentlich der unhöfliche junge Mann vorhin? Ach was, ich will es gar nicht wissen.«

Sie winkte ab, als ich zu einer Erklärung ansetzte. »Ich kann es mir schon denken. Einer deiner Gigolos. Aber musstest du ihn so bloßstellen? Das war auch nicht sehr höflich.«

»Er hat uns beleidigt, Alma. Mich und dich indirekt.

Aber was war mit der Schenker? Die war ja auf hundertachtzig. Hast du eine Provision falsch zugeordnet? Und das falsche Konto aufgelöst?«

»Keine Ahnung.« Sie blieb an der Ampel stehen. »Da ich ja nicht weiß, was ich da eigentlich mache, weiß ich auch nicht, was ich falsch mache. Willst du ein Stück durch den Park laufen? Dahinten sind Schwäne, da hab ich im letzten Jahr oft auf der Bank gesessen und meine Gedanken sortiert.« Sie deutete auf den Eingang zum Amelienpark, einer großzügig angelegten Parkanlage aus dem 18. Jahrhundert mit ausladenden alten Bäumen, einem See, kleinen Brücken und Gedenktafeln für berühmte Leute, von denen ich noch nie etwas gehört hatte.

»Okay.«

»Es tut mir schrecklich leid, dass du nachher meinetwegen deine Arbeit verlieren wirst.« Sie schlug den Weg zum etwas weniger belebten Teil des Parks ein. Die Sonne brach jetzt durch die Regenwolken und tauchte die kahlen Bäume und die nassen Bänke einen Moment lang in einen spätherbstlich goldenen Glanz. Von irgendwoher erklang Violinmusik. Das war ja richtig schön hier, staunte ich. Warum war ich nur noch nie hier gewesen? Meistens schlang ich in meiner Mittagspause hastig irgendwo ein Stück Pizza oder eine Brezel hinunter und stürzte dann die restliche Zeit durch die Klamottenläden der Innenstadt, um irgendwelches Zeug zu kaufen, das ich zum x-ten Mal nicht anzog, weil es zu Hause auf mysteriöse Weise schrumpfte oder auf einmal andere Farbnuancen entwickelte oder kratzte. Wenn ich meinen Job verlor, würde ich das allerdings sowieso nicht mehr machen können. Wenn.

»Das muss nicht unbedingt sein«, versuchte ich Alma zu beruhigen. »Du hast eine Provision falsch zugeordnet – so what. Das kann man alles rückgängig machen. Das mit dem Konto auch. Lass dich von der Schenker nicht unterbuttern. Der Bergner hat selber in seiner Anfangszeit mal aus Versehen das Konto des Filialleiters gelöscht. Das erzählt er immer gern als kleine Anekdote bei der Weihnachtsfeier. Das einzig Witzige übrigens, das je aus seinem Mund kommt.« Ich blieb stehen. »Wenn man vom Teufel spricht.« Da vorn lief Andreas Bergner den Parkweg entlang, in der Hand eine kleine Tüte. Jetzt blieb er stehen und warf irgendwas auf den Boden. Was um alles in der Welt machte der da? Ich konnte ohne die Brille wieder mal nichts erkennen.

»Dein Chef füttert ein Eichhörnchen mit Erdnüssen.«

Alma lächelte. »Wie niedlich.«

»Ist aber verboten, die zu füttern.« Okay, ich war ziemlich überrascht, dass er erstens so was wie ein Eichhörnchen überhaupt wahrnahm und zweitens sich gegen eine Regel widersetzte. Andreas Bergner als Retter der Eichhörnchen. Ein Zorro der Nagetiere, wer hätte das gedacht.

»Seit wann kümmerst du dich darum, was verboten ist?« Alma spähte in das Gebüsch neben uns, als hoffte sie auf weiteres hungriges Getier. »Außerdem ist er sehr nett, ich weiß gar nicht, was du hast. Ein richtig feiner Herr. Der hat wenigstens noch Manieren.«

»Ach ja? Woher willst du das wissen?«

»Hat er sich um dich gekümmert, als dieser Flegel dir die Tür vor den Kopf gestoßen hat, oder nicht?«

»Ja«, gab ich unwillig zu. Mir fiel auf, dass sie das Wort Flegel ebenfalls benutzte. Es war ein typisches Alma-Wort. Warum war mir das vorher noch nicht aufgefallen? Was hatte das zu bedeuten? Teilten wir uns jetzt schon den Wortschatz? Ich beschloss, mehr darauf zu achten.

»Aber selbst wenn er ein supertoller netter und ach so feiner Herr ist, wird die Welt das nie erfahren, weil er nie was Witziges von sich gibt und stumm wie ein Wüstenmolch durch die Gegend schleicht.«

»Nicht jeder trägt sein Herz auf den Lippen«, widersprach sie mir. »Und ja – selbst ich alte Frau weiß, dass es heutzutage modern ist, sich seine Einstellung und diverse Sinnsprüche für jedermann sichtbar in die Haut zu ritzen, da brauchst du gar nicht so überlegen zu tun. Aber ist dir vielleicht mal der Gedanke gekommen, dass es Menschen gibt, die das einfach nicht möchten? Oder die einfach nur schüchtern sind?«

»Nein«, antwortete ich wahrheitsgemäß und mit leichter Verwunderung. Schüchternheit war mir komplett unbekannt. »Ehrlich gesagt nicht.« Ich beobachtete Andi Bergner, der jetzt vor einem weißhaarigen alten Geiger ein Stück weiter stehen blieb, dem Quell der melancholischen Melodien. Ich verlangsamte meinen Schritt. Wir würden unweigerlich auf ihn treffen, wenn wir weitergingen. Und so wie Alma von ihm schwärmte, würde sie unter Umständen noch mit dem »feinen Herrn« ein Gespräch anfangen wollen. In diesem Moment drehte er sich auch schon um.

»Ach, geht es Ihnen wieder besser?«, rief er mir zu.

»Die frische Luft tut gut, nicht wahr?«

»Geht so«, brummte ich. Warum ging er nicht weiter?

»Das ist der schönste Teil des Parks«, segelte es da aus Almas Mund. »Dahinten beim Schillerbrunnen sitze ich im Sommer oft und lese.«

»Ach ja?« Er musterte sie verblüfft. »Ich auch. Ich kann mich nicht erinnern, Sie schon mal gesehen zu haben.« Er wedelte entschuldigend mit der Hand. »Also ich meine, mal hier gesehen zu haben.«

»Na, so was«, erwiderte sie. »Wahrscheinlich waren wir beide zu sehr in unsere Lektüre vertieft.«

»Das wird es gewesen sein.«

Mann! Warum hielt Alma jetzt nicht die Klappe? Warum strahlte sie den Bergner so dämlich an? Und warum spielte dieser Zupfgeigenhansel jetzt grinsend »O sole mio«?

»Da möchte man glatt an die See fahren, was?«, bemerkte sie jetzt. »Ab in die Sommerfrische, an die Adria, irgendwohin in den Süden.«

»In der Tat«, stimmte er ihr zu. »Nach Bella Italia. Das wär's jetzt, was? Mache ich vielleicht zu Silvester. Habe ja noch genug Urlaub. Haben Sie noch Urlaub?«

Noch nie hatte ich ihn so viel reden hören. Jedenfalls nicht mit mir. Offenbar wurde ihm das auch bewusst, denn er verstummte erschrocken.

»Silvester. Wie schön.« Zu allem Überfluss fing Alma jetzt auch noch an, sich im Takt der Musik zu wiegen.

Es reichte.

»Jasmin, musst du nicht wieder in dein Büro?«, flötete ich. »Nicht dass du noch Ärger mit deiner netten Chefin bekommst. Wie heißt sie doch gleich? Frau Stänker?«

»Ah ... das ist die Kollegin Schenker. Ja. Dann wollen wir mal wieder, was?« Er schwenkte seine Tüte. »Ich muss noch rasch zum Touristikbüro. Karten kaufen.«

»Oh. Was wird denn gespielt?«, erkundigte sich Alma.

»Rammstein bestimmt nicht«, warf ich ein und lachte heiser vor mich hin. Das hier wurde immer absurder.

Ein Königreich für eine Zigarette.

Er wirkte überrascht und setzte zu einer Antwort an, doch da klingelte sein Handy und er verzog entschuldigend das Gesicht. Ich nutzte die Gunst der Stunde und zog Alma weg.

»Was soll das?«, flüsterte ich. »Wieso redest du mit dem?«

»Wieso denn nicht? Das ist der erste nette Mann in deinem Bekanntenkreis.«

»Er ist nicht mein Bekannter. Der Typ ist mein evolutionär festgelegter Feind!«

»Ich finde, er sieht umwerfend aus. Findest du das etwa nicht?«

»Also ... okay, meinetwegen. Ja, er sieht ganz gut aus. Aber sein Indianername ist: Der mit dem Hamster tanzt und zum Lachen in den Keller geht.«

»Sein was?«

»Ach, egal. Und außerdem solltest du jetzt wirklich zurück. Die Schenker explodiert sonst. Versuch einfach, dir so bald wie möglich deinen Bluetooth wieder ins Ohr zu stecken, okay? Vielleicht kann ich ja noch was retten.«

»Das glaube ich nicht. Aber ich versuche mein Bestes. Holst du inzwischen meine Katze?«

Das auch noch. Ich fluchte innerlich, ich hatte gehofft, sie hätte das Vieh vergessen. »Okay.«

»Danke.«

»Vorher gehe ich nur noch ein bisschen spazieren«, log ich und sah Alma nach, die in dem bescheuerten

Rock den Weg entlanghastete. Eigentlich sahen meine Beine darin ganz gut aus, stellte ich fest. Der Rock war sogar ziemlich sexy. Aber woher hätte ich das früher wissen sollen? Man sah sich ja eher selten selbst einen Parkweg entlanglaufen. Ich beschloss, den Rock öfters zu tragen, wenn ich irgendwann wieder ich selbst war.

Und wann wäre das? Der Gedanke verursachte mir sofort wieder ein stechendes Gefühl in der Magengegend, deshalb bog ich in einen kleinen Seitenweg, aus dem der verführerische Geruch von Zigarettenrauch herauswehte. Ein kapuzenvermummter Teenager hockte dort mit missmutigem Gesicht auf der Lehne einer Bank.

»Hey, Hottie«, grüßte ich und zwinkerte ihm zu.

»Kann ich von dir mal 'ne Kippe schnorren?«

Ich wurde immer langsamer. Wie gern wäre ich jetzt noch ein wenig durch den spätherbstlichen Park geschlendert, anstatt zu meiner Hinrichtung zurück in diese Bank zu schleichen. Am besten, ich sagte gar nichts mehr und ließ diese pralle, übellaunige Dame namens Schenker einfach abladen, was sie zu sagen hatte, und wartete, bis es vorbei war und ich gehen konnte. Vielleicht konnte ich auf dem Rückweg noch mal durch den Park laufen, die letzten bunten Blätter bewundern, die ich eigentlich gar nicht mehr hätte sehen dürfen. Ich blieb stehen. Ein seltsamer und verstörender Gedanke war das – ich wäre jetzt eigentlich tot und die Welt würde sich trotzdem weiterdrehen. Die Sonne würde genauso scheinen und das Laub genauso im Wind tanzen und der alte Mann genauso auf seiner Violine spielen. Nur dass ich an alledem nicht mehr teilhätte. Ich berührte einen Ast, der in den Weg hereinreichte. Ein Kastanienzweig, fast kahl, mit einigen wenigen vertrockneten braunen Blättern daran, die sich immer noch standhaft festklammerten, beim nächsten Herbststurm aber den Weg alles Zeitlichen gehen würden.

Noch vor zwei Tagen hätte ich mich selbst mit einem der Blätter identifiziert, ja geradezu verbrüdert. Zwei Vertreter verschiedener Spezies in den letzten Zügen unseres Daseins. Zwei vom Wind und vom Leben gebeutelte …

»He! Aufpassen!« Ein schrilles Klingeln schreckte mich aus den Gedanken. Direkt vor mir hatte eine alte Frau auf dem Fahrrad angehalten. Eine Wollmütze zierte ihren Kopf und ihre rote Windjacke bauschte sich im Wind. Sie funkelte mich böse an, weil ich nicht sofort zur Seite gesprungen war. Auf ihren Gepäckträger hatte sie einen Korb voller Grünkohl und kleiner Kürbisse geschnallt.

Ich erkannte sie sofort. »Frau Haldinger«, rutschte es mir heraus. »Kommen Sie aus dem Garten?«

»Kennen wir uns?« Sie sah mich verwundert an.

Natürlich kannten wir uns. Das war Frau Haldinger, meine ehemalige Nachbarin in der Kleingartenanlage »Am Gänsebach«, mit der ich zeit meines Lebens einen mit herzlichem Lächeln maskierten Wettkampf in Sachen erfolgreichere Ernte ausgetragen hatte, auch wenn keine von uns beiden das je zugegeben hätte. Wir bewunderten stets gegenseitig die Früchte unsere Harkens und Grabens, wünschten uns schöne Feierabende und Sonntage und gute Besserung und teilten die Empörung aller, als in eine benachbarte Gartenlaube eingebrochen und zwei Kaffeetassen, ein Weidenkorb und eine Gießkanne gestohlen wurde. So richtig angefreundet hatten wir uns allerdings nie, was vor allem an Frau Haldingers leichter Überheblichkeit lag. Sie war nun einmal die Königin der Schrebergärten und produzierte das beste und üppigste Gemüse und die prächtigsten Blumen. Wer das akzeptierte, konnte sich ihrer guten Ratschläge und ihrer übersprudelnden Hilfsbereitschaft sicher sein, auch wenn sie nur dem Zweck dienten, ihre generelle Überlegenheit in so ziemlich allen kleingärtnerischen Domänen zu demonstrieren. Nach Harrys Tod hatte ich dafür einfach keine Nerven mehr gehabt und den Garten abgegeben.

»Nicht direkt«, stotterte ich. »Ich bin eine Bekannte von Frau Winter und sie hat mir viel von Ihnen erzählt.«

Die Miene von Frau Haldinger blieb misstrauisch.

»Von Ihren unglaublichen Tomaten und dass Sie immer die schönsten Pfingstrosen haben. Ich wünschte, ich hätte dieselben Erfolge in meinem Garten.« Ich tat so, als ob Jasmin tatsächlich irgendwo einen Garten hätte, in dem sie an den Wochenenden herumwerkelte, eine absolut groteske Vorstellung, aber wenigstens glätteten sich jetzt die Züge der Frau.

Sie nickte gnädig. »Das wird schon. Man ist ja froh, wenn es heutzutage noch junge Leute gibt, die sich für die Gartenarbeit Zeit nehmen. Wie geht es denn der Frau Winter? Ich habe sie schon lange nicht mehr gesehen.«

Mir schoss das Blut ins Gesicht. »Oh, sie ist … « Was sollte ich nur sagen? »Sie ist nicht mehr … « Ich brach ab. Nicht mehr ganz sie selbst? Nicht mehr alt? Gerade eine rauchen gegangen?

»Ach du lieber Himmel.« Frau Haldinger legte erschrocken ihre Hand aufs Herz. »Also auch die Frau Winter. So schnell kann es gehen. Erst ihr Mann, dann sie. Aber das wundert mich nicht. Die beiden machten schon in den letzten Jahren keinen sehr gesunden Eindruck mehr. Konnten natürlich auch nicht mehr so viel im Garten erledigen, wie sie hätten sollen. Da ist vieles liegen geblieben. Ich konnte das ja verstehen, aber sie hätten schon mal eher an einen Nachfolger denken sollen, finden Sie nicht? So ein ungepflegter Garten verdirbt ja dann den Eindruck der ganzen Anlage.«

Wie bitte? Harry und ich hatten nahezu täglich in dieser Parzelle geschuftet, bei Wind und Wetter Unkraut gejätet und Beete umgegraben.

»Na ja, man soll von den Toten nichts Schlechtes sagen.« Frau Haldinger blickte einen Moment lang sinnend in die Ferne, nur um gleich darauf genau das zu tun. »Der Mann hat ja auch so schrecklich viel geraucht.

Kinder haben sie offenbar nicht gewollt und dann hatten sie eben auch keine Enkel, die sie hätten jung halten können. Kann man nicht verstehen so was. Traurig das Ganze. Tja, und irgendwann ist dann eben einfach Schluss und nichts bleibt mehr übrig.« Sie räusperte sich.

»Außer Unkraut.«

Keine Kinder gewollt? Ich konnte nicht glauben, was ich da hörte. Was diese Giftschlange da von sich gab, was für Behauptungen sie frech in die Welt entließ, wie sie Harry und mich über den Tod hinaus schlecht machte, war einfach unglaublich. Und das, obwohl mir stets an einem freundlichen Umgangston gelegen war, obwohl ich der Frau nichts getan, ja sogar regelmäßig meine selbst gebackenen Kuchen an Sonntagnachmittagen mit ihr geteilt hatte! Jasmins Bemerkung schoss mir durch den Kopf. Die Leute reden sowieso über dich, was sie wollen. Egal, was du tust oder nicht tust.

Jasmin hatte recht. Wie hatte ich nur zweiundachtzig Jahre lang so naiv sein können zu glauben, dass man nett und freundlich über mich redete, nur weil ich mich immer bemühte, nett und freundlich zu sein? Der böse Klatsch hörte nicht mal nach dem eigenen Tode auf, ganz im Gegenteil – da fing er offenbar erst so richtig an zu wuchern, wenn ich auch in einer kleinen irrationalen Ecke meines Gehirns zugeben musste, dass ich wahrscheinlich die Einzige war, die je so etwas erfahren würde.

Mein Mund öffnete sich wie von selbst. »Wissen Sie was? Sie sind ein heuchlerisches altes Luder. Über andere Leute herziehen, nur weil die tot sind und sich nicht mehr wehren können, das ist jämmerlich. Aber soll ich Ihnen mal was sagen? Frau Winter lebt noch. Jawohl, sie lebt noch und hat gerade alles mitgehört!«

Der Mund von Frau Haldinger formte sich zu einem erstaunten O, ihre kleinen Äuglein hinter den eckigen Brillengläsern blinzelten verstört.

»Und wissen Sie noch etwas?« Ich kam jetzt richtig in Fahrt. »Ihre Tomaten waren immer wässrig und geschmacklos und ich weiß genau, dass Sie einmal Erdbeeren auf dem Markt gekauft und dann als Ihre eigene Ernte ausgegeben haben, ich hab Sie nämlich dabei beobachtet. Sie ... Bitch!« Ich drehte mich um und ließ die Frau stehen. Ein lautes Scheppern erklang.

Offenbar war das Fahrrad umgefallen, aber ich sah nicht zurück.

Was zum Geier war eine Bitch? Woher war dieses Wort gekommen? Es war aus dem Nichts in meinem Mund aufgetaucht und hatte sich den Weg in die Freiheit gebahnt, fast wie die gespenstische Schreibfunktion in Jasmins Handy. Aber es hatte sich gut angefühlt, das zu sagen. Befreiend. Und noch etwas erkannte ich: Die Leute fabrizierten Lügen und interpretierten sich

die Welt zurecht, wie sie ihnen passte, egal wie man
sich verhielt. Ich hätte mich genauso gut mit Harry jeden Sonntag faul im Garten in die Hängematte legen
können, der Nachruf von Frau Haldinger wäre nicht
anders ausgefallen. Also konnte man auch tun und lassen, was man wollte, und brauchte sich keinen Zwän-
gen zu unterwerfen. »Bitch«, formte ich erneut das un-
gewohnte Wort mit den Lippen. Und dann gleich noch
einmal lauter: »Bitch!«

»Hey!« Ein junges Mädchen mit schwarzen Haaren,
schwarzen Kleidern und mehr silbernen Kreuzen um
den Hals als ein Ministrant war stehen geblieben. »Hast
du ’n Problem mit mir oder was?«

Ich deutete rasch auf meine Kopfhörer und gab vor zu
telefonieren. Das Mädchen nickte verständnisvoll und
ging weiter. Ich atmete auf. Die moderne Technik war
manchmal wahrlich nützlich.

Wieder in der Bank verflog mein kurzes Hochgefühl
sofort. Ich drehte und zwirbelte die kleinen Kopfhörer
zwischen den Fingern hin und her und überlegte
krampfhaft, wie ich sie verstecken und gleichzeitig benutzen könnte, aber es fiel mir keine vernünftige Lösung ein.

»Frau Ahrendt?«

Und da kam meine Chefin auch schon angestöckelt
und signalisierte mir, ihr zu folgen. Ich hätte ihr ja gern
gesagt, dass Frauen mit einer solch ausufernden Figur
besser keine dicken Stoffe tragen sollten und dass die
Knopflöcher ihrer Bluse schlecht verarbeitet waren
und dass man nicht schlanker wirkte, wenn man eine
Hose anzog, die eine Nummer zu klein war, aber wahr-

scheinlich waren diese Informationen völlig uner-
wünscht und würden Jasmins Position in der Bank
nicht unbedingt verbessern. Stumm begab ich mich daher in den Raum, dessen Tür sie mir mit der Vorfreude
eines Folterknechts aufhielt.

»Frau Ahrendt.« Drinnen saß der nette Herr Bergner
und lächelte mir den Bruchteil einer Sekunde lang zu.

Mir wurde es ein wenig leichter ums Herz. Von einem
Mann, der an meiner Lieblingsstelle im Park saß und
las, konnte doch nichts wirklich Schlimmes ausgehen,
oder?

»Frau Schenker hat mir von den Fehlern berichtet,
die Ihnen leider heute Morgen unterlaufen sind«, begann er.

»Schon wieder heute Morgen unterlaufen sind«, verbesserte die Schenker.

Er brachte sie mit einer kurzen Handbewegung zum
Schweigen. »Sie haben die Provisionen falsch zugeordnet. Und außerdem haben Sie das falsche Konto aufgelöst. Sehen Sie mal.« Er drehte seinen Bildschirm zu mir
und ich blickte auf den Namen Bauer und verwirrende
Reihen von Zahlen, die mir nichts sagten, genauso gut
hätte er mir die Grabmalereien von Ramses dem Zweiten vor Augen halten können.

»Wie schrecklich«, äußerte ich dennoch. »Das tut mir
furchtbar leid. Ich hoffe, der arme Mann bekommt sein
Geld wieder.«

»Welcher Mann?«, fragte die Schenker.

»Na, der Herr Bauer, dessen Konto ich aufgelöst habe.
Die Rennereien, die man dann hat, die möchte ich mir
nicht ausmalen. Vielleicht stellt man ihm jetzt noch
Wasser und Strom ab. Und das im Winter, wo ohnehin

so viele alte Leute in ihren Wohnungen sitzen und vor Kälte zittern.« Ich zitierte eine meiner Lebensweisheiten: »Der Winter schleicht von Haus zu Haus und reißt die alten Leute aus.«

Einen Moment lang sahen sie mich beide völlig konsterniert an. Offenbar war ihnen das unbekannt.

»Was? Blödsinn.« Die Schenker trommelte irritiert auf den Tisch. »Das ist das Konto der Softwarefirma Bauer. Bringen Sie das gefälligst wieder in Ordnung, und zwar schnell.«

»Wie denn?«, entfuhr es mir. »Ich weiß doch nicht wie.« Ach, verdammt. Jetzt hatte ich endgültig alles verdorben. Ich heftete den Blick auf den Kalender mit einem Foto vom Gardasee, der an der Wand hinter Andreas Bergners Schreibtisch hing. Wie gern wäre ich jetzt dort. Zur Not auch auf Kaffeefahrt. Ich krallte meine Hände in den Stuhl, um die Tränen zurückzudrängen, die sich in meinen Augen sammelten. Die Schenker warf Herrn Bergner indessen einen triumphierenden Blick zu. Hab ich es dir nicht gesagt. Dieses unfähige Frauenzimmer kann nichts anderes, als mit dem Hintern zu wackeln. Wahrscheinlich ist sie auch noch verkatert, so wie sie sich am Stuhl festhält. Und offenbar wird sie jeden Moment losheulen. Er erwiderte den Blick nicht und lehnte sich zurück.

»Warum sagen Sie das denn nicht gleich?«, fragte er mich. »Wenn Sie einen Arbeitsschritt vergessen haben, dann helfen Ihnen die Kollegen sicher aus. Das ist doch kein Beinbruch.«

»Nein?« Ich konnte es nicht fassen. »Ich werde also nicht entlassen?« Die Tränen liefen mir jetzt doch über die Wangen, diesmal waren es allerdings Freudentränen.

»Natürlich nicht. Hier.« Er reichte mir ein Taschentuch. »Vielleicht gehen Sie zur Abwechslung heute
Nachmittag mal wieder an die Basis hinter den Schalter. Dort herrscht heute ohnehin ein Engpass. Manchmal hilft ein Wechsel und Sie können Ihr Gedächtnis
auffrischen.«

Er meinte es gut, erkannte ich. Er meinte es sogar sehr
gut, und wenn ich die Zeichen richtig deutete, hatte dieser Mann sogar eine kleine Schwäche für Jasmin, was
der fischteichgrünen Schenker überhaupt nicht zu passen schien. Nichtsdestotrotz hatte er jetzt alles noch
schlimmer gemacht und mich vom Regen in die Traufe
gebracht. Was sollte ich denn hinter dem Schalter? Davon verstand ich doch erst recht nichts und nun konnte
ich mich nicht einmal mehr in der hintersten Ecke des
Büros verkriechen, sondern musste mich mit Leuten
auseinandersetzen, die nebulöse Dinge von mir verlangen und mich anschimpfen oder gar anbetteln würden.
Oder noch schlimmer – sie vertrauten mir vielleicht ihr
gesamtes Vermögen an und ich würde es innerhalb weniger Sekunden mit meinem hilflosen Unverstand zunichte machen. Oh Gott. Aber was blieb mir anderes übrig?

Ich schraubte mich qualvoll langsam aus dem Stuhl
hoch und schlich hinter der Schenker in den Schalterraum hinaus, wo sich zu meinem Horror schon eine
Schlange mürrischer Kunden drängte, die demonstrativ auf die große Uhr in der Halle blickten.

»Sie können in die Pause«, erklärte die Schenker der
gestressten Frau hinter dem Schalter, die ich offenbar

ablösen sollte. Die Frau nickte dankbar und verschwand unverzüglich, während ich mich hinter den Schalter begab. Einen Moment lang schloss ich ergeben die Augen angesichts der endlosen Berge mysteriöser Formulare und eines weiteren Computers, auf den ich in wenigen Minuten ohne Sinn und Verstand einhacken würde, dann öffnete ich die Augen wieder und stieß einen Schrei aus.

Vor mir stand Harry.

Nein, es war natürlich nicht Harry, aber der Mann trug Harrys alten Wintermantel, den mit dem Wildlederkragen, und außerdem Harrys dunkelblauen Schal und seine englische Schiebermütze. Das Gesicht des Herrn kam mir vage bekannt vor, aber ich konnte es nicht einordnen, hauptsächlich weil seine Augen gehetzt hin und her huschten, fast abwesend wirkten und weil ihm Schweißperlen die Schläfen hinabrollten, ohne dass er es zu bemerken schien. Er heftete seinen flackernden Blick jetzt auf mich und hielt mir etwas vors Gesicht. Im selben Moment fing eine Frau hinter ihm an zu kreischen.

Eine Pistole. Der Mann hielt mir eine Pistole vor die Nase und zischte etwas, das ich nicht gleich verstand.

Dann begriff ich. Das war ein Banküberfall! Panik brach aus, einige Leute wandten sich fluchtartig zum Gehen, andere blieben wie gelähmt stehen, jemand schluchzte, jemand schrie: »Auf den Boden!« Es war der Mann vor mir, der das brüllte und dabei den Arm hochriss, damit alle seine Waffe sehen konnten. Ich konnte meinen Blick einfach nicht von ihm abwenden. Diese Stimme. Harrys Mantel ...

Aus den Augenwinkeln nahm ich wahr, wie die Kunden sich auf den Boden warfen und wie die Schenker in die Knie ging und mir dabei irgendwelche seltsamen Zeichen machte, die ich nicht verstand.

»Da rein«, drang es jetzt zu mir durch. Der Mann hielt mir eine Sporttasche hin. Ich hatte keine Ahnung, wo sie das Geld hier aufbewahrten, wahrscheinlich schlossen sie es im Safe ein, zumindest war das doch im Fernsehen immer so, aber all das war jetzt auch egal, denn nun hatte ich den Mann endlich erkannt.

»Herr Friedrich?«, fragte ich verblüfft. »Sagen Sie nur! Was um alles in der Welt machen Sie denn da?«

Jasmin

Ich hätte den mürrischen Knaben noch nach einer zweiten Zigarette fragen sollen. Die erste hatte mich zum Husten gebracht und geschmeckt wie ein in der Mikrowelle zubereiteter Schuh. Und das, obwohl ich doch so danach gegiert hatte. Aber nun war es zu spät, der Junge war davongetrottet, allerdings nicht, ohne mich vorher noch beunruhigt zu mustern, als ob er Angst hätte, dass ich gleich nach Pfandflaschen in den Papierkörben wühlen und dabei unverständliches Zeug brabbeln würde.

Unversehens fand ich mich alleine im Park wieder. Nur in der Ferne schob sich eine alte Frau mit einem Gehwägelchen den Weg entlang. Sie hob den Kopf wie ein Tier, das Witterung aufnimmt, und sah zu mir, als ob wir durch unsichtbare Magnetfelder miteinander verbunden wären – die Illuminati der Seniorenwelt, ein geheimer Klub aus geschwollenen Knöcheln, weiß-grauen Dauerwellen und dicken Brillengläsern, die sich am rheumatischen Handschlag und am kurzsichtigen Blinzeln erkannten. Ich bin noch gar nicht alt, wollte ich ihr zurufen. Ich bin erst achtundzwanzig, sozusagen noch im Krabbelstadium des Alters und nicht auf dem Zenit wie du. Schau mich nicht an, als wären wir Kolleginnen, ich bin jung und sexy! Apropos sexy. Ich musste unbedingt zum Optiker. Und zur Apotheke, Almas Rezept für Schmerztabletten einlösen und dann noch die bescheuerte Katze aus dem Tierheim holen, von der ich heimlich hoffte, dass irgendeine katzensüchtige Verrückte oder eine gestresste Mutter, die sich mit der Katze fünf Minuten Erlösung von ihrer lärmenden Kinderschar erhoffte, sie bereits weggeschnappt hatte. Überdies fing es jetzt wieder an zu nieseln und ein ungemütlicher kalter Wind pfiff mir unter den Minirock. Ich musste aufpassen, dass ich mir nicht die Blase erkältete. In der Ferne erklangen laute Polizeisirenen, wahrscheinlich hatte wieder ein jugendlicher Raser irgendwo einen Unfall verursacht. Holy shit. Ich blieb stehen. Hatte ich wirklich eben daran gedacht, dass ich mir die Blase erkälten könnte, und war mir die Formulierung »jugendlicher Raser« in den Sinn gekommen? Wieso schlich sich ständig so ein Altfrauenvokabular in mein Reden und Denken? Ein ganz merkwürdiges Gefühl überkam mich.

Ich checkte kurz mein Handy. Alma hatte sich nicht wieder gemeldet. War das nun gut oder schlecht?

Beim Optiker Hausmann, dessen Adresse Alma mir aufgeschrieben hatte, musste ich eine halbe Ewigkeit warten, weil noch zwei Frauen vor mir dran waren, die mich mit »Guten Tag, Frau Winter« begrüßten und sich sofort wieder leise und angeregt über ihre fehlerhaften Herzklappen austauschten, sowie ein verwirrter, aber anspruchsvoller alter Mann, der immer wieder etwas an der Anpassung seiner Brille auszusetzen hatte. Ich vertrieb mir die Zeit damit, die ausgestellten Sonnenbrillen anzuprobieren. So eine große von Calvin Klein wäre doch gut. Die verbarg das halbe Gesicht. Damit würde ich glatt als unter siebzig durchgehen. Ich setzte sie auf und schoss ein paar Selfies mit meinem Handy. »Geiles Teil«, bemerkte ich.

Die Optikerin hob überrascht den Kopf. »Frau Winter?«

»Tach.« Ich nickte ihr zu und nahm die nächste Brille vom Gestell, diesmal eine von Gucci. Ich setzte sie auf, zog einen Schmollmund und schoss ein weiteres Foto.

»Na, Frau Winter, das ist aber mehr was für die Jugend.« Eine der Herzklappen schüttelte missbilligend den Kopf.

»Also genau richtig für mich.«

Der alte Mann lachte meckernd. »Jaja, man muss Humor bewahren, wenn man in unser Alter kommt, nicht wahr. Das muss man.« Er hustete geräuschvoll, zerrte ein riesiges Taschentuch heraus, schnaubte hinein, betrachtete das Produkt seiner Anstrengungen und verstaute das Taschentuch dann wieder in der Jackentasche.

Ich nahm die Brille ab und checkte meine Whats-App-Nachrichten, etwas, was ich in den letzten achtundvierzig Stunden vor lauter Schock vermieden hatte.

Lisa hatte mir gestern ein kleines Video geschickt, das ich anklickte. Eine Comicfigur im Minikleid räkelte sich darin auf einem roten Teppich und quäkte: »Weißt du, was es bedeutet, nach Hause zu kommen, zu einem Mann, der ganz zärtlich zu dir ist? Der dir langsam und genüsslich das Kleid aufknöpft und ... «

»Ah, Frau Winter?« Die Optikerin hielt erstaunt inne, der alte Mann verrenkte sich neugierig den Hals nach mir, die zwei Herzklappen verstummten abrupt.

Ups. »Sorry.« Ich wollte den Ton leiser drehen, aber meine Finger waren plötzlich so steif und unbeweglich, dass der Ton stattdessen lauter wurde. » ... der dir sanft den BH öffnet?«, schallte es durch den Raum, gefolgt von einem albernen Kichern.

»Du blödes Teil!« Hastig wischte ich auf dem Handy herum. Es ging nicht. Das verdammte Ding ging nicht leiser zu stellen, was war nur mit meinen Fingern los?

»Und der dir gierig den Slip vom Leib reißt?«, brüllte das dämliche Wesen jetzt durch den ganzen Laden. Die Herzklappen traten die Flucht in Richtung Kinderbrillen an, der alte Mann grinste, die Optikerin bückte sich hektisch und fegte dabei mehrere Papiere vom Ladentisch.

»Es bedeutet«, quäkte die Stimme, »dass du in der falschen Wohnung bist.«

Gelächter vom Band erklang und dann gelang es mir endlich, das Handy auszuschalten. Schweiß stand mir auf der Stirn. »Tja, man muss Humor bewahren, wenn man in unser Alter kommt, nicht wahr?«, sagte ich in die eisige Stille hinein.

Keiner lachte. Perlen vor die Säue. Nur der alte Mann zwinkerte mir vieldeutig zu. Die Herzklappen schwiegen eisern, die Optikerin äußerte lediglich zum dritten Mal ein ungläubiges »Frau Winter?«.

»Ui, es regnet ja. Wie ungewöhnlich für November«, versuchte ich abzulenken, schließlich war das Wetter doch ein Thema, das Menschen aller Generationen zu jeder Zeit vereinte, aber niemand pflichtete mir bei.

»Ich komme später noch mal wieder«, wandte ich mich daher an wen auch immer das interessieren mochte, was ganz offensichtlich niemand war. »Muss noch die Katze aus der Apotheke holen. Ja.« Da sich diese Bemerkung nicht mehr toppen ließ, stand ich einen Moment lang wie festgenagelt zwischen Lupen und Seitenschutzbrillen und flüchtete dann aus dem Laden, wobei ich mit dem Knie gegen ein Display von Lesebrillen stolperte und einen kleinen Schrei ausstieß.

»Also, so was«, hörte ich eine der Herzklappen noch sagen.

Wo war die nächste Apotheke? Mein Knie stand unter Strom und ich musste jetzt dringend eine dieser Schmerztabletten einwerfen, denn sonst würde ich in wenigen Minuten umfallen. Da! In weniger als hundert Metern grüßte mich das rote A der Apotheke wie ein lang verschollenes und endlich wiedergefundenes Familienmitglied und ich wankte mit letzter Kraft darauf zu. Warum gab es hier nirgendwo Wägelchen oder Stöcke, die man sich nehmen konnte, wenn man sie brauchte? Das wäre doch endlich mal eine Idee für die Stadtverwaltung.

Überall kostenlose Gehhilfen aufstellen und nicht nur lauter überflüssige Zigarettenautomaten. Ich blieb kurz stehen und schüttelte mich. Woher kamen diese Gedanken dauernd? Was passierte mit mir?

Egal. Ich schob mich entschlossen weiter. Hoffentlich war die Apotheke jetzt nicht wieder voller kränkelnder und hustender alter Leute, die sich ewig nicht entscheiden konnten und lang und breit ihre Krankengeschichte in allen erdenklichen Einzelheiten auswalzten. Darauf hatte ich absolut keinen Bock. Da fiel mir ein, dass ich ja selbst zu dieser Gattung gehörte, und ich stöhnte leise auf.

Die Apotheke war glücklicherweise leer und still wie eine Grabkammer. Zwei eifrige Apothekerinnen in weißen Kitteln wühlten geschäftig in den rätselhaften Abgründen hinter dem Ladentisch herum und deuteten sofort ein mitfühlendes Lächeln an, als ich angehumpelt kam.

»Indomet«, stieß ich hervor und ließ mich auf einen Stuhl fallen. Eine Couch wäre zwar noch besser gewesen, nichtsdestotrotz – die in der Apotheke dachten wenigstens mit. Ich klaubte das Rezept aus der Tasche und reichte es einer der eilfertigen Angestellten, die sich sofort zu mir bemühte.

»Das bestellen wir Ihnen gleich.« Die Frau lächelte bei dieser Bemerkung huldvoll, als hätte sie mir gerade ein besonders großartiges Geschenk gemacht.

»Was? Bestellen? Aber ich brauche den Stoff sofort. Ich dreh sonst durch.«

Die Dame lächelte immer noch, wenn auch etwas hilfloser. »Also, das tut mir leid, aber die Tabletten haben wir nicht da, wir können Sie Ihnen aber liefern, dann haben Sie sie heute Abend und ... «

Heute Abend war ich unter Umständen schon tot.

»Dann geben Sie mir einfach was anderes«, schnitt ich ihr das Wort ab. »Gleich was Stärkeres, wenn Sie haben. Oder besser noch – medizinisches Marihuana. Gibt's doch in anderen Ländern auch. Für starke Schmerzen – und die habe ich, das kann ich Ihnen versichern.« Ich kniff verschwörerisch ein Auge zu. Sie glaubte ja wohl nicht ernsthaft, dass eine bedauernswerte alte Dame wie ich damit Missbrauch treiben würde?

»Ah, Roswitha?«, rief die Frau nach hinten und zog sich unmerklich von mir zurück. »Kommst du mal?«

Ihre Kollegin schnippte hinter dem Verkaufstisch hoch wie der Kasper im Puppentheater, dann tuschelten die beiden miteinander und sahen immer wieder zu mir herüber. Endlich kam die erste der beiden Frauen zurück.

»Wir könnten Ihnen die Schmerztabletten einer anderen Firma anbieten, gleiche Wirkung und gleiche Inhaltsstoffe, wenn Sie die nehmen möchten?«

»Logo.« Das war doch gehupft wie gesprungen. Ich rappelte mich hoch. »Ich werf auch gleich eine ein.«

»Äh, ja. Natürlich. Und dann auf Alkohol verzichten, aber das wissen Sie ja sicher, nicht wahr?« Die Apothekerin lachte glockenhell, während sie mir die Packung und ein Glas Wasser reichte.

»Was?« Ich verschluckte mich fast an der Tablette.

»Keinen Alkohol?«

»Ja, genau.« Sie lächelte milde und unverdrossen weiter.

»Und wie lange?«

»Nun … äh.« Die Apothekerin musterte meine lila Wildlederjacke und meinen coolen Minirock jetzt mit unverhohlenem Interesse. »Je nachdem, wie groß Ihre Schmerzen sind. Sicher nicht länger als eine Woche.«

»Eine Woche?« Machte die Witze? »Das wird nicht gehen.«

»Sie können keine Woche ohne Alkohol leben?«

»Ich glaube nicht.« Ich hatte es jedenfalls noch nie versucht und stellte es mir tödlich langweilig vor.

»In Ihrem Alter?«

»Was soll das denn heißen?«

»Roswitha?«, rief die Frau schwach nach hinten.

»Kommst du noch mal, bitte?«

»Ach egal, ich nehm die Dinger trotzdem. Danke.«

Ich hielt die Packung fest, damit sie mir niemand wieder wegnehmen konnte, und humpelte aus dem Laden. In der Glasscheibe der Tür entdeckte ich mein Spiegelbild.

Ich war immer noch alt. Ich hatte immer noch keine vernünftige Brille und ich sah zum Davonlaufen aus. Besonders meine Haare. Eine Idee reifte in mir. Natürlich, warum war ich noch nicht schon eher darauf gekommen? Lisas Friseursalon befand sich hier ganz in der Nähe. Lisa würde mir etwas Cooles auf den Kopf zaubern, ich würde dort die Beine hochlegen, mir von ihr ein Glas Prosecco einschenken lassen und dann würde ich ihr endlich alles von dieser grotesken Verwandlung gestehen.

Sie würde mir natürlich nicht glauben, aber ich würde ihr Beweise liefern – ihr Dinge sagen, die nur ich wissen konnte.

Das hätte ich schon längst tun sollen, schließlich war Lisa meine beste Freundin und wunderte sich wahrscheinlich schon die ganze Zeit darüber, dass sie nichts von mir hörte. Und wer weiß – unter Umständen hatte Lisa ja sogar einen Geistesblitz, wie ich diesen Spuk beenden konnte.

Vorher musste ich mich aber noch mit Alma kurzschließen und in Erfahrung bringen, was inzwischen in der Bank los war. Hatte sie es geschafft, die Apokalypse namens Schenker abzuwehren? Ich checkte rasch mein Handy. Keine Nachricht von Alma, aber das hatte ich auch nicht erwartet. Die hatte das mit dem

SMS-Schreiben noch nicht so richtig kapiert. Ich entschied mich spontan für einen Anruf, aber sie antwortete nicht.

»Was zum Geier ist los mit dir, Alma?«, murmelte ich.

»Warum antwortest du nicht? Was wollte die fette Schenker von dir? Hab ich meinen Job noch?«

Lisa schnippelte gerade einem missmutigen kleinen Jungen den Pony, während seine Mutter danebenstand und mit Argusaugen jeden ihrer Handgriffe beobachtete.

»Nicht ganz so viel«, ging sie ständig ängstlich dazwischen. »Ich hab dem Nilsi versprochen, dass wir nicht zu viel abschneiden.«

»Das ist nicht mal ein halber Zentimeter«, erklärte Lisa geduldig.

»Ich sehe bekloppt aus«, murrte das Kind.

Ich konnte an Lisas leichtem Stirnrunzeln sehen, wie ihr die Leute auf die Nerven gingen, aber meine Freundin ließ sich nichts anmerken.

»So ein hübscher Junge wie du sieht immer gut aus«, schmeichelte sie, was die Mutter eindeutig gnädiger stimmte.

»Ach, hallo, na so was. Was machen Sie denn hier?«, begrüßte sie mich dann.

»Brauche ein Make-over.« Ich grinste Lisa an, denn genau das war unser Stichwort, wann immer ich in ihren Salon kam, um zu quatschen, hinten im Hof eine zu rauchen und dann nebenbei noch die Haare gemacht zu kriegen, denn für mich nahm sie sich immer Zeit. Jetzt aber zog ein Hauch von Genervtheit über ihr Gesicht.

Sie erkannte mich trotz des Stichworts nicht, natürlich nicht – wie auch.

»Ich weiß nicht, ob das noch was wird, ich hab in einer halben Stunde Schluss.«

»Hey, Lisa, ich bin's«, versuchte ich es erneut. »Jasmin.«

Aber sie hörte gar nicht richtig zu, sondern sprühte den Kopf des Jungen mit etwas Wasser nass. Er wich unwillig aus.

»Ich bin Jasmin«, wiederholte ich kläglich. Es hatte keinen Zweck, und solange diese Gluckenmutter hier stand, konnte ich ohnehin nicht offen reden. »Also Jasmins Oma.«

»Ja, klar, ich weiß schon, dann setzen Sie sich mal hin, ich versuch gleich mein Bestes. Was soll es denn sein?«

»Waschen und Legen«, sagte ich, was ein Witz sein sollte. Was hatten Lisa und ich uns schon über »Waschen und Legen« amüsiert, wir hatten »Waschen und Flachlegen« daraus gemacht und die männlichen Passanten draußen beobachtet und laut überlegt, bei wem sich ein Flachlegen lohnen würde und wer lieber sein restliches Leben unter einer Trockenhaube versteckt verbringen sollte, aber auch jetzt blieb Lisas Gesicht völlig ausdruckslos. Am liebsten hätte ich geheult.

Endlich war sie mit dem Jungen fertig, seine Mutter zeigte sich begeistert darüber, dass sie nun sein mürrisches Gesicht wieder sehen konnte. Dann zogen die beiden ab.

»Hol mal den Schampus raus, Lisa«, befahl ich, sobald ich mit ihr alleine war. »Mein Gefühl sagt mir, dass du jetzt dringend ein Glas gebrauchen könntest.«

Ein kurzes Lächeln huschte über ihr Gesicht. »Sie sind echt wie Ihre Enkelin, das ist nicht zu fassen. Ich wünschte, meine Oma wäre so locker.« Sie ging zu einem Kühlschrank, holte eine Flasche heraus und ließ den Korken aufploppen.

Mein Mund öffnete sich wie von selbst. »Was du heute kannst entkorken, das ... « Oh Gott. Ich fing schon an, Sprüche à la Alma von mir zu geben. Was war nur mit meinem Kopf los?

Lisa bemerkte nichts. Sie goss mir ein Glas ein und reichte es mir.

»Was denn, du nimmst nichts?«, fragte ich verblüfft.

Ihre Wangen färbten sich rot. »Nein. Ich glaube lieber nicht.«

Seltsam. Ich hob mein Glas – doch in diesem Moment fielen mir die dussligen Schmerztabletten wieder ein. Was, wenn es wirklich eine verheerende Wirkung gab? Wenn irgendwie mein altersschwaches Herz aussetzte oder ich ohnmächtig wurde oder was auch immer.

Irgendwie, so merkte ich jetzt, hatte ich auch gar keinen richtigen Appetit, was total ungewöhnlich war.

»Ach, alleine trinken ist eigentlich nicht so meins.«

Langsam stellte ich das Glas ab. »Aber du kannst mir die Haare machen. Und sag doch endlich du zu mir. Ich muss dir nämlich was gestehen, Lisa. Es klingt absolut schräg und ich verstehe es nicht und du wirst es auch nicht verstehen, aber ich versichere dir, dass es die Wahrheit ist. Ich bin eigentlich ... « Jetzt war der Zeitpunkt der Wahrheit gekommen, aber in dem Moment klingelte blöderweise das Telefon.

»Entschuldigung«, sagte Lisa und nahm das Gespräch entgegen. »Hallo, Ben.« Sie lauschte und ich lauschte auch, aber ich konnte nichts verstehen, nur dass Ben ohne Punkt und Komma auf sie einredete.

»Aber das kannst du doch nicht einfach so sagen«, widersprach sie leise und trat ein Stück weg von mir. »Ich dachte, du liebst mich. Du willst eine Zukunft mit mir.«

Ach du Scheiße. Was war denn da los?

»Hm. Ja klar haben wir 'ne Menge Spaß miteinander.

Aber es gibt doch noch mehr im Leben und ich werde auch nicht jünger.« Ihre Stimme klang eine Nuance zu schrill und zu hoch.

Irgendwo in meinem Kopf begannen Alarmglocken zu klingeln.

»Hm. Aha. Und was ich will, das zählt nicht?« Im Spiegel konnte ich erkennen, dass sie sich jetzt eine Träne aus den Augen wischte. Dann legte sie plötzlich ohne ein weiteres Wort auf und kehrte mit einem aufgesetzten Lächeln zu mir zurück.

»Also, dann wollen wir mal schnell.« Sie schnäuzte sich.

»Hey, was ist denn? Alles in Ordnung? Mir kannst du es doch sagen, Lisa.« Ich tätschelte ihre Hand.

»Ich ... aber Sie dürfen es nicht Jasmin erzählen, versprochen? Die lacht mich nur aus, die kann das nicht verstehen. In den letzten Tagen war sie sowieso so komisch, sie hat kaum mit mir geredet, als ob ich ihr was getan hätte.«

»Hast du nicht, Lisa, hast du nicht«, versicherte ich ihr bestürzt. Ein Kloß bildete sich in meinem Hals.

Meine arme Freundin! »Es ist nämlich so, dass ... «

»Aber Ihnen kann ich es erzählen«, fuhr sie fort. Sie schien meinen Einwand gar nicht wahrzunehmen. Es war, als hätte sich etwas in ihr gelöst, jetzt wo sie endlich mit jemandem darüber sprechen konnte. »Sie werden das verstehen, denn Sie haben ja Kinder, sonst gäbe es ja keine Jasmin, nicht wahr?« Sie lächelte mit verschwommenen Augen.

»Kinder?«, krächzte ich. Ein dumpfes Pochen setzte hinter meiner Stirn ein.

»Kinder. Ich will welche und Ben will keine. Darüber haben wir schon immer gestritten. Er sieht einfach nicht, wie so ein Kind das Leben reicher macht. Bunter. Lebenswerter. Sie wissen, was ich meine? Natürlich wissen Sie, was ich meine. Weißt du. Sorry, ich kann mich nicht so schnell daran gewöhnen, Du zu sagen. Aber Jasmin, die sieht das genau wie Ben, deshalb kann ich mit ihr nicht darüber reden. Die lacht mich nur aus, wenn ich davon anfange, also sage ihr bitte, bitte nichts. Ich muss da jetzt sowieso alleine durch, mit oder ohne Ben. Es ist nämlich so – ich weiß seit heute, dass ich schwanger bin.«

Es wurde kurz so still, dass man die Bläschen im Proseccoglas blubbern hören konnte.

»Sie ... du wirst ihr doch nichts sagen?«, flehte sie.

»Nein«, stammelte ich endlich. »Werde ich nicht.«

Womit ich mir endgültig den Weg verbaut hatte, mein Geheimnis mit Lisa zu teilen. Was war das nur für eine verfahrene Kiste. Meine beste Freundin war schwanger!

Und hatte Angst davor, dass ich mich nicht darüber freuen würde. Und ich selbst – quasi über Nacht gealtert und wie es aussah für immer und ewig in diesem Körper gefangen, ohne jede Chance auf eigene Kinder, die ich doch nie gewollt hatte und die mir auf einmal als das absolut Begehrenswerteste im Leben erschienen. Ich hätte in diesem Moment sogar den kleinen Nörgelzwerg von vorhin genommen, den mit dem schiefen Pony.

Tränen schössen mir in die Augen.

»Du weinst ja«, stellte Lisa bestürzt fest.

»Vor Freude.« Ein Schniefen. »Ich freue mich so für dich, Lisa. Du wirst bestimmt eine supergute Mutter.«

»Echt?«

»Echt. Und weißt du was, ich werde Jasmin nichts erzählen, aber ich kann dir versichern, dass sie sich auch ganz wahnsinnig freuen wird.«

»Na, ich weiß nicht so recht.« Sie zupfte betreten ein paar Haare aus einer Bürste.

»Doch. Ich verspreche es dir.«

Ihr Gesicht hellte sich auf. Sie schien plötzlich voll neuer Energie und Tatendrang. »Danke. Das ist wirklich total nett von dir. Und jetzt machen wir nicht nur so ein olles Waschen und Legen, jetzt machen wir ein richtiges Make-over. Ich kann auch ein bisschen später Schluss machen, Ben ist sowieso nicht zu Hause. Was hältst du von einem neuen Schnitt und einer neuen Haarfarbe? Ich denke da an … «

»Granatapfelrot.« Ich zog diskret die Nase hoch und wischte mir die Tränen weg. Dieser Rotton war schließlich Lisas neue Lieblingsfarbe und dominierte seit etlichen Wochen ihren Kopf.

»Genau«, stimmte sie begeistert zu. »Kannst du Gedanken lesen?«

»Sieht ganz so aus.« Ich lachte. Es klang fröhlich und beschwingt und nur ich selbst konnte eine Spur Verzweiflung daraus hören.

»Herr Friedrich?« Der Mann war zusammengezuckt, jetzt öffnete und schloss er seinen Mund, ohne dass ein Laut herauskam.

Natürlich – das war er, der traurige Herr Friedrich aus meinem Nachbarhaus. Vor einigen Jahren war seine Frau gestorben und dann hatte er auch noch seinen Job verloren. Seitdem war er ein bisschen wunderlich. Ich hatte ihm ein paar Monate nach Harrys Tod aus einer mitleidigen Eingebung heraus dessen Mäntel und Anzüge überlassen, hauptsächlich weil Herr Friedrich immer so vernachlässigt herumlief und weil er dieselbe Größe wie mein Harry hatte und man die guten Sachen doch nicht einfach in die Kleidersammlung geben konnte.

»Herr Friedrich?«, wiederholte ich leise. »Nehmen Sie bitte das Ding weg. Das muss doch nicht sein.« Ich streckte die Hand nach der Pistole aus und jemand in der Filiale schrie auf. Die Schenker klammerte sich im Hintergrund an ein Stuhlbein und irgendwo lärmte eine elektronische Klingel. Einer der Kunden auf dem Boden war offenbar wieder aufgestanden, denn rechts von mir nahm ich eine Bewegung wahr. Wer war der Idiot? Wer musste hier den Helden spielen? In dem Moment, als der Mann sich auf Herrn Friedrich stürzte, erkannte ich Andreas Bergner. Wo kam denn der auf einmal her? Und war er denn komplett verrückt geworden? Es kam zu einer wilden Rangelei, ein dumpfer Schlag war zu hören, ein Ratschen, dann ein Keuchen.

»Hören Sie doch auf«, rief ich, wobei ich nicht mal selbst genau wusste, an wen der beiden sich meine Worte richteten. Einer der Männer sank zu Boden. Ich erkannte Herrn Bergner, diesen dummen großen Jungen, der sich hier in das Gespräch zwischen mir und Herrn Friedrich einmischen musste. Er presste stöhnend die Hände vors Gesicht, aber wenigstens war die Pistole nicht losgegangen, Herr Friedrich hielt sie immer noch in der Hand und wedelte nun hilflos damit herum. Ich konnte sehen, wie verzweifelt er war, welch tiefe Furchen sein Gesicht durchzogen, wie sein Mundwinkel zuckte und seine Augen glasig durch mich hindurchblickten. Jetzt roch ich ihn auch, ich nahm billigen Fusel und Angstschweiß wahr und darunter noch etwas anderes – Armut und Hilflosigkeit.

»Ich brauch Geld«, schnaufte er heiser. »Los, mach.«

Aber ich ließ mich nicht beirren. Herr Friedrich war schließlich kein Krimineller, sondern ein Bekannter, ja fast so etwas wie mein Freund, dem hatte ich ja schon Kuchen und Suppe vorbeigebracht, damals nach dem Tod seiner Frau.

»Herr Friedrich, was würde denn Ihre Helga dazu sagen, wenn sie Sie jetzt sehen könnte? Die Helga war doch immer so eine Gute und so stolz auf Sie. Und gut gekocht hat sie immer. Ihre Rouladen waren die besten, das haben Sie mir selbst mal erzählt. Kommen Sie, legen Sie das Ding weg.«

Über die porösen Wangen von Herrn Friedrich liefen Tränen, er schwankte, sein Blick glitt verständnislos über mich hinweg, er erkannte mich natürlich nicht und musste mich für eine Art Sprachrohr einer höheren Macht halten. In der Ferne erklang eine Polizeisirene.

Ohne Vorwarnung riss er die Pistole hoch und hielt sie sich selbst an die Stirn. Wieder schrie einer der Kunden auf.

»Ruhe dahinten!« Jetzt reichte es mir aber. Die Leute machten den armen Mann ja ganz verrückt mit ihrem Geschrei.

»Und Sie, Herr Friedrich – jetzt ist gut«, befahl ich energisch. »Hören Sie auf mit dem Unsinn.« Ohne groß zu überlegen, kletterte ich über den Schalter (Gott sei Dank war ich in meinem jetzigen Zustand schlank und gelenkig) und stellte mich vor ihn hin. »Ihre Helga wäre sehr böse auf Sie, dass Sie so etwas Dummes machen wollen. ›Mein Mann kann keiner Seele was zuleide tun‹, hat sie immer gesagt. ›Der hat sogar mal im Winter eine Spinne drei Stockwerke runter in den Keller getragen, damit sie dort überwintern kann.‹«

Herr Friedrich stieß ein ungläubiges Schluchzen aus und strauchelte und ich nahm ihm rasch die Waffe aus der schlaffen Hand und schob sie hinter den Schalter.

Dann nahm ich den weinenden Herrn Friedrich in den Arm und strich ihm über das schüttere Haar, obwohl er doch so schrecklich roch. In die Menschen auf dem Boden kam Bewegung, ungläubig reckten sich Köpfe, der Schenker entfuhr ein Keuchen. Draußen wurde die Polizeisirene lauter und lauter, bis man das Gefühl hatte, sie befände sich mitten im Raum. Dann verstummte sie urplötzlich, dafür wurden Stimmen laut.

Herr Bergner richtete sich auf. Sein schönes Oberhemd war zerrissen und an seiner Stirn prangte eine dicke Beule. Tumult brach los.

Später, nachdem die Polizei den armen Herrn Friedrich unsinnig rabiat überwältigt hatte, nachdem schlotternde Kunden ihr lächerliches Zeugnis von angeblicher Todesangst an die sensationshungrigen Journalisten der Boulevardblätter ausgeplappert und sich gefühlte Hunderte von Schaulustigen unverrückbar draußen in der Straße versammelt hatten, fand ich mich in Herrn Bergners Büro wieder. Die Schenker saß auf einem Stuhl, einem Nervenzusammenbruch nahe. Sie verbreitete einen strengen Schweißgeruch und fächerte sich mit einem Einzahlungsbeleg Luft zu. »Meine Güte«, stieß sie immer wieder aus. »Meine Güte. Das hätte verdammt ins Auge gehen können. Der hätte dich beinahe umgelegt, Andi. Wahnsinn.«

»Ich ... «, setzte er an, aber er kam nicht weit.

»Der hätte dich eiskalt ermordet«, fuhr sie ungerührt fort. »Dann würde ich jetzt hier sitzen und deine leichenstarre Hand halten.« Sie ließ den Beleg fallen und griff nach seiner Hand. Wollte sie sich versichern, dass diese noch warm und lebendig war?

»Unsinn«, rutschte es mir heraus. »Herr Friedrich ist doch kein Mörder.« Ich stutzte. Wie diese Schenker ihn mit den Augen bald verschlang und wie sie seine Hand immer noch besitzergreifend festhielt ... Schwärmte sie nur für ihn oder hatten die ein Techtelmechtel miteinander? Das wäre ja geradezu unglaublich – der nette Herr Bergner und dieses Eisbein von Frau?

Andreas Bergner räusperte sich. »Ich finde ... «

»Ach, er ist kein Mörder?« In die Schenker kam Bewegung, sie funkelte mich an. »Und woher wollen Sie das bitte schön wissen? Sind Sie vielleicht seine Gangsterbraut oder was? Ich will Ihnen mal was sagen – wenn Sie sich verdammt noch mal an die Anordnung der Bank gehalten und den Alarmknopf gedrückt hätten, dann wäre die ganze Aufregung zu vermeiden gewesen. Was haben Sie sich eigentlich dabei gedacht? Ich habe Ihnen doch unter Einsatz meines Lebens noch ein Zeichen gegeben und Sie haben mich einfach ignoriert, weil Sie die Heldin spielen wollten. Unglaublich. Andi, sag doch auch mal was.«

»Ich finde … «

»Und woher kennen Sie eigentlich solche kriminellen Individuen?«, ereiferte sie sich weiter. »Sie schienen ja recht intim mit dem Herrn Bankräuber zu sein, so sehr, dass Sie ihm förmlich um den Hals gefallen sind. Da kommt schon die Frage auf, ob Sie nicht mit dem unter einer Decke stecken. Ein Wunder eigentlich, dass die Polizei nicht von selbst darauf gekommen ist, das sollte man denen mal mitteilen, ich … «

»Kollegin Schenker, jetzt reicht es aber!« Andreas Bergner sprang auf, sein zerrissenes Hemd flatterte angriffslustig wie das Segel eines Piratenbootes. Wütend griff er nach einem Kugelschreiber. »Wir haben hier alle gerade eine äußerst stressige Situation durchgemacht, in der Frau Ahrendt so ziemlich als Einzige einen kühlen Kopf bewahrt hat, und ich verbitte mir solche Unterstellungen.«

Sie setzte zu einer Entgegnung an, sank dann aber wie ein verglühter Komet in sich zusammen und presste beleidigt ihre Lippen aufeinander. Ein Knacken ertönte und das Vorderteil des Kugelschreibers sauste mit der Geschwindigkeit einer Handgranate durch die Luft. Ich duckte mich.

»Entschuldigung.« Er schmiss die Überbleibsel des Stiftes in den Mülleimer. Traurig zupfte er an seinem zerrissenen Hemd. »Das kann auch gleich hinterher«, murmelte er wie zu sich selbst. »Schade. Ich hab das immer gemocht.«

»Aber nicht doch«, beeilte ich mich zu sagen. Ich war ja froh darüber, dass ich endlich etwas Nützliches beitragen konnte. »Das kann man doch noch reparieren.«

»Ich glaube, das ist futsch.«

Männer! »Ganz und gar nicht.« Ich beugte mich vor.

»Der Ärmel ist an der Naht gerissen. Kann man ohne Weiteres wieder nähen. Merkt kein Mensch. Ein paar flotte Stiche und der Drops ist gelutscht.«

»Welcher Drops?«

Gott, die jungen Leute kannten wirklich gar nichts mehr. »Sagt man so. Man muss doch heutzutage nicht immer alles wegschmeißen, noch dazu, wenn es das Lieblingshemd ist.« Ich schüttelte den Kopf. »Zeigen Sie mal her. Wenn Sie Nähzeug hierhaben, mache ich Ihnen das gleich.«

»Nähzeug?« Herr Bergner zog mechanisch ein paar Schubladen seines Schreibtisches auf, als ob sich darin aus unbegreiflichen Gründen vielleicht ein kleines Nähkörbchen mit Fingerhut und Nadelkissen verbergen könnte, hielt aber sofort inne, als ihm offenbar die Absurdität seiner Suche bewusst wurde. »Nein, ich glaube nicht, dass ich hier Nähzeug habe.«

»Und Sie?«, wandte ich mich an die Schenker, um zu zeigen, dass ich sie nicht ausschließen wollte.

»Sehe ich so aus, als ob ich Nähzeug mit mir herumschleppe?«, blaffte sie mich an.

»Nein. Ehrlich gesagt nicht.« Langsam fing die Frau an, mir auf die Nerven zu gehen. »Aber wenn Sie welches finden, versetze ich Ihnen gern die Knöpfe an Ihrer Bluse gleich mit, bevor Sie hier noch einen Strip hinlegen.«

»Wie bitte?« Sie lief puterrot an.

»Entschuldigung. Ich weiß ... « Ich weiß auch nicht, woher auf einmal diese spitze Bemerkung kam, normalerweise bin ich eine sanftmütige alte Frau, wollte ich sagen, aber ich ahnte, dass ich die Situation damit nicht unbedingt verbessern würde. »Entschuldigung.« Ich senkte den Blick und inspizierte meine Fingernägel.

»Wir sind alle im Moment etwas mitgenommen«, versicherte Andreas Bergner mir nach einer kurzen Verlegenheitspause. »Ich schlage vor, Sie gehen für heute erst mal nach Hause, Frau Ahrendt. Ruhen Sie sich von dem Schreck aus. Die Polizei hat ja Ihre Aussage aufgenommen, und wenn noch etwas ist, werden die sich bei mir melden. Frau Schenker, wenn Sie auch gehen möchten, kein Problem.«

»Nein danke.« Sie stand auf und warf mir einen vernichtenden Blick zu. »Einige von uns sind hier unentbehrlich.«

Ich erhob mich ebenfalls. Die Gelegenheit zur Flucht aus diesem schrecklichen Job würde ich auf keinen Fall ausschlagen. »Das Angebot nehme ich gern an.«

Ich zögerte. Sollte ich? »Wenn Sie mir noch das Hemd mitgeben wollen?«

»Wie?« Andi Bergner sah verblüfft an sich hinunter.

»Das haben Sie ernst gemeint?«

»Natürlich habe ich das ernst gemeint. Warum denn nicht?«

»Also, es überrascht mich einfach nur, dass Sie nähen können. Ich meine ... « Er geriet ins Stottern. »Ja, warum sollen Sie auch nicht nähen können, ich kann es ja auch, also einen Knopf annähen, meine ich, auch wenn ich es noch nie so richtig angewendet habe. Das hat mir meine Oma beigebracht, die konnte auch gut nähen.«

Er verstummte, weil die Schenker ein genervtes Räuspern von sich gab. Ganz offensichtlich wollte sie mit ihm allein sein.

»Also?«, fragte ich und streckte die Hand aus.

Er überlegte eine Sekunde lang, dann zog er sein Hemd aus. Darunter kamen ein weißes T-Shirt und erstaunlich muskulöse Oberarme zum Vorschein. »Hier.« Er reichte mir das Hemd vorsichtig wie eine weiße Friedenstaube.

»Aber nicht heimlich anziehen.«

Ein winziges Lächeln flatterte von ihm zu mir und wärmte mir das Herz. Was für ein netter Mann. Ich lächelte zurück. Eine Oase der Freundlichkeit und Höflichkeit in dieser verrückt gewordenen modernen Welt.

Ich wandte mich zum Gehen.

»Musstest du dich für die ausziehen?«, hörte ich die Schenker noch leise zischen, bevor ich erleichtert in den Gang hinaushuschte.

Draußen auf der Straße atmete ich tief die frische Herbstluft ein, die der Regenguss hinterlassen hatte. Ein scharfer Wind wehte, aber ich empfand ihn nicht wie sonst als bedrohlich und als potenzielle Gefahr für meine Gesundheit, sondern als erfrischend. Kein Wind für Schlafmützen und bängliche Angsthasen, die sich in Häuser und Autos flüchteten, sondern einer für Lebenshungrige, die den Elementen trotzten und sich kämpferisch den Widrigkeiten des Daseins stellten. Zum zweiten Mal innerhalb weniger Tage war ich dem Tod knapp von der Schippe gesprungen, denn es hätte sich ja statt des armen verwirrten Herrn Friedrich heute auch ein anderer, ein echter Bankräuber zu einem Überfall entschließen können. Oder ein Bombenattentäter oder ein anderweitig veranlagter Verrückter, an all denen mangelte es ja heutzutage nicht. Wie auch immer – so einer hätte mich mit großer Wahrscheinlichkeit umgebracht, weil ich ja nicht mal gewusst hätte, wie sich das Geld aus dem Safe holen ließ, und der echte und potenziell gefährliche Bankräuber mir das natürlich nicht geglaubt hätte.

»Ich lebe noch«, flüsterte ich. »Ich lebe immer noch.«

Es schien, als ob jemand mein vorzeitiges Ende einfach nicht zulassen wollte, als ob jemand schützend die Hand über mich hielt, aus welchen Gründen auch immer. War das nicht wundervoll? Das Leben war doch einzigartig und großartig, gerade weil es so unvorhersehbar war.

Warum waren alle so blind dafür? Zum Beispiel standen da drüben zwei junge Leute, die mit Akkordeon und Geige flotte Weisen spielten. Und wie missmutig die Leute an ihnen vorbeitrotteten, ohne wahrzunehmen, dass ihnen jemand ein kleines bisschen Freude und gute Laune an diesem regnerischen Novembertag bereitete.

Ich blieb bei den beiden stehen, lächelte ihnen zu und warf ihnen etwas Geld in den Hut. Ein Ehepaar mit

Bratwurst in der Hand gesellte sich zu mir und hörte kauend zu, ein kleiner Junge riss sich von der Hand seiner Mutter los und fing hopsend an zu tanzen und dann, ich weiß auch nicht, wie das eigentlich passieren konnte, dann schloss ich mich einfach dem Kleinen an und tanzte mit. Alleine, mitten im November und auf der Straße.

Meinem Harry wären die Augen ausgefallen, ja mir selbst wären noch vor einer Woche bei diesem Anblick die Augen ausgefallen und wahrscheinlich hätte ich nur gedacht, dass tanzende junge Frauen heutzutage eben ständig angetrunken waren. Jetzt wusste ich es besser: auf der Straße zu tanzen war befreiend!

Im Nu hatte sich eine kleine Menschentraube um uns gebildet. Ein junger Mann und seine Freundin tanzten lachend eine Art Neuinterpretation des guten alten Walzers.

»Schau mal, wie die das können«, sagte die Bratwurstfrau zu ihrem Gatten. »Wie bei Let's Dance bei RTL.«

»Den Mist tu ich mir nicht an«, erklärte der Mann, aber was seine Frau antwortete, ging im Gelächter der Zuschauer unter, denn jetzt hatte der junge Mann im Eifer des Gefechts seiner Freundin die Mütze vom Kopf gefegt. Dann war das Lied zu Ende, die Leute klatschten und ich fühlte mich in diesem Moment so glücklich, so unbegreiflich glücklich wie im ganzen letzten Jahr nicht mehr.

Als ich etwas später an Jasmins Wohnungstür klingelte, vernahm ich ein leichtes Scharren hinter mir. Erschrocken fuhr ich herum und fand mich diesem seltsamen Nachbarn von Jasmin gegenüber, der mit den drei zum Zopf gebundenen grauen Haaren und den nackten Füßen. Eine Art Indianerhäuptling für Arme, wie hieß er doch gleich noch mal?

»Jo. Jasmin.« Der Mann trug ein T-Shirt mit dem Konterfei irgendeines Rockstars und hob den Arm so schwerfällig zum Gruß hoch, als ob er sich unter Wasser befände. »Voll das Scheißwetter draußen, was? Da kann man echt nur drinbleiben und fernsehen. Bei mir läuft gerade 'ne Wiederholung von Stargate. Hast du Bock?«

»Bock?«, fragte ich entgeistert. Natürlich hatte ich keinen Bo… keine Lust. Und was war überhaupt Star geht? Eine Sendung über aussterbende Vogelarten?

»Hab auch ein Bierchen, wenn du reinkommen willst?« Der Mann – Herrgott, wie hieß er denn nur – trat zur Seite und deutete einladend in das schmuddelige Dunkel seiner Wohnung. Um Himmels willen. Da ging ich ja eher noch zurück in die Bank. »Klingt verlockend, aber nein danke«, erklärte ich und schob ein schwaches Lächeln hinterher, um meinen Widerwillen zu tarnen.

»Ich habe zu tun.« Warum ging Jasmin denn nur nicht an die Tür? War sie etwa nicht zu Hause?

»Da ist keiner«, kommentierte der Mann ungefragt.

»Deine Oma ist noch nicht wieder zurückgekommen.«

»Na, so was.« Ich schwieg betreten. Was sollte ich denn jetzt machen? Mich auf die Treppenstufen setzen und warten wie die Schulkinder früher? Machte man das noch? Oder öffnete die Jugend heutzutage ihre Türschlösser irgendwie per Handy? Eine Erinnerung schwappte in mir hoch, an einen Tag vor über fünfzig Jahren, als ich mit geröteten Wangen und der besten

Nachricht der Welt vom Arzt nach Hause geeilt war,
nur um festzustellen, dass ich meinen Schlüssel mitsamt meiner Versicherungskarte in der Klinik vergessen hatte. Auf der Treppe im obersten Stock wartete ich
auf Harry, während die Minuten wie Blei vergingen
und ich meine Freude am liebsten in das dumpfe Treppenhaus gebrüllt hätte. Als Harry nach einer Ewigkeit
nach Hause kam, wollte ich ihm die gute Neuigkeit erst
verraten, nachdem er die Tür aufgeschlossen hatte,
aber wie es der Zufall wollte, hatte Harry seinen Schlüssel ebenfalls vergessen, und so brachen wir nach einer
Runde von »Ich glaub es ja nicht« und »Was machen
wir denn jetzt« in Gelächter aus und ich hielt es nicht
mehr aus und flüsterte ihm auf den ausgetretenen
Mietshaustreppen ins Ohr, dass er endlich, endlich Vater werden sollte. Aneinandergeschmiegt warteten wir
auf den Hausmeister und dachten an unser gemeinsa-
mes Kind. In den folgenden Wochen gingen wir mit einem Lächeln durch die Welt, bis das Baby in meinem
Bauch einfach aufhörte zu leben und uns in einen
Strom aus Trauer, Wut und Hilflosigkeit katapultierte.
Unserer kleinen Christine, so hatten wir sie nennen
wollen, folgten noch drei Schwestern, die aus unbegreiflichen Gründen auch nicht leben durften, ganz als
ob irgendjemand stur entschieden hätte, dass ich eben
kein Kind haben durfte. Bei der Erinnerung an Harry,
an seinen Trost und an seine Stimme wurde mir vor
Sehnsucht ganz heiß und ich hätte alles, alles darum
gegeben, ihn noch einmal zu sehen.

»Alles klar? Du siehst so blass aus«, riss mich die
Stimme des Mannes aus meinen Gedanken. »Ich sag

doch, du brauchst 'nen Drink.« Dieser Mensch ließ sich einfach nicht abwimmeln.

»Nein, danke. Ich muss nur irgendwie … meine Tür … «

»Gut, dass der Gerald noch deinen Ersatzschlüssel hat, was?« Er lachte, unangemessen begeistert, wie ich fand, aber wenigstens wusste ich jetzt, wie er hieß.

»Gerald, da bin ich aber froh. Wenn Sie … du so liebenswürdig wärst, mir den Schlüssel auszuhändigen?«

»Ja, voll logisch, Mann. Aber jetzt komm doch endlich mal auf 'nen Sprung mit rein.«

Es führte wohl kein Weg daran vorbei, die düstere Behausung von Jasmins Nachbarn zu betreten, wenn ich jemals in den Besitz dieses vermaledeiten Wohnungsschlüssels gelangen wollte, und so folgte ich dem Mann in seinen Flur, darum bemüht, nichts zu berühren. Überall hingen Poster von Musikern mit Gitarren vor dem Bauch, die – so viel ahnte selbst ich – ihren Zenit schon überschritten hatten. Offenbar lebte Gerald trotz seiner Jugend in einer Blase der Nostalgie und des einsamen Nichtstuns, wie mir ein kurzer Blick ins Wohnzimmer bewies. Verdunkelte Fenster, noch mehr Poster derselben Art, ein Aschenbecher, die obligatorische Fernbedienung, eine Bierdose, eine Gitarre, die am Sessel lehnte wie ein stummer Diener, in der Ecke eine afrikanisch anmutende Trommel, ein angebissenes Brötchen auf dem Tisch, Zeitungen, ganze Türme von CDs und ein Fernseher, auf dessen angehaltenem Bild gerade ein Mensch durch eine Art riesiges Bullauge trat. In der Ecke hoffte eine vergammelte Palme verzweifelt auf ein bisschen Wasser und die Luft war zum Schneiden.

»Warst lange nicht mehr hier«, sagte Gerald jetzt und öffnete eine Schranktür. »Es war überhaupt lange keiner mehr hier.«

Plötzlich tat er mir leid. Dieser Mann war doch noch ein Jungdachs, verglichen mit mir zumindest, und verplemperte so sinnlos sein Leben. »Vielleicht solltest du mal lüften?«, schlug ich vor. »Und die Palme gießen? Die geht sonst ein.«

»Die geht eh ein.« Gerald winkte ab. Er kramte im Schrank herum. »Ich hab kein Glück mit Grünzeug.«

»Die geht nicht ein, man muss sie nur ein bisschen aufpäppeln«, widersprach ich. Was hatten die jungen Leute heute nur für eine Einstellung? Alles wurde viel zu schnell entsorgt. Ich riss das Fenster weit auf, zog die Rollos hoch und ließ den grauen Nachmittag herein, der in diesem dumpfen Raum wie das gleißende Licht einer Nuklearexplosion wirkte.

»Das blendet«, wehrte Gerald sich kraftlos.

»Hol mal Wasser«, befahl ich. »Und eine Schere.«

Gerald schlurfte davon und ich nutzte die Gelegenheit, die Palme zu inspizieren. Als er mit der Schere zurückkam, schnitt ich vorsichtig die braunen Blätter aus, goss das arme Ding und rückte es näher ans Fenster.

»Lass das Licht rein und gieß sie mindestens zweimal in der Woche und du wirst sehen, bald hast du hier deine kleine tropische Oase.«

»Ich dachte immer, du hasst Topfpflanzen?« Gerald schien ehrlich erstaunt. »Aufmerksamkeitsgeile Staubfänger als Hobby für lahmarschige Stubenhocker‹ hast du sie immer genannt.«

Jasmins Ausdruck! Ich zuckte zusammen. »Jetzt nicht mehr. Der Mensch kann sich ja ändern.« Ich musterte die Gitarre. »Was macht die Musik?« Ich konnte mich beim besten Willen nicht mehr erinnern, ob Jasmin mir etwas über Geralds musikalische Ambitionen erzählt hatte.

»Nichts Besonderes. Ich probiere so eine Art Reggae.« Er zupfte eher lustlos an einer Gitarrensaite. »Mir hatte ja letztens so was wie afrikanische Fusion vorgeschwebt. ›Gitarre meets Bongo. Dschungel in the city‹ und so weiter. Weißt schon.«

»Total.« Ich verstand kein Wort, bemühte mich aber um einen halbwegs intelligenten Gesichtsausdruck.

»Und dann eine Band mit Leuten aus der ganzen Welt. Aber das mit dem Trommelkurs, das klappt irgendwie auch nicht. Die Penner vom Arbeitsamt haben doch keine Ahnung, die wollen das nicht finanzieren. Dauernd wirft mir jemand Steine in den Weg.« Er reichte mir einen Schlüssel. »Hier. Bist du sicher, dass du nicht noch bleiben willst? Wir könnten es uns gemütlich machen und ein Bierchen zischen.«

»Eher nicht.« Er sackte bekümmert in sich zusammen und deshalb fügte ich hinzu: »Weißt du was, Gerald, versuch es doch erst mal mit den kleinen Dingen. Kein Afrikaorchester, sondern jeden Tag eine nützliche Tat. Einfach irgendwas. Heute zum Beispiel hast du mir mit dem Schlüssel geholfen und deiner Palme damit das Leben gerettet. Das ist doch schon mal ein Anfang. Das Leben ist so schnell vorbei, glaub es mir, ich weiß, wovon ich rede.«

»Ist jemand gestorben?«

Ja. Mein Harry. »Nein. Was ich meine, ist – versuch doch jeden Tag etwas zu tun, irgendeine Kleinigkeit, mit der du anderen hilfst und die Welt ein wenig besser machst. Man lebt nur einmal.« Ich räusperte mich.

»Echt jetzt.«

»Ich ... jo, voll gute Idee, Jasmin.« Er nickte bedächtig, als würden meine Worte erst langsam in sein von zu viel Fernsehen ausgetrocknetes Bewusstsein sinken.

»Voll der Spirit von John Lennon und so. Der hat auch nur einmal gelebt. Und krass kurz.«

»Genau.« John Lennon kannte ja sogar ich. »Und lass das Fenster noch eine Weile auf, ja?«

Ich verabschiedete mich von Gerald, der wie elektrisiert seinen Couchtisch freiräumte, und dann schloss ich endlich Jasmins Wohnung auf, aus der dieses Mal kein Zigarettenrauch quoll, sondern ein frischer Duft nach Zitronenreiniger. In diesem Moment klingelte das Telefon an der Wand und ich nahm reflexartig ab, einfach weil mich im letzten Jahr so selten jemand angerufen hatte und ich mich nach einer menschlichen Stimme sehnte. »Hallo?«

»Jasmin?«, fragte eine Frauenstimme. »Hier ist Mama.«

»Mama.« Mir blieb die Luft weg. Natürlich hatte Jasmin eine Mutter, wie hatte ich diesen Aspekt von Jasmins Leben bislang einfach ausblenden können? Allerdings hatte sie ihre Mutter nie erwähnt, was seltsam war.

»Ich bin ja ein bisschen böse«, sagte die Frau am anderen Ende. »Du hast dich schon ewig nicht mehr gemeldet und dabei habe ich dir schon so viele Nachrichten hinterlassen. Du könntest doch wirklich mal zum

Hörer greifen. Oder bist du immer noch einge-
schnappt?«

»Nein«, gelang es mir zu sagen. »Ich … bestimmt
nicht.« Ich wischte mechanisch auf dem Küchentresen
herum, obwohl es da gar nichts zu säubern gab.

»Na, das ist doch ein Wort. Weißt du was? Ich dachte,
ich komme diese Woche mal vorbei. Keine Angst, ich
bleibe nicht lange und ich will auch nicht in deinem
Privatleben herumstochern, wie du immer so schön
sagst. Aber vielleicht können wir uns mal ausspre-
chen?« Die Frau lachte, aber es klang ein wenig angestrengt. »Ich dachte, wir könnten sozusagen einen Frie-
denskaffee zusammen trinken. Was hältst du davon?«

»Na … « Ich räusperte mich, mein Mund war auf einmal ausgetrocknet, mein Hals wie mit Schlingpflanzen
zugewuchert, ich brachte keine vernünftige Antwort
heraus. Was hätte ich überdies auch sagen sollen?
Hallo, du meine unbekannte Mutter. Ich bin jetzt über
zwanzig Jahre älter als du, da staunst du, was? »Ja,
also … «

»Dann ist ja alles bestens. Und, Jasmin?«

»Ja?«

»Wenn es da jemanden gibt, den du mir vorstellen
willst, dann kann er gern dabei sein. Wirklich. Ich
werde meinen Mund halten, auch wenn er Bauchtän-
zer oder Pizzalieferant oder Feldwebel bei der Heilsar-
mee ist, ich schwöre es dir.« Wieder das Lachen. »Also,
dann komme ich am besten … «

Von draußen aus dem Treppenhaus erklang ein Geräusch. »Es ist jemand an der Tür«, sagte ich rasch und
legte auf, noch bevor die Frau zu Ende sprechen
konnte.

Jasmins Mutter wollte vorbeikommen. Oh Gott. Die wusste ja wohl am besten, wie Jasmins angebliche Oma aussah, wenn diese überhaupt noch lebte. Wie sollte das gehen? Was sollte ich mit der Frau reden? Das Geräusch wurde lauter, ein Schlüssel rasselte, die Tür wurde aufgestoßen, etwas Rotes schob sich herein.

Ich fing an zu schreien, weil ich im ersten Moment glaubte, ein als Clown verkleideter Einbrecher wollte sich in Jasmins Wohnung schleichen. Dann erkannte ich mich selbst oder besser gesagt Jasmin, mit einem bauschigen Gebilde feuerroter Locken auf dem Kopf.

Ich konnte es nicht glauben. »Was hast du denn mit mir gemacht?«

»Neues Styling«, erklärte sie. Sie setzte einen Tragekorb auf dem Boden ab. »Jetzt mecker nicht. Dein alter Look war echt so was von out, das ging gar nicht mehr. Außerdem siehst du jetzt mal, wie es mir ging, als du deine Heimatfilmfrisur an mir ausprobiert hast. Und jetzt schau, wen ich dir mitgebracht habe.« Sie bückte sich, hielt aber dann inne. »Wieso bist du eigentlich schon da? Scheiße, die haben dich gefeuert, stimmt's? Oh Mann, Alma, haben sie dich gefeuert?«

Das Telefon klingelte erneut, offenbar war es wieder ihre Mutter, ich rückte also besser gleich mit der Nachricht des Besuches heraus. »Jasmin, das ist sicher deine Mutter, die hat eben schon mal angerufen. Sie will dich diese Woche besuchen kommen. Und ich bin schon eher zu Hause, weil ... «

»Meine Mutter kommt? Bist du verrückt geworden? Ich rede schon seit Monaten nicht mehr mit der.«

»Tja, dann ist es doch schön, dass sich mal wieder die Gelegenheit bietet.« Was sollte ich auch anderes sagen?

Das Telefon klingelte und klingelte und trotz Jasmins abwehrendem Wedeln nahm ich ab. Wenn sie ihre Mutter nicht sehen wollte, so musste man das der armen Frau wenigstens mitteilen, das gehörte sich doch so.

Aber es war nicht Jasmins Mutter. Am Apparat war ein Mann.

»Frau Ahrendt? Bergner hier. Haben Sie einen Moment?«

»Ich ... ja, sicher.« Ich lauschte dem, was er zu sagen hatte, nahm seine Worte wahr, verstand aber ihren Sinn nicht gleich, dafür war ich viel zu durcheinander und außerdem öffnete Jasmin jetzt den Korb und heraus kam niemand anderes als Dina, meine gute alte Dina mit ihrem weißen, samtigen Fell und den schönen Augen. Sie tapste vorsichtig heraus und sah sich misstrauisch um.

Als Jasmin in ihr Blickfeld geriet, miaute sie, lief drei Schritte und blieb dann vor ihr stehen. Sie stutzte, drehte ab und steuerte auf mich zu, nur um ebenfalls in sicherer Entfernung von mir stehen zu bleiben. Ihr Miauen klang jetzt etwas kläglich, sie lief verwirrt hin und her und konnte sich offenbar nicht entschließen, zu wem sie gehen sollte. Dann kam sie endlich zu mir und rieb ihren Kopf an meinem Bein. Katzen hatten eben doch einen siebten Sinn.

» ... was meinen Sie dazu, Frau Ahrendt?«, erklang die Stimme von Andreas Bergner wie von einem anderen Stern.

»Hört sich gut an. Total gut. Aber wenn Sie mich jetzt entschuldigen würden.« Ich legte auf.

»Du siezt meine Mutter? Warum das denn?«

»Das war nicht deine Mutter, das war dein Chef, der Herr Bergner.« Ich hob Dina vom Boden auf und vergrub mein Gesicht in ihrem weichen Fell. Gott, wie hatte ich sie vermisst. Ich gluckste.

»Warum lachst du? Was ist denn? Haben Sie dich rausgeschmissen?«

»Nein.« Der Tag wurde immer verrückter. »Ganz im Gegenteil. Also, es gab heute einen Banküberfall. Und ich hab ihn sozusagen verhindert und … also lange Rede, kurzer Sinn – dein Chef hat mich gerade gebeten, morgen früh als Erstes zu ihm zu kommen. Er will mit mir über eine Beförderung reden.«

Jasmin riss die Augen auf. Dann schlug sie die Hände zusammen. »Oh Gott. Jetzt verstehe ich. Du bist high. Du hast mein letztes Dope gefunden und aus Versehen Tee draus gemacht, stimmt's, Alma?«

Jasmin

Aus irgendeinem Grunde war ich schon morgens um sechs aufgewacht und konnte nicht mehr einschlafen. Meine verstorbene Oma kam mir in den Sinn und ihre Berichte darüber, wie sie immer schon um vier Uhr früh wach war und dann dafür nachmittags in einen komatösen Schlaf fiel. Yep. Jetzt konnte ich es ihr nachfühlen.

Zu dieser Tageszeit wusste ich überhaupt nichts mit mir anzufangen. Im Fernsehen kam um diese Zeit nur Mist und das Wetter draußen war wenig einladend für eventuelle Spaziergänge – dunkel und nasskalt. Kein Wunder, dass die anderen alten Leute in meiner Nachbarschaft immer alle wie festgeleimt am Fenster hockten und hinausguckten. Wenn ich nicht extrem aufpasste, würde ich mir in spätestens einer Stunde ebenfalls ein Sofakissen unter die Arme klemmen, dann aus dem Fenster gaffen und jeden zusammenstauchen, der den Müll in die falsche Tonne kippte. Die anderen alten Leute. Ich erschrak. Da war er schon wieder – einer dieser gruseligen Altweibergedanken.

»Ich bin nicht alt«, sagte ich laut in die morgendliche Dunkelheit hinein. »Ich bin nicht alt. Ich bin nicht alt, verdammt noch mal!« Um mich abzulenken, beschloss ich, Dominik bei Facebook zu suchen. Falls ich ihn fand, konnte ich ja ein bisschen mit ihm chatten, vielleicht kam er ja gerade aus einem Klub und war noch wach.

Wenn ein echtes Treffen ins Gespräch käme, müsste ich zwar einen ziemlichen Eiertanz veranstalten, aber unter Umständen machte es mich ja sogar interessanter, wenn ich nicht gleich zur Verfügung stand.

Es gab Dutzende von Dominiks – bärtige, sommersprossige, langhaarige, alte, junge, mit Brille, mit Glatze, mit Basecap und dann noch eine ganze Menge anderer, die als Profilbild irgendwelche Tiere, Comicfiguren oder Landschaften eingestellt hatten. Wer machte so was Blödes? Wie sollte man jemanden wiedererkennen, wenn man als einzigen Anhaltspunkt ein Bild von einem dampfenden Moor oder einem Alpaka hatte? Ich schob den Laptop verärgert weg. Außerdem konnte ich mich sowieso nicht konzentrieren, meine Gedanken flatterten unentwegt in alle Himmelsrichtungen davon. Zu meiner Mutter, die ja dank Almas stümperhaftem Telefondienst irgendwann hier hereinschneien würde. Und das nach dem riesigen Krach vor ein paar Monaten, einem Feuerwerk von Anschuldigungen und verletzenden Bemerkungen. Meine Mutter war damals an einem Samstagmorgen unangemeldet – das musste man sich mal auf der Zunge zergehen lassen –, unangemeldet bei mir aufgetaucht und deswegen mit Dennis zusammengetroffen, den ich damals ja auch erst seit einer Woche kannte.

Und wie meine Mutter eben so drauf ist, fragte sie den verschlafenen und verkaterten Dennis, der mit nichts als mattschwarzen Boxershorts und einem Kings of Leon-T-Shirt bekleidet krumm wie ein Bumerang am

Frühstückstisch lümmelte, gleich aus. Nach seinem Beruf (»was mit Sushi«) und seinen gesamten Lebensplänen (»whatever«) und zu guter Letzt zu meinem absoluten Horror auch noch nach seinem Bausparvertrag. Diese letzte Frage beantwortete Dennis mit einem simplen und von Herzen kommenden: »Was für'n Mist?«, woraufhin meine Mutter ein wenig spitz wurde und Dennis ihr ein genervtes »Jetzt chill mal, Baby« entgegenschleuderte.

Ich schämte mich total – für beide Seiten, wenn ich ehrlich war – und verspürte in diesem Moment den dringenden Wunsch, einfach nur alleine zu sein. Stattdessen versuchte ich, meine Mutter zu beschwichtigen und Dennis zum Schweigen zu bringen, allerdings jeweils ohne Erfolg. Nach heftigem Türenknallen suchten beide im Abstand von einer halbe Stunde das Weite. Dem mauligen Dennis, dessen Gehirngröße – wie sich herausgestellt hatte – leider Gottes ohnehin umgekehrt proportional zu gewissen anderen Körperteilen war, weinte ich keine Träne nach, von meiner Mutter hingegen war ich enttäuscht und entnervt. Niemals konnte und würde ich ihren komischen Vorstellungen entsprechen. Ich hatte für meine Zukunft eben andere Pläne, zum Beispiel …

Also genau genommen hatte ich gar keine Lebenspläne, bislang hatte ich eigentlich immer nur gewusst, was ich nicht wollte – nämlich keine nervenden Kinder und kein spießiges Eheleben. Sofort wanderten meine Gedanken wieder zu Lisa. Lisa und ein Baby, Wahnsinn. Ich stellte mir meine Freundin mit einem dieser dicken kleinen glatzköpfigen Herzensbrecher auf dem Arm vor, hörte sie beruhigende Worte flüstern, sah Ben vor mir, wie er etwas verlegen, aber dennoch stolz grinsend mit einem dieser Babytragedinger herumlief. Es war eine irgendwie gewöhnungsbedürftige Vorstellung, aber je länger ich darüber nachdachte, umso logischer erschien mir das Ganze. Natürlich würde Ben sie nicht verlassen und Lisa wusste wenigstens, was sie im Leben wollte, und darum beneidete ich sie im Grunde genommen schrecklich.

Zum ersten Mal stellte ich mir die ungemütliche Frage, ob »geil Party machen« wirklich mein erklärtes und einziges Lebensziel bleiben sollte. Es musste ja nicht unbedingt so ein kleiner Kampfstrampler sein, aber irgendwas Sinnvolles, etwas ...

Und genau da, während ich den letzten Rest lauwarmen Kaffee schlürfte, brach eine Erkenntnis so urplötzlich und so erbarmungslos über mich herein, dass es mir fast den Atem raubte. Schon die ganze Zeit hatte ich darüber nachgegrübelt, warum zunehmend solch altmodische Worte aus meinem Mund segelten und warum ich manchmal anfing, wie eine alte Frau zu denken. Und das Gespenstische war – gestern Abend hatte Alma mir gestanden, dass sie ihre zweiundachtzig Jahre lang gepflegte Wohlerzogenheit verlor, dass sie ihrer Meinung nach ulkige Worte benutzte, die sie gar nicht kannte, dass sie anfing, sich verbal zu wehren, wenn jemand ihr auf den Schlips trat. Und dass sie das Gefühl hatte, sich irgendwie zu verändern, immer weniger sie selbst zu sein.

An diesem kalten und dunklen Novembermorgen verstand ich schlagartig was dahintersteckte. Eigentlich hatte ich es schon die ganze Zeit geahnt, aber nicht wahrhaben wollen: Ich wurde zu Alma, nicht nur äußerlich, sondern auch innerlich, und Alma wiederum wurde zu Jasmin.

Kalter Angstschweiß brach mir aus, alles um mich herum schien sich zu drehen. War das die brutale Wahrheit, die hinter diesem bizarren Tausch steckte? Weil ich keinen Plan hatte und nachlässig durchs Leben tingelte, ohne je irgendetwas zu erschaffen, ohne Spuren zu hinterlassen, einzig und allein von dem Wunsch nach Spaß getrieben? War das meine Strafe? War der Tausch unter Umständen eine Belohnung für die vom Schicksal gebeutelte Alma, die somit eine zweite Chance bekam, weil sie eine viel, viel bessere Jasmin-Version bot als ich selbst? Alma gab genau die Tochter ab, die meine Mutter sich immer gewünscht hatte: eine adrett gekleidete Jasmin ohne Raucherhusten, ohne violette Fingernägel, ohne Lederjacke und zu freizügigem Dekollete, dafür aber mit idyllischen Moralvorstellungen und einer Vorliebe für Kaffee mit süßer Kondensmilch und für Männer mit Krawatte. Auch die Sache mit dem Überfall in der Bank ergab so einen Sinn, denn nie im Leben hätte ich den verrückten Mann entwaffnet. Im Gegenteil – ich wäre die Erste gewesen, die abgehauen wäre oder sich hinter jemand anderem versteckt hätte. Alma hingegen rettete nicht nur mit leichter Hand die gesamte Belegschaft und alle Kunden, sie wurde nach nur einem Tag in meinem Job auch schon befördert. Etwas, was ich seit fünf Jahren nicht geschafft hatte.

»Verdammt«, flüsterte ich. »Das ist der Grund. Das muss es sein. Ich drifte immer mehr in ihr Leben hinein, bis ich Alma tatsächlich bin\« Nein, das durfte einfach nicht passieren. Das musste ich verhindern, und zwar so schnell wie möglich, bevor ich auf geisterhafte Weise immer mehr zu einer alten Frau mutierte. Hektisch klappte ich den Laptop wieder auf, klickte die Seite mit all den nutzlosen Dominiks und Tierbildchen weg und gab »junge Frau tauscht Körper mit alter Frau« in die Suchmaschine ein.

Statt ein Ergebnis zu zeigen, wurde der Bildschirm grau und ein kleines Kästchen informierte mich, dass ich keine Internetverbindung mehr hatte. Das durfte doch nicht wahr sein. Hatte sich denn die ganze Welt gegen mich verschworen? Vor zwei Wochen erst – es kam mir wie zwei Jahre vor – hatte ich mir ein fast zweistündiges Wortgefecht mit einem Telekom-Mitarbeiter geliefert, einem Typen so dumm wie eine Schüssel Hefeteig, der mich an die Grenzen meiner ohnehin schon weniger guten Erziehung getrieben hatte. Wutschnaubend hatte ich aufgelegt und das Internet war letztlich nur dank der Hilfe von Herrn Seidel aus dem zweiten Stock wieder in Gang gekommen, der unter dem säuerlich wachsamen Blick seiner aus dem Leim gegangenen Frau bei mir auf dem Fußboden herumgekrochen war und kabelmäßig irgendetwas verändert hatte. Jetzt waren die Seidels im Urlaub und für eine Wiederholung des Telekom-Debakels hatte ich echt keinen Nerv. Aber es blieb mir nicht mehr sehr viel Zeit, ich musste herausfinden, ob irgendjemand anderem schon einmal so ein Tausch widerfahren war. Vielleicht gab es ja da draußen noch mehr Leute mit diesem Schicksal, vielleicht war das ja sogar ansteckend – ein

Virus, der sich über Nacht verbreitete wie der idiotische Thigh Gap, für den sich die Frauen aller Nationen eine Lücke zwischen die Oberschenkel hungerten. Und unter Umständen gab es sogar ein schnelles Gegenmittel, einen Trank, eine Pille, eine chemische Formel. Ich zerrte mein Handy heraus, aber meine Finger waren zu steif, zu langsam und das Display zu klein, es dauerte ewig, bis ich eine Seite im Internet aufrufen konnte. Was nun? Ein Ausweis aus Almas Portemonnaie fiel mir ein. Natürlich – das Ding würde mir den Zugang verschaffen. Ich stand rasch auf, zog mich an, legte Alma einen Zettel hin, nahm den Ausweis an mich, schnappte mir Motorradjacke und Helm und humpelte so schnell ich konnte hinunter auf die Straße. Es war morgens halb acht, wenn ich Glück hatte, war dort schon auf. Ich würde mich in völliges Neuland vorwagen, aber was sein musste, musste sein: Ich würde das erste Mal seit der dritten Klasse eine Bibliothek aufsuchen.

Vor der Bibliothek wartete bereits eine Gruppe Erstklässler mit ihrer Lehrerin auf die Öffnung, ein lärmender Pulk aus bunten Mützen, roten Wangen, Gekicher und Geschubse. Als ich röhrend auf dem Parkplatz vorfuhr, das Motorrad aufbockte und meinen Helm abnahm, verstummten die Kinder einen Moment lang.

»Bist du die Oma von Werner Eiskalt aus dem Film?«, fragte ein Kind.

»Nee.« Ich schüttelte meine rote Lockenpracht.

»Die von Pipi Langstrumpf?«, bohrte das Kind weiter. Offenbar gab es nicht eher Ruhe, bis meine Familienverhältnisse geklärt waren.

Ich versuchte meiner neu erwachten Zuneigung zu Kindern mit einem Scherz Ausdruck zu geben. »Na, siehst du das nicht – ich bin doch Pipi Langstrumpf.«

Ich zwinkerte ihm mit einem Auge zu.

»Nein, bist du nicht, du bist ja alt«, widersprach das Kind.

»Pipi ist eben auch alt geworden«, erklärte ich geduldig. »Die kann ja nicht ewig jung bleiben.«

»Doch, kann sie.«

So ein altkluges Gör. »Hör mal, Schätzchen, jeder wird alt. Auch Pipi Langstrumpf. Bei manchen geht es sogar schneller, als du denkst.« Ich lachte kurz auf, es klang rasselnd.

Die Unterlippe des Kindes fing an zu beben. »Du lügst.«

Seit wann durften Kinder sich alten Leuten gegenüber eigentlich so viel herausnehmen? »Glaub's mir. Alle werden alt. Und runzlig. Und wackelig auf den Beinen. Alle. Aber ... «

Weiter kam ich nicht. Das Gesicht des Kindes verzerrte sich zu einer weinerlichen Grimasse.

»Was ist denn los, Hanni?«, erkundigte die Lehrerin sich, aber da wurde zum Glück die Tür der Bibliothek geöffnet und das schluchzende Kind von seinen Freunden weggeführt. »Das ist gar nicht die Pipi, das ist eine alte Hexe«, glaubte ich noch jemanden flüstern zu hören.

»Alt bin ich, du Krümel, da hast du recht«, murmelte ich. »Aber nicht mehr lange.« Entschlossen stapfte ich der plappernden Gruppe hinterher, die von einer dünnen Frau mit Häkelweste in Empfang genommen wurden.

»Na, wer freut sich schon auf die Abenteuer von Weinbergschnecke Waltraud?«, kreischte sie mit dem übertriebenen Enthusiasmus einer Frau, die viel zu viel Zeit alleine zwischen staubigen Regalen verbrachte.

»Ich!«, blökten vereinzelte Kinderstimmen zurück.

Ich drehte schnell ab und nahm den Treppenaufgang hinauf zu den Sachbüchern. Wenigstens hatte ich meinen Körper nicht mit einer Sechsjährigen getauscht und musste jetzt an deren Stelle den drögen Erlebnissen von irgendwelchen Mollusken mit lachhaftem Namen lauschen.

Ich setzte Almas Monsterbrille auf, damit ich diese winzige ameisenartige Schrift an den Regalen überhaupt erkennen konnte. Warum musste das alles so klein sein?

Warum konnten die keine Wegweiser so groß wie Verkehrsschilder anbringen? Die mentale Liste meiner Verbesserungsvorschläge für die Lebensbedingungen alter Leute wurde immer länger (coolere Klamotten und Brillen, Fahrstühle in jedem Haus, kostenlose Wägelchen und Stöcke an jeder Straßenecke oder besser gleich von der Stadt bereitgestellte knackige junge Chauffeure – eventuell in knappen Stripper-Uniformen, kindskopfgroße Schrift überall, ein Handy, so groß wie ein Fernseher, aber so leicht wie ein iPhone, am besten irgendwie zum Zusammenklappen usw.), auch wenn ich mir nicht ganz im Klaren darüber war, wem genau ich diese Vorschläge eigentlich unterbreiten würde.

Kunstwissenschaft, Geowissenschaft, Psychologie, Informatik, Recht ...

Wo sollte ich nur anfangen? Ich wusste ja nicht einmal, in welcher Kategorie mein Problem angesiedelt war, denn wenn ich das wüsste, wäre ich ja schon einen Schritt weiter. »Biologie?«, überlegte ich halblaut. »Oder ist es eher was Psychologisches? Nein, ich bin kein Fall für die Klapsmühle.« Ich suchte weiter leise vor mich hin murmelnd die Regale ab. »Esoterik. Übersinnliches und Okkultismus. Regeln des Voodoo. Schamhaargesänge ... was? What the hell ... ach halt, Schamanengesänge.«

Jemand lachte laut auf. Ich riss mir reflexartig die entstellende Brille herunter, fuhr herum und entdeckte einen älteren Herrn, der zwei Regale weiter bei der »Mathematischen Physik« herumstöberte. Falls man da überhaupt von »stöbern« sprechen konnte.

»Entschuldigung«, schnaubte der Mann. »Ich ... sorry. Ich hab nur gerade gehört, was Sie gesagt haben.«

Er lachte wieder.

»Wäre doch mal ein toller Buchtitel«, konterte ich.

»Es würde mich nicht überraschen, wenn es den nicht schon gäbe«, sagte er. »Heutzutage wundert einen ja gar nichts mehr.«

»Genau.«

»Ach, jetzt habe ich es doch wieder gesagt, dieses verbotene Wort.«

»Welches verbotene Wort?«

»Heutzutage. Meine Kinder sagen immer – Papa, wenn du anfängst über ›heutzutage‹ zu lamentieren, dann bist du auf dem besten Weg, ein alter Knacker zu werden.«

»Da haben Ihre Kinder recht. Gibt nichts Schlimmeres als nörgelnde alte Leute, die dauernd von früher schwärmen. Und gleichzeitig verkünden, wie schwer sie es hatten.« Ich verdrehte die Augen.

»Na, also ich für meinen Teil bin noch im Winter barfuß zehn Kilometer in die Schule gelaufen, und zwar in einem Anzug aus geflochtenen Brennnesseln. Sie etwa nicht?«

Ich stutzte einen Moment, dann prustete ich vor Lachen los, bis irgendjemand aus den Tiefen der Regale ein demonstratives »Seht!« zischte.

»Wollen Sie jemanden verzaubern?« Der Mann flüsterte jetzt und zeigte auf das Buch, das ich wahllos aus dem Regal gezogen hatte. Magie im Alltag.

»Was? Oh Gott, nein. Ich glaube nicht an so was.« Eigentlich. Ich schob das Buch rasch ins Regal zurück.

»Ich habe nur nach einer Erklärung gesucht. Für ... « Ich brach ab. Ach, verdammt, das würde mir sowieso niemand glauben.

»Für etwas, das Sie sich nicht erklären können?«

»Genau. Woher wissen Sie das?«

»Na ja. Es liegt in der Natur des Wortes: Er-klär-ung.« Der Mann zwinkerte mir zu.

»Haha.« Ich presste schnell die Hand auf den Mund, damit ich nicht wieder angezischt wurde. Der Typ war ja richtig witzig. Ich betrachtete ihn interessiert. Klar, er war alt – achtzig oder siebzig oder hundert oder was auch immer, aber irgendwie charmant.

»Um was für ein Problem handelt es sich denn?«, erkundigte er sich. »Vielleicht kann man ja einen wissenschaftlichen Ansatz wagen?« Er deutete auf das mathematische Regal hinter ihm.

Wissenschaft. Die Idee war mir überhaupt noch nicht gekommen und schien mir auf einmal gar nicht so abwegig. Vielleicht waren ja in der Straßenbahn einfach nur ein paar Atome oder Moleküle von mir und Alma aus dem Takt gekommen und hatten seltsame Nebenwirkungen verursacht?

»Wenn zwei Leute ... äh ... Wesen aufeinandertreffen und sich daraufhin komplett verändern und es dafür keine Erklärung gibt, wie nennt man das?«

»Hm. Es gibt keine allgemeinen Gesetzmäßigkeiten als Erklärung?«

Hä? Was meinte er damit? »Eher nicht.«

Der Mann sah mich prüfend an. Er hatte unzählige Lachfältchen um die Augen, trug eine Nickelbrille und einen dunkelblauen Pullover aus weichem Material.

»Sie erwähnten Leute, die sich verändern? Inwiefern?«

Ach Gott, wenn du wüsstest. Ich schluckte. »Äußerlich. Erst mal. Aber nicht innerlich. Das heißt, eventuell auch innerlich. Später. Man kann es nicht vorhersehen.«

Herrgott, was stammelte ich da nur für einen Scheiß zusammen? Andererseits – wie sollte ich das Problem sonst beschreiben, ohne mich als komplett übergeschnappt zu outen?

Der Mann schien meine nebulöse Aussage anstandslos hinzunehmen. »Hm. Spontan fällt mir da nur die Chaosforschung ein. Da geht es ja um Systeme, deren zeitliche Entwicklung unvorhersehbar ist. Ich war früher Physiker«, setzte er erklärend hinzu, als er meinen wahrscheinlich ziemlich verwunderten Blick bemerkte.

»Nicht zu glauben. Die gute alte Chaosforschung.«

Ich nickte zustimmend und ein wenig zu eifrig, dabei hätte er auch von den Kriegsstrategien verfeindeter Maori-Stämme sprechen können, sie hätten genau dieselben Assoziationen in meinem Gehirn hervorgerufen – nämlich gar keine. »Tja. Dann werde ich da mal nachschauen. Beim Chaos. Haha.«

Der Mann nickte mir freundlich zu und begab sich zum Ausleihschalter. Fast bedauerte ich, dass unser Gespräch schon zu Ende war, aber schließlich hatte ich ein dickes fettes Problem am Hals, das nach Lösung schrie.

Nachdem ich in zwei Büchern über Chaostheorie geblättert hatte, brach ich meine Suche ab. Wenn man jeweils schon nach den ersten drei Silben der Einführung den Faden verlor, war nicht anzunehmen, dass man in dem Buch sonderlich weit kommen würde. Ich setzte meine Suche daher lieber online an einem der freien Computer fort, aber auch da kam kein Geheimnis ans Licht. Das Stichwort Körpertausch lieferte nur Hinweise zu diversen Hollywood-Komödien, in denen sich alles am Ende munter auflöste, sowie ein paar Foren für Transsexuelle und ganz zum Schluss noch Fantasy-Bücher über mystische Wesen, die ihr Geschlecht wechseln konnten und somit die Herrschaft über ein düsteres Reich voller boshafter Trolle und schillernder Elfen erlangten.

Geschlecht wechseln. Du lieber Himmel, das fehlte ja gerade noch. Nein, ich musste irgendwie einen anderen Ansatz finden, und dazu musste ich nachdenken. Vielleicht sollte ich ein wenig mit dem Motorrad herumfahren, um den Kopf frei zu bekommen. Außerdem musste ich Alma heute wieder telefonisch zur Verfügung stehen.

Ich entschied mich zu gehen, schnappte aber vorher noch ein paar Bücher von dem Tisch der Neuerscheinungen gleich neben der Ausleihe. Spiele der Lust und Leidenschaft in Ketten. Man durfte ja wohl noch träumen, oder? Die dünne Frau mit der Häkelweste scannte die Bibliothekskarte und schielte dabei unverhohlen auf die Bücher. Ich wappnete mich gegen miese Blicke oder gar Bemerkungen und prompt öffnete die Häkelweste auch schon ihren Mund. »Heute haben Sie ja gar nichts von Agatha Christie dabei, Frau Winter?«

»Nein.« Ganz offensichtlich nicht.

Die Häkelweste beugte sich vor. »Gute Wahl«, flüsterte sie mir zu. »Die beiden hier sind nicht schlecht, aber der dritte Teil ist definitiv der beste.« Sie zwinkerte mir unmerklich zu. »Gier und Gehorsam. Da geht es richtig zur Sache.« Rasch händigte sie mir die Bücher aus und rückte ihre Brille gerade. »Der Nächste bitte.«

Vor der Tür traf ich wieder auf den freundlichen Mann.

Er trug einen grauen Filzhut und einen rot karierten Schal und raffte fröstelnd seinen Mantel zusammen.

»Sind Sie fündig geworden?«, erkundigte er sich bei mir.

»Ja«, log ich, denn ich brachte es nicht übers Herz, ihm zu gestehen, dass ich keinen Schritt weitergekommen war.

»Mir ist auch noch die Kollisionstheorie eingefallen«, meinte der Mann. »Aber dazu müsste ich etwas mehr über Ihr Problem wissen.«

»Das ist nicht so einfach.« Wie sollte ich einem Fremden erklären, was ich selber nicht verstehen und akzeptieren konnte? Ich winkte kraftlos ab, setzte meine scheußliche Brille auf – jetzt war schon alles egal – und stülpte meinen Helm über.

»Sie kamen mir die ganze Zeit so bekannt vor«, sagte er jetzt. »Wir haben uns doch schon ein paarmal in der Bibliothek gesehen, oder? Aber irgendwie waren Sie da anders. Oder sahen Sie anders aus?« Er schüttelte verwirrt den Kopf und deutete auf den Helm.

»Ich hatte früher die Haare anders«, erklärte ich.

»Wurde mir aber zu langweilig.«

»Ah ja. Die fesche Farbe steht Ihnen auch sehr gut. Und dann diese Maschine hier, ist die neu? Damit haben ich Sie auch noch nie gesehen.«

»Kann man so sagen«, druckste ich herum.

»Sie fahren die tatsächlich noch selbst? Ich bin ja voller Ehrfurcht. Ich hatte als junger Mann mal eine Zündapp, lang, lang ist's her, aber heutzutage, da ... « Er sah betreten an sich herunter.

»Sie haben das unanständige Wort schon wieder gesagt.« Ich kicherte. »Soll ich Sie irgendwohin mitnehmen?« Es war eigentlich als Scherz gemeint, aber der Mann riss begeistert die Augen auf. »Das würden Sie tun? Aber ich habe keinen Helm.«

»Hab immer einen zweiten Helm dabei.« Ich deutete auf den Seitenkoffer am Motorrad, öffnete ihn und holte den Helm raus. »Na los. Die Chance, mit einer scheintoten Bikerbraut zu fahren, kommt nie wieder. Oder wollen Sie etwa ein lahmer alter Knacker sein?«

Eine halbe Stunde später fuhr ich mit einem Lächeln auf den Lippen vor meinem Haus vor. Wer hätte gedacht, dass man mit einem alten Opa – Anton hieß er – so viel Spaß haben konnte? Wie seine Tochter gestaunt hatte, als ich mit ihm auf dem Sozius vor seinem Haus vorgefahren war. Wenn Anton ein paar Jahrzehntchen jünger wäre ... Der musste definitiv zu seiner Zeit ein totaler Hottie gewesen sein. Für alle Fälle und irgendwie auch aus reiner Gewohnheit hatte ich ihm meine Handynummer geben wollen, aber Anton wollte lieber meine Festnetznummer und hatte mir im Gegenzug die seine gegeben, falls ich noch irgendwelche Fragen zu meinem Problem hätte. Meine Festnetznummer benutzten eigentlich nur noch idiotische Werbeanrufer und meine Mutter, wenn sie mich per Handy nicht erreichte, aber ich beschloss, in der nächsten Zeit darauf zu achten, wer anrief. Anton war bislang der einzige Lichtblick in meinem neuen und ziemlich deprimierenden Dasein.

Der Gedanke an Anton erleichterte mir sogar den nervigen Treppenaufstieg. Von Alma war bislang noch kein Hilferuf gekommen. Ich nahm es als ein gutes Zeichen und beschloss, mir noch einen Kaffee zu kochen und einen Plan für das Problem zu überlegen. Wenn mir gar nichts einfiel, gab es ja immer noch die Leidenschaft in Ketten.

Als ich den Schlüssel ins Schloss steckte, nahm ich plötzlich aus den Augenwinkeln eine Bewegung war, fast wie ein Schatten, der vorbeihuschte. Jemand riss mich zur Seite, zerrte schmerzhaft an meinem Arm und presste mich an die Wand.

»Hey, was … « In dem Moment roch ich ihn, noch bevor ich ihn erkannte. Panik ergriff mich.

»Frau Winter. Hier stecken Sie also. Da schauen Sie, was? Dem Matzke läuft man eben nicht so einfach davon, auch nicht mit neuer Haarfarbe. Und so eine alte Schachtel wie Sie schon gar nicht.«

Alma

»Man sieht ja tatsächlich nichts mehr.« Andreas Bergner betrachtete das von mir ausgebesserte Hemd und konnte offenbar nicht glauben, was er vor sich hatte.

»Sie sind ja ein Genie.«

Ach Gottchen. »Na ja, wenn man ganz genau hinsieht, ist da eine Naht.«

»Die ist so fein, die muss man ja mit der Lupe suchen. Dass Sie das überhaupt erkennen können. Nicht zu glauben, was Sie für gute Augen haben.«

In der Tat. Das war wahrlich nicht zu glauben. Ich konnte ja selbst noch nicht fassen, dass ich auf einmal wieder nähen konnte, dass meine Finger nicht zu steif und meine Augen nicht zu trüb waren und dass ich ihn davor bewahrt hatte, ein tadelloses und gutes Hemd aus edlem Material in den Müll zu werfen.

Nach dem Krieg hätte man so ein teures Hemd selbst noch mit Riss gegen zwanzig Eier und zwei Stangen Zigaretten auf dem Schwarzmarkt eintauschen können.

»Frau Ahrendt, Sie sehen mich schwer beeindruckt. Was alles für Talente in Ihnen schlummern! Dann bedanke ich mich herzlich. Sie haben meinem Lieblingshemd das Leben gerettet.« Er lächelte, wurde aber gleich wieder ernst. »Und im Übrigen auch all den Leuten, die gestern in der Filiale waren. Das hätte verdammt böse ausgehen können.«

»Ach woher denn. Der Herr Friedrich, der ist doch nur ein armer Wurm, ein Opfer seiner Umstände, der kann doch nichts dafür.« Ein Gedanke schoss mir durch den Kopf. »Wie wir alle letztendlich.«

»Mitleid haben Sie mit dem Mann auch noch. Mit einem Mann, der Sie mit einer Pistole bedroht hat. Frau Ahrendt, Sie stecken voller Geheimnisse.«

Der Gute. Wenn er wüsste, wie nah er mit dieser Erkenntnis der Wahrheit kam. »Das ist wohl normal für eine Frau meines Alters.«

»Eine Frau Ihres Alters?« Er verzog fragend das Gesicht, aber als ich vor Schreck keine Antwort gab, fuhr er fort: »Was ich eigentlich sagen wollte – wenn es etwas gibt, irgendetwas, das ich für Sie tun kann, dann lassen Sie es mich doch bitte wissen.«

Ja, wenn er zaubern könnte, dachte ich, dann hätte ich eine Menge Vorschläge für ihn. Ansonsten war es eher unwahrscheinlich, dass er in meinem verwirrenden Dasein etwas ausrichten konnte. Doch da fiel mir etwas ein. Harry und ich hatten ja schon seit über zwanzig Jahren ein Konto bei dieser Bank. Onlinebanking machten wir natürlich nicht, auf diese Schnapsidee wären wir nie gekommen. Seine Geldangelegenheiten einem dubiosen, unsichtbaren und durch die Luft flirrenden Netzwerk anzuvertrauen, in das sich praktisch jeder Verrückte von der Mongolei bis nach Alaska einklinken konnte, dazu musste man schon mit besonderer Einfalt geschlagen sein. Und was passierte eigentlich, wenn mal Stromausfall war? Dann saß man dumm da und kam genauso wenig an sein Geld heran wie alle anderen.

Nein, die Kontoauszüge hatte mein Harry immer fein säuberlich in einem Hefter gesammelt, ich musste mich nie groß darum kümmern. Die Belege, die nach Harrys Tod eintrafen, hatte ich auch nur müde überflogen und in den Schreibsekretär verbannt. Ob ich die nun einmal oder zehnmal las – mehr Geld wurde es ja doch nicht und über das bisschen, was ich ausgab, behielt ich auch so den Überblick. Doch jetzt überlegte ich, dass die fünftausend Euro, die Harry von dem Widerling Matzke geliehen hatte, ja rein theoretisch einen Monat vor Harrys Tod auf unserem Konto hätten auftauchen müssen.

Denn er musste das Geld doch dort deponiert haben, er war ja wohl kaum mit einer Tasche voller Bargeld herumgelaufen. Wohin hätte er auch damit gehen sollen?

Wenn ich Einblick in das Konto erlangte, kam ich vielleicht endlich dem Geheimnis auf die Spur, was um alles in der Welt mein Harry mit dieser horrenden Summe angestellt hatte. Nach Hause zu den Kontoauszügen traute ich mich wegen dem Matzke nicht, aber vielleicht konnte ja der nette Herr Bergner hier …

»Ich hätte da ein kleines Anliegen«, sagte ich daher schnell, bevor er es sich anders überlegte.

»Immer her damit.« Andreas Bergner schien sichtlich erfreut, dass es etwas gab, das er für mich tun konnte.

»Es geht um meine Oma. Die haben Sie ja gestern kennengelernt.«

»Ah, die Dame, die so ungestüm am Betreten unserer Filiale gehindert wurde. Ja?«

»Sie … « Ich holte tief Luft. Oh Gott, Jasmin, verzeih mir. »Sie ist in letzter Zeit ein bisschen verwirrt.

Manchmal. Speziell redet sie dann von fünftausend Euro, die ihr verstorbener Mann, also ... äh ... der Opa, sich kurz vor seinem Tod geliehen hat. Sie weiß nämlich nicht, was er damit gemacht hat. Und deshalb frage ich mich, ob man da vielleicht mal in ihrem Konto nachschauen könnte, das müsste ja zu sehen sein.«

Er nickte bedächtig. Mein Anliegen war offenbar nicht ganz das, was er erwartet hatte. Vielleicht war das auch gar nicht erlaubt. Wie auch immer die Gesetzeslage war – er kam offenbar zu einem Entschluss. »Wie heißt Ihre Oma genau?«

»Alma Winter«, antwortete ich wie aus der Pistole geschossen. »Es handelt sich um das Konto von Alma und Harry Winter.«

Er tippte auf seinem Keyboard herum. »Und wann soll das gewesen sein?«

»Im April diesen Jahres.« Aufgeregt beugte ich mich vor.

Er runzelte die Stirn und suchte mit den Augen den Bildschirm ab, bevor er ihn zu mir drehte. »Da ist nichts, weder im April noch davor oder später. Ich sehe da keine Einzahlung von fünftausend Euro. Auch keine Auszahlung, so viel war niemals auf dem Konto. Und wie es aussieht auch keine übermäßig großen Ausgaben, die vom normalen monatlichen Bankverkehr abweichen. Nur die geringe Rente. Gott, wie kann man denn davon leben?«

Oh, ich kannte da einige. Ich blickte auf den Bildschirm, aber sosehr ich es mir auch herbeiwünschte – da war nichts. Nur das Übliche. Miete, Strom, Müll, regelmäßige kleine Summen im Supermarkt, Benzin und ab und zu ein kleinerer Betrag Bargeld, den er abgehoben hatte. Nichts. Nichts. Nichts. Eine Sackgasse. Ein trostlos mageres Konto, das die letzten so alltäglichen und gleichzeitig so kostbaren Monate mit Harry noch einmal heraufbeschwor und mir fast die Tränen in die Augen trieb. Also musste er das Geld doch in bar erhalten und ausgegeben haben. Aber wofür nur? Die Vorstellung, wie Harry mit einem Bündel voller Banknoten durch die Straßen strich wie ein Vagabund, ließ Wut und Trauer in mir aufflammen.

Ich bedankte mich trotzdem. »Wie es aussieht, hatte meine Oma doch nur Hirngespinste.«

»Tut mir sehr leid, dass ich Ihnen nicht weiterhelfen kann. Gibt es denn sonst noch irgendwelche Anhaltspunkte?«

»Nein.« Das stimmte nicht ganz, da war noch der Vertrag, aber wenn ich den zur Sprache brachte, musste ich ihm ja den ganzen Schlamassel mit dem Kredithai gestehen. Ich kannte den Mann doch kaum, er war außerdem mein Chef, wenn auch der netteste in den ganzen letzten sechzig Jahren.

»Dann komm ich jetzt mal zum Positiven.« Er griff so aufgeregt nach einem Ordner, als hätte er ein besonders kostbares Weihnachtsgeschenk für mich. »Ich habe hier etwas für Sie.«

Ich streckte ergeben die Hand aus. Weitere drei Kilo unverständlicher Akten. Ich hatte mich ja noch nicht mal durch die ersten fünfhundert Gramm der bereits vorhandenen zehn Kilo auf meinem Schreibtisch gegraben.

»Ich habe es ja gestern am Telefon schon angedeutet – Frau Ahrendt, Sie sind zu gut, um da hinter Ihrem

Schreibtisch zu versauern, wo niemand Sie jemals sieht oder hört.«

Oh, ganz und gar nicht. »Aber ich liebe diesen Schreibtisch«, stammelte ich. »Er ist herrlich groß und geräumig und man kann sich gut dahinter ... « In letzter Sekunde bremste ich mich. »Konzentrieren.«

»Sie bekommen wieder einen genauso schönen und großen Schreibtisch, keine Sorge. Aber ich würde Sie gern in die Personalabteilung übernehmen. Genauer gesagt ins Management der Ausbildung. Sie haben da so eine phänomenale Art, mit Leuten umzugehen, die findet man selten. Dafür sind Sie geboren. Und wer kennt sich besser mit den ganzen neuen Medien aus als jemand Junges und Spritziges wie Sie? Sie werden hervorragend mit den Auszubildenden klarkommen, da bin ich mir ganz sicher.«

»Medien?« Wovon redete er? Eine ehemalige Schulfreundin von mir war angeblich ein Medium gewesen, sogar mit Anzeigen in obskuren Zeitschriften. Eva-Maria Dürmeier – Ihr Kontakt ins Jenseits. Ob Eva-Maria noch lebte? Dann könnte ich über sie vielleicht von Harry erfahren, was der mit dem Geld angestellt hatte.

Allerdings war Eva-Maria bereits in der Schule von beängstigender Begriffsstutzigkeit gewesen und ich hatte ehrlich gesagt schon immer meine heimlichen Zweifel daran gehabt, dass die Verstorbenen ihre wichtigen Nachrichten an Hinterbliebene ausgerechnet über Eva-Marias lange Leitung schickten.

»Na, Sie wissen schon – Facebook, Twitter, der ganze Kram«, riss er mich aus meinen Überlegungen. »Ich kenne mich da ehrlich gesagt auch nicht so richtig aus. Nehmen Sie sich den Ordner mit, der verschafft Ihnen einen ersten Einblick in die Struktur unserer Ausbildung. Machen Sie sich damit vertraut, lesen Sie, fragen Sie alles, was Sie wissen wollen. Mehr müssen Sie in der nächsten Zeit nicht machen.«

Ich erwachte augenblicklich aus meiner hypnotischen Starre.

»Ich muss also nicht an den Schalter oder den Computer zurück und Dinge ... überweisen und so?«, erkundigte ich mich vorsichtig.

»Nein. Also das heißt – natürlich können Sie den Computer für Ihre Recherche benutzen.«

Keinerlei beängstigende Einzahlungen und Rückzahlungen mehr. Keine Provisionen, keine Ablage, kein Verwendungszweck, keine ungeduldigen Kunden, kein unverständlicher Finanzjargon. Keine misstrauische Schenker im Nacken. Jedenfalls in der nächsten Zeit. Ich hätte am liebsten vor Erleichterung laut gejubelt, denn der ahnungslose Herr Bergner verschaffte mir hier gerade eine Gnadenfrist.

»Wie herrlich«, rutschte es mir heraus.

»Wusste ich es doch, dass Sie sich darüber freuen. Und, Frau Ahrendt, ich wollte noch mal etwas ganz anderes fragen, ich ... «

»Ja?«

Die sonst so souveräne Fassade von Andreas Bergner schien zu bröckeln. Er strich sacht mit zwei Fingern über das fein säuberlich zusammengelegte Hemd auf dem Tisch vor ihm, fast als ob er es streichelte, dann räusperte er sich und setzte zu einer Bemerkung an, die er dann doch wieder verschluckte. Aus Gründen, die ich augenblicklich erkannte. Seine Augen sagten alles. Und ich war nicht zweiundachtzig Jahre alt geworden, um nicht zu ahnen, was er eigentlich ausdrücken wollte. Auch wenn es Jahrzehnte her war, dass Männer mich mit so einem Blick bedacht hatten, so etwas vergaß man nicht.

Er räusperte sich erneut. »Das hier gehört noch in den Ordner.« Er reichte mir ein Blatt und berührte dabei länger als nötig meine Hand. Ich hielt still und wagte kaum zu atmen. Das Blatt glitt ihm aus den Fingern und segelte auf seinen Schreibtisch, doch meine Hand ließ er trotzdem nicht los. Es klopfte laut. Die Schenker stand draußen und sah durch die Glastür herein. Ihr Gesicht war ein einziger grimmiger Vorwurf, sie hatte offenbar alles beobachtet. Ich registrierte, dass sie sich heute in eine glänzende gelb-schwarze Tunika gezwängt hatte, eine Art Ganzkörperkondom für übel gelaunte Hornissen. Was hatte diese Frau nur für eine innige Beziehung zu den falschen Farben und Stoffen? Das unselige Teil endete außerdem viel zu hoch über dem Knie und gab den Blick auf stämmige Beine in genoppten Strumpfhosen frei, die den Insekteneindruck noch verstärkten.

Jetzt verzog sie das Gesicht. Sie ist neidisch, erkannte ich schlagartig. Sie ist unglücklich in Andreas Bergner verliebt, der diese Liebe nur halbherzig oder wahrscheinlich eher gar nicht erwidert. Sie entfernt sich mit kometenhafter Geschwindigkeit von den schönsten Jahren einer Frau. Sie ahnt, dass das Leben nicht unbedingt besser wird, und versteckt sich verzweifelt hinter absurden und grellen Modekreationen. Sie tat mir leid. Rasch zog ich meine Hand zurück.

»War noch etwas?«, fragte ich.

»Nein, nichts«, erwiderte er, obwohl sein Gesicht etwas anderes ausdrückte. »Ein andermal.«

»Dann gehe ich jetzt lieber.« Ich presste den Ordner schützend wie einen Panzer an meine Brust. In mir tobten die widersprüchlichsten Gefühle, aber eins war klar: Noch mehr Komplikationen konnte ich in meinem Leben momentan wahrlich nicht gebrauchen.

Ich glitt gerade wieder erleichtert hinter meinen Schreibtisch, als das Telefon klingelte.

»Ja? Jasmin Ahrendt?«, meldete ich mich vorsichtig.

»Jasmin, hier ist Mama, hör mal, ich habe dir schon mindestens zehn SMS geschickt, warum antwortest du denn nicht?«

»Ich bin doch in der Arbeit«, antwortete ich perplex.

»Das hat dich doch noch nie gestört. Ich dachte schon, du hast eine neue Nummer oder so. Ich wollte dich nur fragen, ob ich am Samstag vorbeikommen kann, gestern hast du einfach aufgelegt.«

Neue Nummer ... nein, ich hatte keine neue Nummer, aber Jasmin hatte immer noch ihr Handy bei sich, in das sie jederzeit und immerzu hineinstarrte. Warum antwortete sie ihrer Mutter nicht? Sie hätte sie doch sofort daran gehindert, am Samstag zu Besuch zu kommen. Das war kein gutes Zeichen. Ganz und gar nicht.

Vor meinem inneren Auge sah ich Jasmin wimmernd oder ohnmächtig oder gar tot auf dem Fußboden liegen, Opfer eines Sturzes, eines Herzinfarktes, eines erneuten Schlaganfalls. Oh Gott, was sollte ich nur tun? Einen Krankenwagen vorbeischicken? Nein, ich musste erst selbst vor Ort nachsehen.

» ... ist denn, du sagst ja gar nichts?«, drang die Stimme von Jasmins Mutter wieder zu mir durch. »Der Jürgen würde natürlich auch gern mitkommen.«

Wer war Jürgen? Egal. Es wurde Zeit, dass Jasmin selbst mit ihrer Mutter redete. Falls sie das am Samstag überhaupt noch konnte. Ein eisiger Schauer durchlief mich. Ich traf eine Entscheidung. »Ja, bring ihn mit. Aber ich ... Entschuldigung. Ich muss ganz schnell was erledigen. Bis bald.« Ich legte hastig auf, sprang auf, zog im Gehen meine Jacke über und rannte aus dem Büro.

»Hab den Topf auf dem Herd stehen lassen«, rief ich der verdutzten Frau Wieland zu.

»Du? Du kochst doch nie?«, rief sie zurück, aber da war ich schon aus der Tür. Vor der Bank bog ich nach links ab. Wenn ich durch den Park lief, war ich in fünf Minuten an Jasmins Haus. Gott sei Dank konnte ich jetzt rennen wie ein junges Reh. Ich stürzte los, hastete vorbei an verblüfften Passanten, übersprang mit Leichtigkeit eine große Pfütze und stieß wenig später die Tür der Windstraße Nummer 3 auf. Von oben aus dem Treppenhaus erklang ein Schrei, der mir das Blut in den Adern gefrieren ließ. Das war Jasmin!

Dieser blöde Matzke verstärkte seinen Druck auf meinen Arm.

»Au! Sind Sie verrückt geworden? Lassen Sie mich los, Sie tun mir weh, verdammt noch mal.« Ich schnappte nach Luft.

»Gut. Gut. Das freut mich zu hören. Und jetzt kein blödes Gequatsche mehr, verstanden? Sie stecken mit der Blonden unter einer Decke, nicht wahr? Finde ich gut. Junges Blut und so. Die kann Ihnen sicher dabei helfen, das Geld ranzuschaffen.« Er lachte und entblößte dabei viel rotes Zahnfleisch. »Wir verstehen uns?«

Mein Herz klopfte wie verrückt, ich wollte diesen Widerling bekämpfen, ihn mitsamt seinem Ekelgeruch die Treppe hinunterstoßen.

»So nicht, du Penner.« Ich versuchte, meinen Fuß zwischen seine Beine zu stellen, um bessere Beweglichkeit zu erlangen, aber dieser ätzende Typ hatte offenbar aus seinen Fehlern gelernt.

»Mich treten Sie nicht noch mal, Sie alte Hexe«, zischte er. »Diesmal drehen wir den Spieß um.«

Ein brennender Schmerz in meinem Knie ließ mich straucheln und rutschen, ich verlor das Gleichgewicht.

Irgendwo gab es einen lauten Knall und plötzlich entfernte der Matzke sich von mir, sein krebsrotes Gesicht schien für den Bruchteil einer Sekunde wie ein Luftballon im Treppenhaus zu schweben, dann sackte es plötzlich nach unten.

Der Schmerz nahm mir einen Moment lang fast den Atem, ich schloss die Augen, und als ich sie wieder öffnete, erblickte ich Gerald, der aus dem Nichts erschienen war, rittlings auf dem Matzke hockte und ihm gerade seine Knie in die Oberarme bohrte.

»Gerald«, keuchte ich. »Wo kommst du denn her? Und was … «

»Muskelreiten!« Gerald schnaufte, sein dünner grauer Zopf war in Auflösung begriffen. »Haben wir in der Schule immer mit den Weicheiern gemacht.«

Ich hätte ja eher darauf gewettet, dass Gerald während seiner Schulzeit die unangefochtene Stellung als König der Weicheier innegehalten hatte, aber trotzdem war ich jetzt über alle Maßen froh, ihn zu sehen.

»Mache jetzt jeden Tag was Nützliches«, erklärte er mir ächzend, während er versuchte, den Matzke unter Kontrolle zu bekommen. Die beiden rangen dilettantisch miteinander wie zwei verfeindete Versicherungsvertreter aus der Provinz, die sich in der Bahnhofskneipe um das letzte Bier prügeln. »War Jasmins Idee.«

Der Matzke bäumte sich jetzt schnaubend unter ihm auf, rollte zur Seite und hieb Gerald seinen Ellenbogen ins Gesicht. Eine Fontäne von Blut schoss aus dessen Nase und ich schrie auf. Schritte eilten die Treppe herauf. Endlich kam jemand, vielleicht war es ja sogar Frederick, der Teenager mit dem Bulldoggengesicht aus dem Parterre. Er glotzte mir immer unverhohlen auf den Po, da konnte er jetzt wenigstens auch mal was Nützliches tun. Ach verflucht, ich war ja gar nicht mehr ich selbst. Aber es war sowieso nicht Frederick, es war Alma.

»Oh Gott«, stieß sie aus, als sie mit einem Blick erfasste, was los war.

»Party ist gerade vorbei«, verkündete der Matzke, der sich wieder aufgerappelt hatte, nicht ohne Gerald noch einen Tritt zu versetzen.

»Ich ruf die Polizei«, erklärte Alma mit zitternder Stimme und wühlte fahrig in ihrer Handtasche. Der Matzke machte einen Schritt auf sie zu und nahm ihr die Tasche einfach aus der Hand.

»Lass den Scheiß.« Er ließ die Tasche durch den Treppenschacht nach unten fallen, wo ein dumpfer Aufprall ihre Ankunft im Keller signalisierte.

»Morgen. Um fünf Uhr nachmittags«, sagte er laut und überdeutlich in meine Richtung. »Komme. Ich. Wieder. Capito? Und dann will ich meine Kohle. Letzte Warnung. Sonst bringe ich ein paar Freunde mit. Und erzählen Sie mir nicht, dass Sie nicht wissen, wie Sie an das Geld kommen. Die da«, er deutete auf die zitternde Alma, »arbeitet in einer Bank. Mehr muss ich dazu wohl nicht sagen. Hat mir alles Ihre Nachbarin erzählt, Frau Winter. Auch, dass Sie jetzt hier wohnen. Bei Ihrer, was war es gleich – unehelichen Enkelin?« Er grunzte herablassend. »Also, Mädels, wir verstehen uns. Liegen bleiben, du Eimer.«

Er stieg über Gerald hinweg und ging pfeifend und scheinbar ohne Eile die Treppe hinunter.

»Die Kowalski«, flüsterte Alma erschüttert. »Die Kowalski hat uns verpetzt.«

Das wunderte mich überhaupt nicht. Nach allem, was ich von der Kowalski gesehen und gehört hatte, war diese der Inbegriff von geschwätziger Verblödung.

Gerald stöhnte leise. »Ich glaub, ich brauche ein Taschentuch.«

»Nicht nur eins.« Alma beugte sich über ihn. »Und du?«

Das galt mir. »Ich? Ich brauch einen Schnaps«, presste ich hervor. Das war ja gerade noch mal gut gegangen. Wenn Gerald nicht gekommen wäre ...

»Kommt.« Alma schloss die Wohnungstür auf, weil mir der Schlüssel immer wieder aus der Hand rutschte, führte mich zur Couch und öffnete dann ohne groß zu diskutieren meine großmundig so betitelte Hausbar, lediglich ein Fach im Schrank, in dem momentan nur noch eine einsame Viertelflasche Himbeerwodka vor sich hin dämmerte.

Ich muss mal wieder einkaufen, dachte ich völlig zusammenhanglos, wahrscheinlich hatte ich einen Schock.

Und dann kippte ich den Schnaps auf ex. Liebend gern hätte ich noch einen zweiten nachgeschüttet, aber ein seltsamer Schwindel setzte ein und so ließ ich es lieber bleiben.

Gerald hingegen tat sich keinerlei Zwang an und schenkte sich selbst eifrig nach. »Wahnsinn«, flüsterte er immer wieder. »Wie ich den fertiggemacht habe. Habt ihr das gesehen? Wahnsinn.« Mit seiner blutenden Nase und den verfilzten langen Haaren hatte er tatsächlich etwas Kämpferisches an sich, etwas von einem alternden Wikinger oder so, ein Eindruck, der jedoch durch seine hellgrünen Frotteesocken geschmälert wurde.

»Das war sehr galant von dir, Gerald«, versicherte Alma ihm. Blass saß sie mir gegenüber im Sessel und nippte an einem Glas Wasser. Vor ihr lag der Vertrag, den ihr Mann mit diesem Gorilla von Matzke abgeschlossen hatte, und ich konnte mich jetzt mit eigenen Augen davon überzeugen, dass Almas heiß geliebter Harry sich offenbar in einem Anfall von vorzeitiger Demenz mit dem Abschaum der Unterwelt eingelassen und tatsächlich fünftausend Euro für weiß der Himmel welche Zwecke von diesem Hornochsen geborgt hatte. Wie konnte man nur so blöd sein? Aber ich hielt mich zurück, denn weder konnte Alma etwas dafür noch hatte sie davon gewusst und außerdem musste ich vor Gerald ja die Rolle der armen betrogenen Oma spielen.

»Es tut mir alles so furchtbar leid«, flüsterte Alma.

»Aber ich weiß beim besten Willen nicht, wie ich diesem Menschen beikommen soll.«

»Keim Problem«, krächzte ich betont munter, aber das war eine Lüge. Wir hatten ein riesiges fettes Scheißproblem am Hals, noch tausendmal größer als das unseres seltsamen Tausches. Und – warum nicht gleich das Kind beim Namen nennen – auch ich hatte keine Ahnung, was wir unternehmen sollten oder konnten.

Meine Ersparnisse beliefen sich auf knappe zweitausend Euro, die ich ihr natürlich gern zur Verfügung stellen wollte, auch wenn es mir das Herz brach. Das Geld war eigentlich für einen Urlaub in Mexiko gedacht, den ich für den nächsten Sommer geplant hatte.

Aber so wie die Dinge im Moment lagen, konnte ich ohnehin nicht mit einem Sombrero auf dem Kopf durch Cancún ziehen und Tequila Shots einwerfen, also war es letzten Endes gleichgültig. Aber zweitausend Euro reichten trotzdem nicht. Was also dann?

»Was will der Kerl eigentlich von dir?«, erkundigte sich Gerald, der sich gerade das dritte Glas einschenkte.

Alma sah mich fragend an und ich nickte unmerklich.

Er konnte ruhig wissen, warum er sich die Nase hatte zu Brei schlagen lassen. Er kannte ja sowieso niemanden, dem er es hätte weitererzählen können.

»Deswegen.« Sie reichte ihm das Papier und er warf einen neugierigen Blick darauf.

»Jo, Jasmin. Hast du dir Geld geliehen? Ach halt, das bist ja gar nicht du. Wer ist denn Harry Winter?«

Niemand sagte etwas.

»Mein Mann«, brachte ich endlich heraus. »Er ... ja. Er hat sich fünftausend Euro geborgt. Bei einem Kredithai.«

»Und dann ist er gestorben, ohne das Geld zurückzuzahlen«, fügte Alma hinzu, der Tränen in den Augen standen. »Und jetzt weiß meine Oma nicht, was sie machen soll, denn dieser Halunke will sein Geld zurück. Elftausend Euro. Bis morgen.« Sie fing an zu schluchzen, außerstande, sich noch länger zusammenzureißen.

Gerald schluckte mehrmals. »Elftausend Ocken«, flüsterte er beeindruckt. »Wahnsinn.« Er hielt sich den Vertrag dicht vor das Gesicht und kniff ein Auge zu.

»Da hat doch aber einer 'ne Null rangeschrieben«, sagte er auf einmal.

»Was?« Alma hörte auf zu schluchzen.

Ich richtete mich auf. »Was sagst du da?«

»Na hier.« Gerald deutete auf die eingetragene Summe. »Sieht man doch. Die letzte Null ist dünner als die anderen, wirkt wie rangequetscht. Ich hab nämlich einen Blick für so was, Frau Winter«, erklärte er mir stolz. »Ich mache für mein Leben gern Puzzle und diese Rätselbilder in den Zeitungen. Habe früher oft was gewonnen.«

Das stimmte! Ich erinnerte mich an einen elektrischen Wasserkocher, den er mir vor ein paar Jahren glücklich präsentiert hatte, der stolze Preis für ein Suchbild in der Lokalzeitung.

»Meine Augen sind nämlich super, ich hätte Pilot werden können, wenn ich nur gewollt hätte.« Er hüstelte.

»Aber ich sag immer – es muss auch Leute geben, die hinten im Flugzeug sitzen, nicht wahr?«

»Zeig her.« Alma riss ihm den Vertrag aus der Hand.

»Ich hab gar nicht mehr drauf geschaut, seit der mir das Ding gegeben hat, aber jetzt sind meine Augen ja besser und … « Sie murmelte etwas Unverständliches, aber Gerald kriegte das sowieso nicht mit, denn er zog die Wodkaflasche diskret ein Stückchen näher an sich heran, um sich den letzten Rest darin zu sichern.

»Es stimmt. Jetzt sehe ich es auch!« Alma presste erregt ihre Hand auf den Mund.

Holy Shit. »Du meinst, es ist eine Fälschung?« Warum konnte ich jetzt nur nicht mit meinen jungen Augen sehen, um mich selbst davon zu überzeugen?

»Würde ich schon sagen.« Gerald nickte bedächtig.

»Warum sonst quetscht noch jemand eine Null da ran? Ich glaube, der Typ wollte Ihren Mann über den

Tisch ziehen, Frau Winter. Oder vielmehr Sie, nach dem Tod Ihres Mannes.«

»Danke.« Alma fiel dem völlig überraschten Gerald um den Hals. »Ich danke dir. Ich danke dir so sehr. Du weißt gar nicht, was das für mich bedeutet!«

»Jo, Jasmin. Jederzeit.« Er strahlte über das ganze Gesicht, weil dieser Tag sich trotz blutender Nase ganz offensichtlich zum interessantesten des ganzen Monats entwickelte. »Dann sag ich mal Prost, nicht wahr?«

Er goss sich großzügig den gesamten restlichen Flascheninhalt ein. »Auf die Wahrheit, die immer ans Licht kommt, und die täglich guten Taten und so weiter.«

Schön für Gerald. Aber trotzdem brachte uns das keinen Schritt weiter. »Wir sollten zur Polizei gehen«, sagte ich. »Irgendwas werden die doch machen können. Personenschutz oder so.«

Gerald lachte. »Personenschutz? Da wäre ich mir nicht so sicher. Die haben ganz andere Fälle um die Ohren. Mit so was geben die sich nicht ab. Das nimmt irgendein schläfriger Beamter auf und schiebt es in die letzte Schublade.«

»Ja, was denn dann? Der Typ kommt morgen wieder!« Wut kochte in mir hoch. Sollten wir uns wie die Opferlämmer in unser Schicksal fügen?

»Wir gehen.« Alma stand auf und griff nach ihrem Mantel. »Komm mit.«

»Wohin denn?«, fragte ich.

»Die Jungen mögen schneller rennen können, aber die Alten kennen die Abkürzungen«, erwiderte sie und kniff ein Auge zu, so offensichtlich, dass selbst der halb trunkene Gerald es mitbekam.

»Welche Alten?«, erkundigte er sich. Er rappelte sich halbherzig aus dem Sessel hoch. »Brauchst du einen Bodyguard?«

»Nein danke, Gerald. Sehr nett von dir, aber das wird nicht nötig sein. Wir gehen in die Bank. Ich muss sowieso wieder zurück, ich habe schließlich einen Job dort.«

Natürlich. Sie musste zurück zur Arbeit, sie konnte nicht einfach blaumachen. Ein Wunder, dass sie überhaupt hier aufgetaucht war. Fast wie Telepathie oder so.

»Und wieso soll ich mitkommen?«

»Als Beweis. Wir bitten jemanden um Hilfe.«

»Und wen, wenn ich fragen darf? Herrn Ramsen? Ob er uns morgen einen Hai aus seinem Aquarium zur Verteidigung borgt?« Ich stieß ein bitteres Lachen aus.

»Und wieso bist du eigentlich mitten am Tag nach Hause gekommen?«

Alma hielt die Tür auf, ein cleverer Schachzug, fand ich, denn damit beförderte sie gleichzeitig Gerald ins Treppenhaus.

»Also erstens – wir fragen Andreas Bergner. Und zweitens ... «

Sie schielte nervös zu Gerald, entschied dann aber offenbar, dass es völlig egal war, ob er das Folgende mithörte oder nicht. »Zweitens hat deine Mutter mich in der Bank angerufen, weil sie dich nicht erreichen konnte. Sie kommt dich am Samstag besuchen. Mit Jürgen.«

»Mit Jürgen? Meinem blöden Stiefvater?« Ich blieb erschrocken stehen.

»Wie jetzt?«, fragte Gerald verwirrt. »Ihre Mutter lebt noch, Frau Winter? Wahnsinn. Und Ihr Stiefvater auch? Wie alt sind die denn? Sind das die Alten mit den Abkürzungen?«

»Das verstehst du nicht«, sagten wir beide gleichzeitig.

Gerald warf einen letzten verdatterten Blick auf die leere Wodkaflasche, dann begab er sich schulterzuckend in seine Wohnung.

Andreas Bergner saß am Schreibtisch, stierte aber gedankenversunken ins Leere, als wir an seiner gläsernen Bürotür ankamen.

»Ich wüsste nicht, wie der uns helfen sollte«, murrte ich. Wieder in der Bank an meinem Schreibtisch vorbeizulaufen war mehr als seltsam. Vor allem weil niemand mich beachtete, mir über den Gang ein »Mahlzeit« entgegenkrähte oder mir mit nervigen Aufgaben auflauerte.

Ich hingegen konnte alle prima beobachten, ich sah, dass Sabine Wieland heimlich Urlaubsbilder auf Facebook hochlud und dass Herr Ramsen im Internet nach Zierfischfutter googelte.

»Warten wir es doch erst mal ab«, meinte Alma leise, als sie an Andreas Bergners Büro anklopfte.

Bei Almas Anblick hellten seine Züge sich auf – etwas, was mich immer noch verwunderte und irritierte.

»Frau Ahrendt, da sind Sie ja wieder«, grüßte er sie.

»Und Ihre Oma haben Sie auch mitgebracht. Geht es noch mal um die Sache mit dem Konto? Setzen Sie sich doch, Frau Winter.« Er schob mir einen Stuhl hin. Eigentlich war die Situation zum Totlachen. Seltsamerweise war mir aber nicht nach lachen zumute, ganz und gar nicht. Irgendwas lag hier in der Luft.

»In gewisser Weise geht es noch einmal darum. Um meine Oma und das geliehene Geld. Es gibt da nämlich doch noch ein Dokument.« Alma zog den Vertrag aus der Tasche, nickte mir beschwörend zu und dann erzählten wir ihm abwechselnd die ganze Story, allerdings natürlich ohne den mysteriösen Körpertausch. Er hörte uns gebannt zu, zog hin und wieder die Augenbrauen hoch oder schüttelte den Kopf, als Alma von Matzkes Einschüchterungsversuchen berichtete.

»Und heute haben wir dann entdeckt, dass dieses Dokument gefälscht ist. Die letzte Null ist unserer Meinung nach im Nachhinein hinzugefügt worden. Ohne das Wissen von Herrn Winter ... äh, meinem Mann. Sehen Sie mal.« Ich reichte ihm das Papier.

Ich, Harry Winter, bestätige hiermit den Erhalt von EUR 5000,- von Herrn Bernhard Matzke. Die Rückzahlung erfolgt zu einem Zinssatz von zwanzig Prozent monatlich.
Gezeichnet Harry Winter
Gezeichnet Bernhard Matzke

Andreas Bergner las stirnrunzelnd, öffnete den Mund, klappte ihn wieder zu und setzte erneut an. »Sie meinen, Ihr Mann hat sich in Wahrheit nur fünfhundert Euro geliehen? Und dieser Kerl hat einfach eine Null rangehängt, als er mitgekriegt hat, dass Ihr Mann nicht mehr lebt? Um das Zehnfache von Ihnen zurückzufordern?«

Besser hätte ich es nicht formulieren können. »Ja. Das meine ich.«

»Unglaublich. Was für eine Dreistigkeit. Im Übrigen wird in einem rechtsgültigen Vertrag die Summe immer auch noch ausgeschrieben. Darauf ist hier verzichtet worden, was an sich schon die Alarmglocken klingeln lassen sollte. Überhaupt befolgt diese Vereinbarung nicht einmal die vertraglichen Grundregeln. Und ja – die letzte Null sieht aus wie im Nachhinein angefügt. Sie sehen mich sprachlos. Was werden Sie tun?«

»Nun«, Alma geriet ins Stottern. »Ich hatte gehofft, dass Sie vielleicht eine Lösung wissen. Sie sind doch der Bankfachmann.«

»Und Sie die Bankfachfrau.« Er lächelte sie auf eine ganz spezielle Weise an und in diesem Moment verstand ich. Es war die zweite schockierende Erleuchtung, die ich an diesem Tag hatte. Andreas Bergner war in Alma verknallt, das war es, was hier die Luft zum Knistern brachte. Wie ungeheuerlich. Wie und wann war das passiert? Was hatte sie in dieser kurzen Zeit angestellt, um ausgerechnet ihn zu betören? Andreas Bergner, verdammt noch mal!

»Nun, Geld zu verleihen ist nicht strafbar, und wenn Ihr Mann freiwillig einen Vertrag mit diesem Mann abgeschlossen hat, dann ... « Wie von Ferne rauschte seine. Stimme an meinem Ohr vorbei. »Man müsste eventuell ... «

Ich hörte überhaupt nicht zu. Ich betrachtete diesen kleinen Mikrokosmos, der sich vor mir ausbreitete. Das große Fenster, davor der kahle Baum, Andreas Bergners Kalender an der Wand, sein Drehstuhl, der aufgeräumte Schreibtisch, darunter eine Schublade, die halb aufstand und den Blick auf einen Band Kurzgeschichten freigab, auf einen winzigen Espressokocher aus Edelstahl sowie zwei getrocknete Kastanien und eine halb versteckte Schachtel Zigaretten. Ich sah sein verliebtes Lächeln, das er wie einen kleinen Pfeil auf Alma abfeuerte, und sie, die ernsthaft nickte und nichts davon zu bemerken schien. Oder doch? Ich spürte, wie sich eine eisige Kälte irgendwo tief in meinem Bauch ausbreitete und nach oben kroch. Sah so etwa das Ende aus? Alma ritt mit Andreas Bergner – ausgerechnet Andreas Bergner – in den Sonnenaufgang davon, während ich morgen ein vorzeitiges Ende durch einen gezielten Kinnhaken von diesem Matzke fand? Würde das Letzte, was ich auf dieser Welt wahrnahm, der Geruch nach einem scheißbilligen Rasierwasser sein? Würde Alma einfach mein Leben weiterleben, ohne dass je irgendwer etwas bemerkte?

Was war mit meinen Freunden, meinem Rammstein-Ticket, meinen schicken Klamotten, meinen Erinnerungen und Träumen, was war mit meiner Mutter und sogar mit Würgejürgen, was war mit meinem ganzen noch ungelebten Leben?

»Weinst du?«, fragte Alma plötzlich erschrocken.

»Nein«, schluchzte ich. »Ich weine nicht.«

»Frau Winter, wir werden ihn festnageln, diesen Kredithai, das verspreche ich Ihnen.« Andreas Bergner stand auf und legte beruhigend den Arm um meine zuckenden, knochigen Schultern. Die gut gemeinte Geste öffnete meine Tränenschleusen erst recht. Seine Hand war so warm. Es hatte mich schon so lange niemand mehr in den Arm genommen.

»Sie haben gesagt, der Mann kommt morgen wieder?«, fragte er leise.

»Um fünf Uhr nachmittags.« Ich schniefte und setzte alles daran, mich zu konzentrieren. Erst mal mussten wir diesen Matzke loswerden. Dann würde ich alles andere in Angriff nehmen.

»Gut. Ich komme eine Stunde vorher vorbei, dann bereiten wir alles vor. Haben Sie noch Freunde, die Sie dazuholen können? Je mehr Zeugen, umso besser.«

»Ja, sicher.« Ich überlegte. Ben und Lisa, die mussten mir helfen. Hoffentlich hatten sie Zeit. Vielleicht noch Gerald, der neue Menschenfreund?

»Gut, Frau Ahrendt und Frau Winter. So machen wir das.« Er schüttelte uns beiden die Hand und ich mochte mittlerweile alt und halb blind sein, aber ich sah genau, dass er Almas Hand mindestens zehn Sekunden länger schüttelte. Verdammt noch mal. Hatten Alma und ich nicht schon genug Probleme am Hals?

Ben und Lisa trafen kurz vor vier bei uns ein und wurden von mir in den Plan eingeweiht. Demzufolge sollten sie mit Gerald im Schlafzimmer warten und alles durch einen kleinen Schlitz in der Tür filmen. Sie durften aber kein Geräusch von sich geben, bis sie ihren Auftritt hatten. Andreas Bergner würde sich im Bad verstecken und erst herauskommen, wenn der geeignete Moment gekommen war, um den Matzke vor vollendete Tatsachen zu stellen.

»Der Bergner kommt?«, fragte Lisa erstaunt. »Der kommt zu dir nach Hause und hilft dir und deiner Oma? Ich dachte immer, du kannst den nicht leiden?«

»Ich habe mich eben geirrt«, erklärte ich und versuchte Jasmin zu ignorieren, die in der Ecke saß und demonstrativ die Augen verdrehte. Ihre neuen feuerroten Haare hatte sie heute zu einer wilden Frisur gestylt und ein Tuch hineingedreht. Sie wirkte wie eine gealterte Varietetänzerin, aber irgendwie raffiniert, fand ich. Ich musste sogar zugeben, dass die Haarfarbe ganz wunderbar an ihr aussah. Warum war ich selbst nur jahrelang mit grauen Zottelhaaren durch die Welt geschlichen?

An irgendeinem Punkt in den letzten zwanzig Jahren hatte ich aufgehört, besonders viel Zeit auf mein Äußeres zu verwenden, weil doch die allgemeine Meinung vorherrschte, dass Eitelkeiten im Alter unangebracht waren. Aber das stimmte nicht, erkannte ich nun.

»Hörst du das? Sie hat sich geirrt«, sagte Lisa mit einem süffisanten Lächeln zu Ben. »Mensch, Jassi, hast du was mit dem, oder wie? Mir kannst du es doch sagen.«

»Nein, wie kommst du denn darauf«, wehrte ich mich sofort. »Er ist einfach ein sehr hilfsbereiter und feiner Herr.« Ich vermied es allerdings, Jasmin dabei anzusehen, denn meine Stimme klang nicht so neutral, wie ich wollte.

»Auf einmal?« Lisa grinste wissend.

Es klingelte.

»Das wird der feine Herr sein«, sagte Jamsin mit ironischem Unterton. »Ich mach auf.«

Als ich die Tür öffnete, erkannte ich ihn zuerst gar nicht, weil er nach unten ins Treppenhaus sah und lauschte.

Ich wunderte mich nur, wer der junge Typ mit Sonnenbrille und Lederjacke war und welcher gnädige Gott ihn mir aus welchem Grund vor die Tür gestellt hatte. Eine Schrecksekunde lang vermutete ich sogar, der Mann könnte ein Handlanger vom Matzke sein, doch dann wandte er mir das Gesicht zu. Es war Andreas Bergner!

»Sie?«, fragte ich überrumpelt. Hatte auch er sein Äußeres mit irgendjemandem getauscht oder warum sah er so umwerfend aus?

»Frau Winter, guten Tag.« Er streckte mir seine Hand entgegen, die ich mechanisch wie eine Briefsendung ergriff und schüttelte.

»Ich will Ihnen nur gleich sagen – keine Sorge. Wir kriegen das hin. Darf ich reinkommen?«

»Ja. Ich ... Sie sehen ja so anders aus.« Ich trat einen Schritt zur Seite. Immer wieder musste ich ihn heimlich ansehen. Wer hätte gedacht, was für ein Hottie-Rohmaterial sich hinter der glatt gebügelten Bergner-Fassade verbarg?

»Na ja, ich habe erst überlegt, ob ich im Anzug kommen soll. Aber ich glaube, diese Sorte Krimineller spricht eine andere Sprache. Da habe ich mir lieber meine normalen Klamotten übergeworfen. Das lässt mir auch größere Bewegungsfreiheit.«

Klamotten? Übergeworfen? Bewegungsfreiheit? Ich traute meinen Ohren nicht. »Herr Bergner – geht es Ihnen gut? Alles in Ordnung?«

»Ja. Doch. Also gut – ehrlich gesagt bin ich froh, wenn ich das hier hinter mir habe. Aber solchen Leuten muss man das Handwerk legen. Zur Not auch mit den Mitteln, die sie verstehen.« Er schob andeutungsweise die Jackenärmel hoch.

Ich gab ein gurgelndes Geräusch von mir, eine Kreuzung aus Belustigung und Fassungslosigkeit. Die Vorstellung, dass der brave Andreas Bergner sich noch heute mit einem aggressiven Kredithai auf dem Linoleum meiner Küche wälzen könnte, war einfach grotesk. Doch dann fiel mir wieder ein, dass er das meinetwegen machte, im doppelten Sinne sogar. Er machte es für die junge Frau, die er für Jasmin Ahrendt hielt, und er machte es für die Frau, die er für ihre Oma hielt. Jetzt schüttelte er auch noch mit der Besorgtheit eines Hausarztes meine Hand.

»Keine Sorge, Frau Winter. Ich bin direkt im Nebenzimmer und komme Ihnen sofort zu Hilfe, wenn etwas ist. Und zwei Bekannte Ihrer Enkelin sind auch noch da, nicht wahr?«

»Ben und Lisa. Und dann noch Gerald.«

»Ach ja. Der ... äh ... «

»Der Nachbar. Oder auch der Häuptling vom Stamm der Trainingshosen.«

Er lachte entzückt. »Sie sind wirklich genau wie Ihre Enkelin. Jetzt weiß ich auch, woher die ihr lockeres Mundwerk hat.« Vertraulich beugte er sich zu mir.

»Ihre Enkelin ist einfach großartig, Frau Winter. Ich meine – ich mochte sie ja schon immer und musste mir oft das Lachen verkneifen, wenn sie irgendjemandem in der Bank so witzig gekontert hat. Sie ist einfach so herrlich unkonventionell. Und es ist ihr egal, was die Leute denken. Sie macht einfach cool und locker ihre Arbeit und kümmert sich nicht um Klatsch und Tratsch.«

»Cool und locker«, wiederholte ich wie ein Papagei.

Seine Augen waren von einem warmen Braun mit kleinen Goldsprenkeln darin. Warum war mir das bisher noch nie aufgefallen? Weil ich blind gewesen war. In jeder Hinsicht. »Sie finden m... sie cool und locker?«

»Genau. Schon, wenn sie morgens immer mit ihrem Motorrad angebraust kommt und die ganzen Kollegen – Ihnen kann ich das ja sagen – aus ihrem morgendlichen Dämmerschlaf reißt, da amüsiere ich mich immer köstlich. Und in der letzten Zeit habe ich noch ihre anderen Seiten kennengelernt, ihre sanftere Seite und ihre furchtlose Seite. Unglaublich, so etwas findet man heutzutage selten. Ich bin ganz hin und weg. Auf Ihre Enkelin können Sie wirklich stolz sein, Frau Winter.«

»Bin ich auch«, piepste ich. Hatte ich das richtig verstanden? Hatte Andreas Bergner, der Krawatten-Bergner, von dem ich immer geglaubt hatte, er nähme mich in seinem Glasbüro gar nicht wahr, weil uns Welten trennten, hatte der mir gerade seine Liebe gestanden?

Also indirekt? Mir blieb allerdings keine Zeit, groß darüber nachzudenken, denn unten fiel jetzt die Haustür ins Schloss und schwere Schritte stapften die Treppe herauf.

Alma

Ich wartete mit klopfendem Herzen hinter der Wohnungstür und lauschte den sich nähernden Schritten.

Obwohl ich nicht alleine war, obwohl die anderen in der Wohnung versteckt warteten, rieselte es mir dennoch eiskalt den Rücken hinunter, als es kurz und fordernd an der Tür klingelte. Was, wenn er uns beiden zur Begrüßung erst mal einen Fausthieb versetzte?

Ich wechselte einen Blick mit Jasmin, die mitten im Wohnzimmer stand, die Hände um eine Stuhllehne gekrallt, als wollte sie sich einerseits daran festhalten und andererseits damit bewaffnen. Ich öffnete die Tür.

Der Matzke schlug nicht zu. Er stand einfach nur da in seinem schlecht sitzenden Anzug, mit seinem schmierigen Lächeln im Gesicht und einem schwarzen Diplomatenkoffer in der Hand, in dem er wohl hoffte, mein Geld davonzutragen. Fast hätte ich laut aufgelacht.

»Dann wollen wir mal«, sagte er lediglich zur Begrüßung und schob sich einfach an mir vorbei in die Wohnung.

Er stellte seinen Koffer auf den Tisch, klappte ihn auf und deutete auf die gähnende Leere darin. »Meine Damen?« Es klang fast, als ob er uns zum Tanz aufforderte.

Niemand sagte etwas. Jasmin atmete schwer und ich holte tief Luft. »Wir hätten da noch eine Frage.«

»Was denn noch?« Er klang gelangweilt und sah betont genervt auf seine Uhr.

»Ich habe mir den Vertrag noch mal angesehen«, kam Jasmin mir jetzt zu Hilfe, obwohl ihre Stimme dabei verdächtig schrill wurde. »Eigentlich kann man es ja nicht Vertrag nennen. Mehr eine Quittung. Denn für einen Vertrag hat das Ding weder das richtige Format noch die richtigen Formulierungen.«

»Ihr Schlaumeier.« Er gab ein belustigtes Grunzen von sich. »Wollt ihr mich auf den Arm nehmen? Haha. Ihr könnt es nennen, wie ihr wollt. Ich nenne es Vertrag und damit basta. Und darin steht, dass Harry Winter mir Geld schuldet. Harry Winter ist verstorben, demzufolge schuldet mir seine Frau das Geld, so einfach ist das. Der Vertrag wurde von dem guten Harry freiwillig unterschrieben. Da ist nichts Illegales dran. Ihr könnt mir gar nichts. Außer mir mein Geld geben.«

»Aber nicht elftausend Euro«, erklärte Jasmin mit fester Stimme.

Der Matzke blieb immer noch ruhig, allerdings kroch jetzt eine verdächtige, cholerische Röte aus dem speckigen Kragen seines Hemdes den Hals nach oben. »Aha. Und warum nicht?«

»Weil ... « Meine Nerven lagen blank. »Weil der Betrag sich nur auf fünfhundert Euro beläuft. Wir haben den ... die Quittung von einem Fachmann prüfen lassen. Da ist eine Null hinzugefügt worden. Und zwar im Nachhinein. Von Ihnen.«

»Haha«, lachte der Matzke, aber seine Augen verengten sich. »Hahaha. Der war gut.«

»Es ist die Wahrheit.« Ich ballte die Fäuste vor Wut.

Was nahm dieser Mann sich heraus? Wie konnte er es wagen, einfach so in mein Leben einzubrechen und alles niederzuwalzen? »Und das wissen Sie auch. Sie haben Harry Winter lediglich fünfhundert Euro geborgt, und als Sie in der Zeitung von seinem Tod erfahren haben, da sind Sie auf die glorreiche Idee gekommen, noch ein bisschen zu warten und seine Witwe dann über den Tisch zu ziehen und einfach das Zehnfache zu verlangen, nicht wahr?«

»Blödsinn. Und selbst wenn es so wäre – ihr könnt nichts beweisen. Gar nichts.« Er lachte wieder. Es klang angestrengt. Die roten Flecken hatten seine Wangen erreicht und breiteten sich dort wie verschütteter Rotwein aus.

Wir mussten ihn dazu kriegen, das Ganze zuzugeben.

Aber wie? Ich überlegte noch, da kam mir Jasmin zuvor.

»Was ich nur nicht verstehe – woher konnten Sie so sicher sein, dass ich nichts von der Originalsumme wusste?«

»Weil Ihr Mann gesagt hat, dass seine Olle nichts davon wissen darf.«

»Ich sollte also nichts davon wissen, was er mit den fünfhundert Euro vorhatte?«

»Genau, er meinte, er braucht die fünfhundert Euro für … « Der Matzke verstummte irritiert, realisierte, was er da gerade zugegeben hatte, und trat auf sie zu. »Du vergisst das jetzt mal ganz fix, verstanden? Und jetzt Schluss mit dem Gelaber und her mit meinem Geld. Glaubt ihr, ich bin blöd?«

»Nein, wir glauben nicht, dass Sie blöd sind. Wir glauben eher, Sie sind sehr blöd.« Die Tür zum Badezimmer öffnete sich wie durch Geisterhand. Andreas Bergner stand im Türrahmen und hielt sein Handy hoch, mit dem er die letzten Minuten aufgezeichnet hatte.

Ich atmete auf. Endlich.

»Was soll der Scheiß?«, knurrte der Matzke. »Hier braucht wohl noch einer 'ne Abreibung? Der Typ von gestern liegt wohl noch im Krankenhaus, was?«

»Nein, dem geht es wieder gut.« Die Schlafzimmertür ging auf und Gerald erschien. Seine Nase war geschwollen und seine Stimme klang, als ob er in einem tiefen Brunnen säße, aber in seinem Blick lag Entschlossenheit.

Das Einzige, was nicht dazu passte, war sein graues Sweatshirt mit dem Aufdruck von Homer Simpson.

»Verpiss dich«, sagte der Matzke, aber es klang schon nicht mehr so selbstsicher. Sein Blick flackerte nervös von Gerald zu Andreas Bergner, wahrscheinlich versuchte er abzuschätzen, ob er es mit beiden gleichzeitig aufnehmen konnte. Die Entscheidung wurde ihm abgenommen, denn nun kam auch noch Ben aus dem Schlafzimmer. Er sagte keinen Ton und krempelte nur seine Ärmel hoch.

»Die drei Amigos habt ihr also eingeladen, da sieh mal einer an«, schnaufte der Matzke. Er schien panisch zu überlegen, was er als Nächstes tun sollte. »Kommen da noch mehr?«, scherzte er lahm.

»Das wird nicht nötig sein«, erklärte Andreas Bergner. Er erhob nicht mal die Stimme. »Herr Matzke, oder wie immer Sie nun heißen mögen, wir haben genug in der Hand, um Sie der Polizei zu übergeben.«

»Geld zu verleihen ist nichts Illegales. Sie können mir gar nichts.«

»Das ist wahr. Geld zu verleihen an sich nicht. Aber Betrug schon. Und hier handelt es sich eindeutig um kriminellen Betrug zu dem Zweck der Bereicherung an einer ahnungslosen Witwe. Ich nehme mal an, Frau Winter ist nicht Ihre einzige … Kundin?«

Kundin. Das klang viel zu harmlos. Nach Punktesammeln und Treuekarte. »Wohl eher Opfer«, ging ich erbost dazwischen.

Andreas Bergner nickte zustimmend. »Ich schlage vor, Sie nehmen Ihr Köfferchen und verschwinden auf Nimmerwiedersehen. Das ist doch sicher auch in Ihrem Interesse.«

»Und was ist mit meinen fünfhundert Euro?« Der Matzke trommelte auf seinen Koffer und reckte frech sein Kinn. Unglaublich. Ich konnte es nicht fassen.

»Nichts«, antwortete Andreas Bergner. »Oder besser doch – Schmerzensgeld. Für den Herrn hier«, er deutete auf Gerald, »und die Frau Winter, die Sie gestern ebenfalls tätlich angegriffen haben. Damit kommen Sie noch gut weg. Ein Richter würde Ihnen noch mehr aufdrücken.«

»Ihr könnt mich doch alle mal kreuzweise.« Der Matzke klappte aufgebracht seinen Koffer zu, dann griff er blitzschnell nach Dina, die gerade in diesem Moment an ihm vorbeilief.

»Hey«, rief ich, »lassen Sie die Katze los!«

Aber Dina wusste sich selbst zu helfen. Sie fauchte wütend und dann ratschte sie ihm mit ihrer Pfote quer übers Gesicht. Er schrie auf und ließ sie fallen.

»Kopf hoch«, sagte Jasmin. »Die Rente ist nicht mehr fern.«

Er stand einen Moment da wie ein schnaubender Stier, dann ging er und ließ die Tür hinter sich ins Schloss fallen, mit einem solchen Knall, dass man das Gefühl hatte, das ganze Haus würde jeden Moment einstürzen.

Jasmin

»Danke«, flüsterte Alma, nachdem unser Freund endlich weg war. »Danke, danke, danke, Herr Bergner.« Sie fiel ihm ungestüm um den Hals.

»Sag doch bitte Andi«, murmelte er in ihre Haare hinein.

Ich konnte meinen Blick einfach nicht von den beiden lösen, denn immerhin stand ich ja selbst da – in inniger Umarmung mit einem Mann, mit dem ich mich bis noch vor kurzem niemals zu einem Date verabredet hätte, eher wäre ich noch zu Gerald rübergeschlurft, um mir mit ihm Bier und Dosenravioli zu teilen und zum hundertsten Mal Stargate anzuschauen. Jetzt platzte ich bald vor Neid. Wie hatte ich Andi Bergner nur so lange nicht wahrnehmen können? Er war nicht nur ein versteckter Hottie, er war mutig und clever und er sah Alma genau so an, wie ich es mir immer von einem Mann erhofft hatte. Das war nicht fair. Es war einfach nicht fair, es war sogar verdammt unfair. So gemein war es, dass ich mich nicht mal über den in die Flucht geschlagenen Matzke freuen konnte. Außerdem legte Ben gerade den Arm um Lisa und zog sie an sich. Die beiden hatten sich versöhnt und würden bald eine kleine Familie haben.

Selbst Gerald, die größte Kampflusche vor dem Herrn, hatte noch eine gewisse Zukunft vor sich, aber

ich – ich hatte nichts, gar nichts. Ich hätte schreien können. In diesem Moment klingelte das Festnetztelefon.

»Hast du vielleicht Lust, am Freitagabend mit mir was
zu unternehmen?«, fragte Andi Bergner Alma gerade
leise.

Ich riss den Hörer von der Gabel. »Ja?«, sagte ich eine
Spur zu unfreundlich.

»Hallo? Frau Winter, sind Sie das? Hier ... äh, also ich
hoffe, Sie verzeihen mir, dass ich Sie so einfach anrufe,
aber hier ist Anton. Sie wissen schon, der alte Knacker.«

Ein verlegenes Räuspern erklang.

»Anton«, sagte ich langsam. »Das ist aber schön, von
Ihnen zu hören.« Ich wischte die kleine Träne weg, die
gerade im Begriff gewesen war, meine faltige Wange
hinunterzurollen. »Echt schön.«

»Ach, ja?«, freute Anton sich. »Das freut mich zu hören.« Er setzte erneut an. »Nun, ich wollte eigentlich
nur fragen, ob Sie Lust und Zeit hätten, am Freitagabend mit mir ... «

»Hab ich«, unterbrach ich ihn, ohne den Blick von
Andi Bergner und Alma zu lassen, die sich gerade innig
in die Augen blickten. »Hab ich, Anton. Freitagabend
hab ich Zeit. Ganz viel Zeit.«

»Wunderbar. Tanzen Sie gern?«

»Und ob. Und, Anton – sag doch du.«

»Dann bis Freitag. Ich hole Sie ab.«

»Dich. Ich wohne zurzeit bei meiner Enkelin.« Ich gab
ihm die Adresse durch.

»Okay, dich.«

»Gebongt.« Triumphierend legte ich auf. Wenigstens
gab es jetzt auch in meinem Leben einen Mann.

Alma

Freitag

Ich erkannte den Mann sofort, als er vor der Tür stand.

Schon oft war er mir in der Bibliothek aufgefallen, meistens war er auch dienstags dort, genau wie ich. Allerdings las er offensichtlich keine Romane und lieh auch keine Filme oder CDs aus, sondern nahm stets irgendwelche Fachbücher über das Universum, über die Relativitätstheorie oder Mathematik. Dunkle ernste Bücher mit Furcht einflößenden und komplizierten Titeln. Deswegen hatte ich ihn auch noch nie angesprochen, denn was hätte ich schon sagen sollen? Etwa: »Oh, Sie haben Schwarze Löcher geholt, das habe ich letztens auch gelesen, war sehr unterhaltsam, bislang kannte ich ja nur Nasenlöcher, haha.« Oder: »Ich war ja ein bisschen enttäuscht, dass die Abhandlung über Schrödingers Katze nicht so romantisch endete wie Liebe auf vier Pfoten.«

Und genau deshalb fragte ich mich jetzt, wie um alles in der Welt Jasmin ausgerechnet mit diesem Mann ins Gespräch gekommen war.

»Gestatten? Anton Meerbach«, stellte er sich vor und schüttelte mir freundlich die Hand. »Ich nehme an, Sie sind mit unserer rasanten Motorradfahrerin verwandt?«

Er deutete mit einem Nicken zu Jasmin, die jetzt aus dem Bad kam.

»Meine Oma. Oder so. In der Art.« Mir klappte der Kiefer herunter. Jasmin trug einen weißen kurzen Jumpsuit, darüber eine taillierte Jacke aus einem metallisch glänzenden Stoff und dazu die schrecklichen kniehohen Stiefel von dem unglückseligen Tag aus der Straßenbahn.

Die ganze letzte Nacht hatte sie die Stiefel mit einem Schuhspanner geweitet, in der Hoffnung, heute Abend ihre von Hühneraugen gebeutelten Füße dort hineinzwängen zu können. Offenbar mit Erfolg. Ihre feuerroten Haare ergossen sich in weichen Wellen auf ihre Schultern und eine überdimensionale Sonnenbrille bedeckte das halbe Gesicht.

»Meine Herren«, entfuhr es ihm. Er fing sich schnell wieder und überreichte Jasmin einen Strauß weißer Dahlien.

»Hey, Anton, danke.« Sie nahm die Blumen entgegen und hielt mir ihr Handy hin. »Kannst du mal ein Foto von uns schießen? Dann kann Anton das an seine Kinder schicken, um ihnen zu beweisen, dass er kein alter Knacker ist.«

»Kann ich ehrlich gesagt nicht.« Anton hob bedauernd die Schultern. »Ich habe kein Smartphone. Diese winzige Schrift ist nichts mehr für meine Augen. Und meine Finger sind viel zu dick.«

»Genau«, stimmte ich ihm spontan zu. Mist. Ich biss mir auf die Lippe. »Ich meine, genau das sagen viele ältere Leute auch.«

»Schickes Outfit«, lobte Jasmin ihn jetzt. »Sieht cool aus.«

Da musste ich ihr allerdings zustimmen. Anton Meerbach hatte Geschmack. Ein sehr gut geschnittener Anzug mit Weste war das, aus ausgesprochen edlem Material. Etwa noch handgenäht? Neugierig trat ich näher.

»Sagen Sie mal – ist Ihr Anzug etwa noch Handarbeit?«

»Ja. Sagen Sie bloß, das erkennen Sie?« Er wirkte überrascht. »Den hat meine Tochter als Gesellenstück genäht. Vor über dreißig Jahren, als sie beim Schneider Lehmann in der Lehre war. Da musste das Gesellenstück immer mit der Hand genäht werden, weil … «

»Ich weiß«, fiel ich ihm aufgeregt ins Wort. »Das war bei mir damals auch so, ich hab auch bei Lehmann gelernt, Lehmann in der Herbertstraße, na so was, das … «

Ich verstummte erschrocken, denn Jasmin schoss mir einen warnenden Blick zu.

»Ach ja?«, wunderte er sich. »Die Schneiderei Lehmann gibt es doch seit zwanzig Jahren gar nicht mehr.«

Ach du Schreck. »Ich meinte auch … äh … eine andere.«

»Das Haus steht ja gar nicht mehr. Jetzt haben sie da so ein scheußliches Bürogebäude hingestellt, früher war da ein kleiner Bach und dann daneben das Fachwerkhaus vom Lehmann.«

»Und gegenüber war das Café Bayer. Da war freitags immer Tanz.« Ich konnte nicht anders. Wie oft war ich nach der Arbeit bei Schneider Lehmann mit meinen Freundinnen ins Café Bayer eingefallen, hatte dort geflirtet und gekichert und Eiskaffee getrunken und jetzt war hier plötzlich jemand, der sich noch an all das erinnerte, und ich musste so tun, als ob ich noch nie davon gehört hatte. Das war grausam. »Hab ich mal auf einer Postkarte gesehen«, schob ich rasch nach.

Es klingelte. Das musste Andi Bergner sein. Und in der Tat – er stand vor der Tür, ebenfalls mit einem Blumenstrauß in der Hand. Er trug ein dunkelgraues Moleskin Jacket und darunter einen gestreiften weichen Pulli. Sein Kinn schimmerte so dunkel. Ließ er sich etwa einen Bart stehen? Damit er auch wie ein Heckenräuber herumlief wie die ganzen jungen Männer heutzutage?

»Jasmin.« Er strahlte mich an. »Du siehst toll aus.«

»Danke.« Ich fand ja eigentlich, dass er sich ruhig auch einen Anzug hätte anziehen können, genau wie Anton. In der Bank trug er doch auch immer einen Anzug und sah schneidig damit aus, warum also dann gerade heute nicht?

»Wo gehen wir denn hin?«, erkundigte ich mich.

Er kniff ein Auge zu. »Ich habe uns einen Tisch im Havanna bestellt.«

»Was, echt?«, quiekte Jasmin aus unbegreiflichen Gründen. »Im Havanna? Hammer. Da muss man doch monatelang vorbestellen. Die geilste Lounge der Stadt.«

Ich hatte keine Ahnung, wovon sie sprach, weder war mir das Lokal ein Begriff noch das seltsame Wort »Lounge«. Ich konnte sehen, dass Anton ebenfalls nicht zu wissen schien, wovon die Rede war, denn er lächelte nur leicht verwirrt und höflich.

»Tja, wir machen uns dann mal auf, das Tanzbein zu schwingen.« Er nickte mir zu. »Ob Sie es glauben oder nicht – Frau Winter, ich meine Alma, und ich gehen ins Café Bayer. Das gibt es nämlich noch, es ist vor fünfzehn Jahren umgezogen, in die Kantstraße. Die haben sogar die Originaleinrichtung wieder aufgepeppt, wie man so schön sagt. Und freitags toben sich da die Leute unseres Semesters bei Swing und Jive aus. Ich bin sicher, Alma wird den ganzen Saal bezaubern.« Er reichte Jasmin seinen Arm und ein heftiges Ziehen setzte in meiner Brust ein. Das Café Bayer! Das gab es noch. Oder wieder. Und dort konnte man heute Abend im alten Ambiente genau wie früher tanzen. Jasmin wusste gar nicht, wie gut sie es hatte.

»Gehen wir?« Andi Bergners Stimme drang zu mir durch. Er reichte mir seinen Arm.

Die Havanna Lounge war vor allem eins – laut und voll.

Große Glasfronten, lila Licht, Sitzecken unter flimmernden wandgroßen und irgendwie utopischen Lampen, ein riesiges Aquarium in einer Ecke, in dem blasse Quallen lautlos und hypnotisch auf und ab schwebten. An verspiegelten Wänden standen unverständliche englische Slogans, die aber ohnehin niemand las, weil alle Anwesenden sich ständig selbst im Spiegel musterten oder gegenseitig fotografierten. Wir nahmen an einem kleinen Ecktisch Platz, an dem wir uns wenigstens nicht anschreien mussten, und ich studierte die Getränkekarte.

Gütiger Himmel, was waren denn das für Preise? Und was waren das für seltsame Getränke? Pussy Killer? Lnychburg Lemonade? Latin Lover?

Ich fühlte mich bereits jetzt komplett überfordert und der Abend hatte gerade einmal angefangen. Und nun bestellte Andi Bergner für uns beide auch noch ein Getränk mit unverständlichem Namen, von dem er mir versicherte, dass es mich begeistern würde. Nein, umhauen.

»Ich kann es immer noch nicht glauben, dass du mit mir hier sitzt, Jasmin«, sagte er und lächelte mich an. Ein Summen erklang. Es kam von seinem Handgelenk, besser gesagt von seiner Uhr. Darauf verschwand gerade das Ziffernblatt und eine Nachricht erschien gespenstisch aus dem Nirgendwo darauf. Wie war das möglich?

»Sorry. An die Apple Watch muss ich mich auch erst gewöhnen.« Er wischte auf der Uhr herum, auf der jetzt ein Foto von einem Hund erschien und danach eins dieser gelben, lachenden runden Gesichter, die in Hundertschaften durch alle Kanäle der modernen Welt zu flimmern schienen. Smeilies, hießen die, das hatte ich mittlerweile gelernt.

»Deine Uhr verschickt Nachrichten?«, fragte ich verblüfft. »So etwas gibt es jetzt?«

Er lachte. »Der war gut.« Er rückte näher zu mir heran. »Jedenfalls freue ich mich total, dass wir beide endlich ein Date haben, ich meine – hättest du das jemals geglaubt?«

»Nein«, antwortete ich wahrheitsgemäß. »Nie im Leben. Noch letzten Freitag hättest du mich gar nicht beachtet, das kann ich dir versichern.«

»Unsinn. Ich hab dich schon immer wahrgenommen. Ich hätte mich nur nie getraut, dich anzusprechen, du warst immer so selbstbewusst und außerdem war da … «

»Frau Schenker? Was ist eigentlich mit der?«

»Sie hat sich versetzen lassen. Sie hat da wohl immer mehr hineininterpretiert. Ja, was soll ich sagen, sie wollte was von mir. Ich habe einmal nach der Arbeit mit ihr einen Kaffee getrunken und letzten Samstagmorgen hat sie mich mit zum Flötenkonzert ihrer Nichte in der Musikschule geschleppt und allen erzählt, ich sei ihr Freund. Ich musste mich extra dafür in meinen Anzug schmeißen, dabei bin ich froh, wenn ich am Wochenende mal was anderes anziehen kann.« Er winkte ab.

»Aber das ist ja jetzt auch egal. Ich will eigentlich von etwas ganz anderem reden. Von dir.« Er griff plötzlich nach meiner Hand. »Jasmin, du kannst dir gar nicht vorstellen, wie sehr du mir gefällst. Schon immer gefallen hast. Du siehst toll aus, egal ob in Motorradkluft oder in High Heels, du hast Witz und Pep und du bist das absolute Gegenteil von spießig und du bist nicht auf den Mund gefallen und mit dir wird es nie langweilig und du ... «

Seine Worte rauschten durch mich hindurch wie unsichtbare Strahlen, ohne eine Spur zu hinterlassen. Ich sah, wie seine Lippen sich bewegten, wie er lächelte, spürte den Druck seiner Hand, sah die Freude in seinen Augen und konnte die ganze Zeit doch nur eins denken: Er meint nicht mich. Und er meinte mich ja auch nicht. Er hatte keine Ahnung, wer ich in Wahrheit war, er wusste nicht, was mich bewegte, interessierte oder glücklich machte, denn er redete von Jasmin. Und ich war nicht Jasmin, auch wenn ich zehnmal so aussah wie sie. Es war falsch. Es fühlte sich alles ganz falsch an. Ich war nicht Jasmin. Der Kellner stellte ein großes Cocktailglas vor mir auf den Tisch, darin waberte eine neongrüne Flüssigkeit, in die mit blutroter Essenz ein Muster gespritzt war, und wenn ich von Andi Bergners erwartungsvollem Blick ausging, dann sollte ich jetzt wohl begeistert sein, aber das war ich nicht, ich fühlte mich wie gelähmt. Ich kostete. Das Getränk war viel zu stark und viel zu kalt und ich wünschte mir einen Sherry oder besser noch einfach ein Glas süßen Weißwein, wie ich ihn mein Leben lang gemocht hatte und wie man ihn heutzutage nirgendwo mehr bekommen konnte.

»Ich habe auch noch eine Überraschung für dich«, drangen Andi Bergners Worte wieder zu mir vor. Er schob mir einen Umschlag hin. »Ich hoffe, du kommst mit?« Ein Zwinkern.

Wie ferngesteuert öffnete ich den Umschlag und holte ein Ticket heraus. Eine Konzertkarte? Rammstein, flackerte ein Schriftzug darauf, daneben die Gesichter von Männern, die allesamt aussahen wie psychisch kranke Serienmörder. Was war das? Ramstein-Miesenbach war eine Stadt bei Kaiserslautern, aber was sollte die komische Schreibweise? Vielleicht ein Benefizkonzert in der Pfalz für die Insassen eines Irrenhauses? Leicht widerwillig drehte ich das Ticket in der Hand. Mein Blick streifte seinen Gesichtsausdruck, der sich langsam veränderte, vom erwartungsfrohen Lächeln in eine gewisse Ratlosigkeit überging und schließlich bei trauriger Verwunderung anhielt.

Ich hatte keine Ahnung, was er mir da überreicht hatte. Und er wiederum verstand nicht, warum ich mich nicht freute. Ich konnte das nicht. Es war einfach nicht richtig. Ich sprang auf und stieß dabei beinahe mein albernes Getränk um.

»Entschuldige mich. Ich muss mal kurz, ich ... Toilette ... es tut mir leid, aber ... « Ich wusste nicht, was ich

sagen sollte, und deswegen ließ ich den Rest des Satzes
einfach in der Luft hängen und stürzte hinaus, vorbei
an lachenden Gesichtern, an Begrüßungsgezwitscher
und Luftküssen, an grell geschminkten Mündern,
durch eine Wand aus Lärm und englischen Ausrufen
und elektronischer Musik, hinaus in den Vorraum in
Richtung Toilette und dann daran vorbei und auf die
Straße hinaus. Vorbei an einer Schlange von jungen
Leuten, die alle aus unverständlichen Gründen danach
gierten, Eintritt in dieses komische Etablissement zu
erlangen, und die mir erstaunt hinterhersahen. Ich
rannte los. Ich rannte die Straße entlang, verfolgt von
Schuldgefühlen und einem einzigen brennenden
Wunsch. Ich wünschte mir, ich wäre wieder ich selbst.
Trotz meines Alters wollte ich einfach nur wieder Alma
Winter sein, kaputte Knie und schlechte Augen und al-
les, ich wollte mich nicht mehr ständig verstellen müs-
sen, ich wollte nicht so tun müssen, als wäre ich Jasmin,
ich wollte mein Leben zurück, ich wollte die echte Alma
Winter sein, die jetzt in netter Gesellschaft im Café
Bayer die Musik von früher hörte und ...

Freitag

Andi Bergner führte Alma ins Havanna! Das musste man sich mal auf der Zunge zergehen lassen. Ich konnte es echt nicht fassen. Seit Monaten, ach was, im gesamten letzten Jahr hatte ich ständig versucht, in die angesagteste Lounge der City zu kommen, aber entweder war ich notorisch pleite oder die Schlange davor endlos oder alle Tische waren reserviert. Ein einziges Mal hatte ich das Vergnügen gehabt, dort Party zu machen, eine Freundin hatte ihren Geburtstag im Havanna gefeiert.

Gott, was für ein geiler Abend das damals gewesen war.

Was für tolle Musik und was für megaleckere Cocktails und überhaupt lief dort jeder herum, der irgendwie gesehen werden wollte. Und jetzt auch noch ausgerechnet Alma, die das doch gar nicht zu schätzen wusste. Dass Andi Bergner überhaupt von der Existenz der Havanna Lounge wusste, grenzte an sich schon an ein Wunder. Er war echt das stillste, tiefste Wasser, das mir je begegnet war. Ich spürte Antons verwunderten Blick auf mir und riss mich zusammen. Er konnte ja nichts dafür, weder für den Tausch noch für mein verkorkstes Liebesleben, noch für die Havanna Lounge, die er ja gar nicht kannte und in die er mich demzufolge natürlich auch nicht einladen konnte. Und deshalb würde ich jetzt mit ihm zu diesem Tanzdingsbums gehen und ordentlich einen draufmachen und Spaß haben und versuchen, nicht an Andi und Alma zu denken, die sich im Schummerlicht näherkommen und phantastische Cocktails schlürfen würden.

»Auf geht's«, erklärte ich übertrieben munter und griff nach seinem Arm.

Das Café Bayer sah aus wie eine Filmkulisse aus den Fünfzigern und das Durchschnittsalter der Besucher war ungefähr fünfundsiebzig. Eine Band, falls man sie so nennen wollte, bestehend aus drei Männern mit Pomade im Haar und für ihr Alter viel zu weißen Zähnen, spielte gerade irgendeinen langsamen Schlager, zu dem mehrere Paare auf der Tanzfläche herumkrochen. Seniorentanz.

Ich schloss ergeben die Augen. Das Highlight meiner Woche. Garantiert war die einzige Pille, die hier gedealt wurde, Viagra.

»Hier geht ja voll die Post ab«, sagte ich.

Anton lachte. »Warte nur ab. Lass die Herrschaften erst mal ein paar Bierchen trinken, dann kommen die schon noch in Stimmung. Vor einigen Wochen gab es sogar fast mal eine Schlägerei, hab ich mir sagen lassen. Angeblich ging es sogar um eine Frau.«

»Echt?«

»Na ja, es war wohl keine richtige Schlägerei. Mehr ein verbales Gefecht, weil die Tanzpartnerin eines Mannes einem anderen aus Versehen bei einer Drehung das Toupet vom Kopf gewischt hat. Große Aufregung.«

Ich musste lächeln. Anton war einfach so süß. Ein richtig lustiger, witziger Opa war er. Genau so hätte ich mir meinen Opa gewünscht, wenn ich die Wahl gehabt hätte. Leider hatte ich meinen eigenen nie kennengelernt, aber er war wohl allen Berichten nach mehr ein Vertreter der sauertöpfischen Fraktion gewesen. Ich sah mich um. Viele der Anwesenden musterten mich neugierig. Ich kam mir vor wie ein exotischer Vogel, der aus Versehen in eine Schar grauer Tauben hereingeflattert war. Ich holte mein Handy heraus, legte den Arm um Anton und schoss ein Selfie mit herausgestreckter Zunge.

Jetzt würde ich die lahme Party hier erst mal ein bisschen aufmischen.

Anton lachte und zog mir den Stuhl zurecht, als hätte er meine Gedanken gelesen. »Du wirkst irgendwie so jung. Das finde ich so großartig an dir.«

Ach, Anton, wenn du wüsstest. Die Band wechselte zu einer etwas flotteren Musik und ich stand auf.

»Komm, wir tanzen.«

Mehrere Leute drängten jetzt auf die Tanzfläche und fingen an, auf ähnliche Art und Weise zu tanzen, die Alma neulich aufs Parkett gelegt hatte.

»Schuld war nur der Bossa Nova«, sagte jetzt eine Frau mit hochtoupierten Haaren, die ihre besten Jahre auch schon längst hinter sich gelassen hatte. Ich versuchte, mich von Anton führen zu lassen, trat ihm aber dauernd auf die Füße. Er gab sein Bestes, meine Fehler auszumerzen, aber es half nichts. Schließlich gab ich es auf.

»Komm, wir tanzen einfach so«, rief ich ihm zu. Ich schmiss die Arme herum und fing an zu rocken, so wie ich es immer machte, wenn ich mit Lisa und den anderen durch die Clubs zog, ein Misch aus Hip-Hop, Schütteln und Twerking. Anton hingegen vollführte ein paar gekonnte Drehungen und streckte dabei je einen Arm in die Luft.

»John Travolta«, rief er mir zu. »Saturday Night Fever!«

Das sagte mir nichts, aber es sah cool aus, und das fanden offenbar auch die anderen, denn um uns herum lachten und johlten die Leute, ein, zwei Paare versuchten sich sogar ebenfalls an ein paar rasanteren Schrittfolgen.

Na bitte, dachte ich. Es geht doch. Jetzt soll bloß mal einer sagen, dass ich keinen Spaß habe. Wer braucht schon die Havanna Lounge? Und gleichzeitig hatte ich den alten Herrschaften mal richtig gezeigt, wie man Party machte. Zufrieden setzte ich mich nach einer Weile mit Anton wieder zurück an den Tisch, um etwas zu trinken zu bestellen.

»Ach, die haben ja Mampe Halb und Halb.« Anton tippte mit dem Finger auf ein Getränk in der Karte.

»Kennst du noch den Spruch?«

»Was?« Ich las den Namen. »Nee. Nie gehört«

»Mampe Halb und Halb. Das musst du doch noch kennen. Der Spruch war doch mal in aller Munde: Mampe Halb und Halb ist eine ganze Sache. Nicht?«

»Nein.«

»Auch nicht aus dem Film Schöner Gigolo, armer Gigolo? Wo David Bowie als Mampe Flasche herumläuft?«

Er sah fast enttäuscht aus.

»Ich kenn das Zeug nicht. Was ist das überhaupt?«

»Na, der Magenbitter aus Berlin!«

Vom Nachbartisch beugte sich ein Mann zu uns herüber und deklamierte laut: »Sind's die Augen, geh zu Mampe, gieß dir einen auf die Lampe, kannste alles doppelt sehn, brauchste nicht zum Arzt zu gehn.«

Gelächter wogte um uns herum auf, all die anderen hier schienen zu wissen, wovon der Mann redete, als ob sie Mitglieder in irgendeinem Geheimklub wären, zu dem ich keinen Zugang hatte. Wie auch? Ich war gute vierzig bis fünfzig Jahre jünger als die meisten Leute hier und was immer die anderen für glückselige Jugenderlebnisse mit einer Flasche widerlichen Kräuterlikörs hatten – ich teilte die Erfahrungen eben einfach nicht.

»Was hast du eigentlich früher gearbeitet?«, wollte Anton wenig später wissen. »Du hast mir noch gar nicht viel aus deinem Leben erzählt.«

Ich nestelte an meiner Kette herum. Ich hatte gehofft, dass die Frage nicht aufkommen würde, aber das war natürlich illusorisch. Von Anton wusste ich eine Menge zu berichten – von seinen Kindern, seinem ehemaligen Job als Physiklehrer und dass er 1969 beinahe in Woodstock gewesen wäre, aber leider eine Woche vorher eine üble Lungenentzündung bekommen hatte. Er hatte mir viel aus seinem Leben erzählt, denn es gab viel zu erzählen – Erlebnisse, Abenteuer, lustige Pleiten, Pech und Pannen und bewegende Momente. Was aber sollte ich jetzt erzählen? Ihm etwas vorlügen? Mir eine fiktive Biografie ausdenken? Das kam mir irgendwie nicht fair vor, er war doch so nett. Und einfach Almas Leben übernehmen und von ihrem verstorbenen Mann erzählen, das fand ich pietätlos.

»Ich hab in einer Bank gearbeitet und immer gern genäht«, entschied ich mich für einen lauwarmen Kompromiss. Anton schien sich nicht an meiner Einsilbigkeit zu stören, er plauderte weiter von früher und dass an der Stelle dieses Cafés in den sechziger Jahren mal ein Freibad gewesen war, in dem ihm jemand seine erste Bluejeans geklaut hatte.

»Oder Nietenhosen, wie wir damals gesagt haben.«

»Nietenhosen.« Ich lächelte. Nietenhosen!

»Siehst du, du verstehst das.« Anton freute sich. »Es ist schön, wenn man mit jemandem dieselben Erfahrungen teilt. Ich werde nie verstehen, warum alte Männer sich junge Freundinnen suchen. Was reden die denn miteinander?«

»Man muss ja nicht immer nur reden«, warf ich ein und er lachte.

»Das stimmt, aber du weißt schon, was ich meine. Unsere Generation, was wir alles erlebt haben, das verstehen die jungen Leute heutzutage doch gar nicht mehr.«

»Heutzutage. Du hast wieder das verbotene Wort gesagt«, versuchte ich zu scherzen, aber ein kleiner, bitterer Beigeschmack blieb. Er hatte recht und ich war eine Betrügerin, denn ich war nicht die Frau, für die er mich hielt. Er meinte Alma. Sie kannte er aus der Bibliothek, nicht mich. Mit ihr teilte er seine Erfahrungen und seine Jugend, nicht mit mir. Was machte ich eigentlich hier?

Ich sah mich um. Die Band spielte immer noch ihre hausbackenen Songs und der harte Kern der Silberhaarigen schob immer noch so gemächlich über das Parkett.

Aber diesmal sah ich noch etwas anderes: Die Leute waren glücklich so. Sie hatten Spaß. Sie brauchten keinen Hip-Hop und keine geile Party und sie mussten nicht in Stimmung gebracht werden. Sie waren zufrieden mit dem, was sie hatten – die Musik ihrer Jugend, die Tanzschritte ihrer Jugend und die Freunde aus ihrer Jugend, die mit ihnen zusammen alt geworden waren. Und schon gar nicht mussten sie von mir lernen, wie man ordentlich abrockte, denn sie hatten in ihrer Jugend auch abgerockt, abgetwistet, abgeboogiet – was auch immer.

Plötzlich kam ich mir vor wie ein Eindringling aus dem All.

Die Band ging zu einem langsamen Lied über und Anton nickte mir zu.

»Wollen wir es noch mal probieren? Hier können wir nicht viel falsch machen.«

Ich begab mich mit ihm auf die Tanzfläche, spürte seine Hand auf meinem Rücken und blickte in sein von Fältchen durchzogenes Gesicht.

»Ich bin so froh, dass wir uns kennengelernt haben, liebe Alma«, setzte er an, offenbar der Auftakt zu einer vertraulicheren Bemerkung, und da zerbrach etwas in meiner aufgesetzt coolen Fassade. Ich machte mich los.

»Entschuldigung. Ich ... einen Moment, ich komme gleich wieder, ich ... « Ich lief weg, ohne meinen Satz zu beenden. Eigentlich wollte ich auf die Toilette, um mich dort einzuschließen, doch dann lief ich einfach aus dem Café hinaus ins Freie. Es regnete und war kalt, aber das störte mich nicht. Ich wollte von der Kälte durchgeschüttelt werden und ich wollte den Regen im Gesicht spüren.

Alles war falsch. Es war einfach nicht okay, Anton so zu betrügen, das hatte er nicht verdient. Er meinte doch überhaupt nicht mich, er meinte Alma. Ich hätte wetten können, dass sie an meiner Stelle glücklich gewesen wäre.

Tränen vermischten sich jetzt mit den Regentropfen, die mir über die Wange liefen und ich stolperte halb blind weiter. Es war mir egal. Ich sah ja ohnehin kaum etwas ohne die schreckliche Brille, da kam es auf den Regen nun auch nicht mehr an. Ich wünschte mir, ich wäre im Havanna, dachte ich zwischen zwei Schluchzern. Ich wünschte, ich wäre wieder ich selbst, ich wünschte ...

In letzter Sekunde wollte ich ausweichen, weil jemand direkt auf mich zugerannt kam, aber es war zu spät. Ich prallte mit jemandem zusammen, fand keinen Halt und stürzte.

»Meine Knie«, stammelte ich und versuchte, mich in letzter Sekunde mit den Händen abzustützen, auch auf die Gefahr hin, dass ich mir meine mürben Handgelenke brach.

Einen Moment lang wurde mir schrecklich übel, dann merkte ich zu meiner Überraschung, dass ich mich prima abgefangen hatte. Meine Hände taten nicht weh. Meinen Knien war nichts passiert. Ganz im Gegenteil, sie fühlten sich außerordentlich gut an. Komplett schmerzfrei.

Ich rappelte mich hoch und sah an mir hinunter.

Wieso hatte ich jetzt ein blaues Kleid an? Was zum ...

Ich hob den Blick und betrachtete die Person, mit der ich zusammengestoßen war. Ich konnte wieder klar sehen und vor mir stand – Alma. Die alte Alma, die gerade fassungslos ihr Gesicht abtastete.

»Alma!« Ich umarmte sie. »Du hier? Ich bin … ich bin … wieder ich selbst. Alma, gibt's das? Wie hast du das gemacht? Alma, du bist wieder du! Was ist denn? Weinst du?«

Die alte Frau wischte sich mit dem Ärmel über das Gesicht, die roten Haare lädiert, der weiße Jumpsuit völlig durchnässt, das Augen-Make-up verlaufen.

»Ja, ich weine, Jasmin«, antwortete sie. »Aber vor Glück.«

Alma

Immer noch Freitag

»Ist alles in Ordnung?« Anton kam mit einem aufgespannten Schirm aus dem Café Bayer gelaufen. »Hier. Du bist ja völlig durchnässt! Wo bist du denn auf einmal hingelaufen?«

»Ich brauchte frische Luft.« Ich hielt mich an ihm fest. Mein Gleichgewicht war noch ein bisschen wackelig und natürlich meldeten sich meine Knie gerade wieder mit einem hämischen Begrüßungsknirschen, aber das tat meiner guten Laune keinen Abbruch.

»Sie brauchte frische Luft.« Er schüttelte den Kopf, sein Gesicht verzog sich zu einem breiten Grinsen. »Du bist mir eine. Komm rein, sonst erkältest du dich noch.«

»Ach was«, meinte ich. »Blasenentzündungen werden völlig überbewertet. Aber ich würde mich gern ein bisschen abtrocknen.« Ich ließ mich von ihm zurück ins Café führen, trocknete mich auf der Damentoilette so gut es ging mit Papierhandtüchern ab, richtete mir die Haare und wischte mir die Schminke aus dem Gesicht.

Wie gut, dass ich immer ein Erfrischungstuch dabeihatte.

Dann betrachtete ich mich im Spiegel. Ja, es war ein Schock, mich wieder so alt zu sehen, da gab es nichts zu leugnen. Aber es war auch schön. Ein bisschen so, als ob ich nach einer langen Reise durch die Nobelhotels der Welt wieder in meine kleine Wohnung zurückkehrte und feststellte, wie gemütlich es dort eigentlich war. Und dann meine roten Haare! Die waren wirklich, wirklich toll.

Sie spielten gerade den »Peppermint Twist« von Caterina Valente, als ich den Saal betrat, und das Lied kam mir vor wie eine Begrüßungsfanfare. Anton wartete an einem kleinen Tisch auf mich, der genauso aussah wie die Tische, die früher immer im Café Bayer gestanden hatten.

»Willst du einen Mampe Halb und Halb auf den Schreck?«, fragte er und lachte aus irgendeinem Grund dabei.

»Sie haben Mampe Halb und Halb hier? Das gibt es doch nicht. Den hat mein Vater immer sonntags getrunken.«

Er stutzte. »Du bist wirklich ulkig, Alma.«

»Wenn es weiter nichts ist.« Ich stand auf. »Und jetzt muss ich einfach tanzen.«

Er folgte mir, wenn auch etwas zögerlich. »Bist du sicher?«

»Natürlich.« Die nächsten fünf Minuten erfreute ich mich an der Musik, an Antons verblüfftem Gesicht und an den altvertrauten Tanzschritten. Und an der Tatsache, dass meine Knie jetzt gar nicht mehr so wehtaten. Seltsam.

»Ich habe noch nie jemanden getroffen, der innerhalb solch kurzer Zeit so gut tanzen gelernt hat«, staunte er.

»Wie hast du das gemacht?«

Ach, Anton. Wo sollte ich da anfangen?

Ich zwinkerte ihm zu. »Jede Frau hat eben ihr kleines Geheimnis.«

Jasmin

Immer noch Freitag

Ich rannte ins Havanna – herrlich, wie unbeschwert ich rennen konnte – und sah schon von weitem Andi, wie er vor dem Eingang stand und ganz offensichtlich Ausschau nach mir hielt. Als er mich entdeckte, hellten seine Züge sich auf.

»Da bist du ja«, rief er. »Mensch, was war denn los? Ist irgendwas passiert?«

»Nein. Ja«, japste ich.

»Etwa wieder was mit dem Matzke?«

»Nein, nein, es ist nichts. Es ist alles okay jetzt. Es ist alles wunderbar. Total wunderbar.« Ich hätte die ganze Welt umarmen können. Ich war klitschnass, meine Haare sahen unmöglich aus, ich war praktisch ungeschminkt und unter normalen Umständen wäre ich niemals so zu einem Date gegangen und gleich gar nicht in die Havanna Lounge, aber heute war das alles egal. Ich machte mich vor dem Spiegel in der Damentoilette frisch und stylte mir die Haare. Gott sei Dank hatten die hier immer Haarspray und andere Kosmetik herumstehen. Immer wieder musste ich mich ansehen, meine schöne Haut berühren, meinen glatten Hals, meine klaren Augen.

»Du siehst einfach umwerfend aus«, lobte ich mich laut.

Eine Spülung rauschte und ein Mädchen in einem weinroten Cocktailkleid trat aus einer der Kabinen. Sie musterte mich befremdet und lächelte leicht überheblich, wahrscheinlich hielt sie mich für eine dieser bedauernswerten Kreaturen, die vor dem Spiegel übten, wie man selbstbewusster wurde.

»Was gibt's denn da zu grinsen?« Ich ließ mich nicht stören. »Komm du erst mal in mein Alter. Du Backfisch.« Ich ließ das Mädchen stehen und stürzte mich ins Gewühl. Backfisch? What the hell? Wo kam das her?

Egal. Ich schlenderte zu Andi zurück, der an einem der tollen Tische hinten in der Ecke saß und mir erwartungsvoll entgegenblickte. Ich setzte mich und nahm einen großen Schluck von dem noch vollen Drink, der vor mir stand. »Spitzen-Cocktail.«

»Hab ich dir doch gesagt«, freute er sich. »Und kommst du nun mit?«

»Wohin?«

»Na ... « Er schob mir mit einem etwas seltsamen Blick einen Umschlag zu, der bereits geöffnet war.

»Rammstein? Du hast Tickets für Rammstein besorgt? Ich auch, ich meine ... ach Mensch, Wahnsinn, ja natürlich komme ich mit, wie geil ist das denn?« Ich blickte ihm tief in die Augen und griff nach seiner Hand.

»So, Andi«, sagte ich dann. »Andi, Andi, Andi. Und jetzt fangen wir am besten noch mal ganz von vorn an.«

Alma

Drei Wochen später

Ich steckte das neue Foto in den Rahmen und stellte es auf meine Konsole. Sollte ich es wegräumen, wenn Anton mich später besuchen kam? Oder einfach nur umdrehen? Aber wie sah das aus? Ach was, natürlich würde ich es stehen lassen. Harry und ich waren den längsten Weg meines Lebens zusammen gegangen und außerdem war heute ein besonderer Tag. Unser Hochzeitstag. Der erste, den ich alleine verbrachte. Vor wenigen Tagen hatte ich Harry in dem Friedwald besucht, in dem er begraben war. Dort wartete ich, bis niemand in der Nähe zu sehen war, setzte mich dann auf eine Bank in der Nähe von Harrys Ahornbaum und erzählte ihm alles, was in den letzten Wochen passiert war.

»Ich weiß nicht, wo du jetzt bist, Harry. Vielleicht weißt du das ja alles schon oder steckst sogar hinter der ganzen Sache, wer weiß. Wenn ja, dann danke ich dir dafür. Die letzten Wochen waren die unglaublichsten meines ganzen Lebens. Harry – ich war wieder jung!

Eine ganze Woche lang war ich wieder so jung und schön wie der Morgen, du hättest mich mal sehen sollen. Dir wären die Augen ausgefallen, das kann ich dir sagen.« Ich blickte mich verstohlen um, aber zwischen den kahlen Novemberzweigen war niemand zu entdecken. Die Sonne schickte einen letzten winzig warmen Gruß durchs Geäst und schien mir direkt ins Gesicht.

Ich zog ein Foto von Jasmin aus der Tasche. »Hier. So sah ich aus, Harry. Und jetzt bin ich wieder ich selbst, und das ist auch gut so, aber weißt du, was das Verrückte ist? Dieser rote Farbton lässt sich nicht mehr aus meinen Haaren heraus waschen. Meine Haare bleiben einfach so, was immer ich mache, ist das nicht irre?

Aber es gefällt mir. Total. Das Wort sagt Jasmin immer, Harry. Und das Café Bayer haben sie wieder neu aufgemacht. Und weißt du was – meine Knie tun nicht mehr so weh. Ich meine, ich merke, dass ich keine achtundzwanzig mehr bin wie noch vor einigen Wochen, aber trotzdem – sie sind viel besser geworden. Es ist fast so, als ob ein Teil von Jasmin in mir geblieben ist.«

Ich checkte erneut schnell die Umgebung, aber da war immer noch nichts, nur das Rauschen der Zweige.

»Harry, ich weiß, dass sich das alles völlig verrückt anhört. Je mehr ich darüber nachdenke, warum mir dieser Tausch mit Jasmin passiert ist, umso mehr komme ich zu der Überzeugung, dass er mich irgendwie ... aufrütteln sollte. Ja, das ist das richtige Wort. Ich war ja innerlich schon ganz tot, obwohl ich doch noch gelebt habe. Und das ist jetzt nicht mehr so, ich kann es nicht so richtig erklären. Ich weiß nur ... « Ich hielt kurz inne. »Ich weiß nur, dass ich glücklich bin. Auf eine ganz neue Art. Versteh mich nicht falsch, ich vermisse dich immer noch. Jeden Tag. Und ich kann es kaum abwarten, bis wir uns wiedersehen. Aber bis dahin, Harry, lasse ich mir, glaube ich, doch noch ein bisschen Zeit.

So viel Zeit wie möglich. Ich gehe freitags jetzt immer mit Anton tanzen, kannst du dir das vorstellen? Keine Angst, er wird dich nicht ersetzen. Aber er bringt mich zum Lachen und wir unternehmen Dinge zusammen. Nächstes Wochenende fahren wir zusammen auf den Weihnachtsmarkt.«

Ich reckte mein Gesicht nach oben, denn wie aufs Stichwort segelten winzige hauchdünne Schneeflocken vom Himmel. »Und ich habe jetzt ein iPad. Ich, ein iPad! Du glaubst ja gar nicht, was man damit alles machen kann. Sogar Onlinebanking. Apropos Bank, Harry. Ich weiß immer noch nicht, was du mit den fünfhundert Euro gemacht hast, und ich werde es wohl auch nie erfahren. Aber deine Alma hat sich von diesem Halunken Matzke nicht übers Ohr hauen lassen, das wollte ich dir noch sagen. Mach's gut, Harry. Bald komme ich wieder.«

Und damit war ich aufgestanden und hatte diesen friedlichen Ort verlassen.

Und heute, an unserem Hochzeitstag, hatte ich spontan das steife Hochzeitsfoto aus dem Rahmen genommen und durch ein anderes ersetzt. Eins, auf dem Harry und ich vor unserem Zelt saßen, geknipst mit Harrys alter Kamera damals, von einem Freund. Das Bild strahlte die Lebensfreude und den Optimismus eines längst vergangenen Sommertages aus und hatte eine meiner schönsten Erinnerungen eingefangen.

Es klingelte an der Tür. Ich zuckte unwillkürlich zusammen. Jedes Mal, wenn es klingelte, dachte ich immer noch zuallererst an diesen Matzke. Wer konnte es sonst sein? Ich erwartete niemanden, Anton wollte erst später am Nachmittag vorbeikommen und Jasmin bombardierte mich eher mit SMS-Nachrichten. Sie würde nie unangemeldet vorbeikommen.

Ich öffnete vorsichtig die Tür. Ein junger Mann stand davor und reichte mir einen Blumenstrauß. »Frau Alma Winter?«

»Ja«, antwortete ich überrumpelt.

»Dann bitte mal hier unterschreiben. So. Danke schön.« Im Nu war er wieder auf dem Sprung.

»He, Moment mal, von wem ist denn das?«, rief ich ihm hinterher.

»Steht sicher in der Karte«, rief er zurück, schon halb die Treppe hinunter.

Ich betrachtete das wundervolle Bukett. Rote Rosen, roter Hahnenkamm, Hagebuttenzweige ... Ein spätherbstlicher oder vorweihnachtlicher Gruß von ... von wem? Hahnenkamm. Meine Lieblingsblume. Ein ganz eigenartiges Gefühl setzte in meiner Brust ein. Ich öffnete die kleine Grußkarte, überflog sie, las den Namen darunter und hielt mich am Türrahmen fest. Die Karte war von Harry.

Wie in Trance begab ich mich in meine Küche, holte eine Vase heraus, die mir aus der Hand rutschte und auf dem Boden zerbrach. Ich las die Karte erneut:

Meine liebste Alma,
wenn du diese Blumen bekommst, erlebst du gerade unseren ersten Hochzeitstag ohne mich. Ich hoffe doch sehr, dass es dir gut geht und auch, dass du an diesem Tag nicht einsam und traurig zu Hause sitzt.
Bitte weine nicht. Wir haben so viel Schönes miteinander erlebt, das sollte doch Grund zur Freude sein, meinst du nicht? Du warst die Liebe meines Lebens,

Alma, und es tut mir leid, dass ich vor dir gehen musste. Wir sehen uns wieder, da bin ich mir sicher, und ich hoffe, meine liebe Alma, dass du noch viel Freude am Leben hast. Ich hoffe es nicht nur, ich wünsche es mir so sehr.
Dein Harry

Die Karte glitt auf den Boden. Was war das? Wie konnte das sein? Ich schluchzte auf, hob die Karte auf und las sie wieder und wieder und vergrub mein Gesicht in den Blumen. Als ich die Karte zum fünften Mal las, fiel mir der kleine Schriftzug unten am Rand auf.

Blumen Schwede.

Daneben eine Telefonnummer. Wie ferngesteuert rief ich an und eine muntere Frauenstimme meldete sich.

»Blumen Schwede, guten Tag?«

»Ich ... « Meine Stimme versagte. »Mein Name ist Alma Winter und ich habe gerade einen Blumenstrauß aus Ihrem Laden bekommen. Der Absender ist ... der Absender ist mein verstorbener Mann. Mein im Mai verstorbener Mann«, verdeutlichte ich mit einiger Dringlichkeit.

»Ach, Frau Winter«, erwiderte die Frau am anderen Ende zu meiner Überraschung. »Natürlich weiß ich, wer Sie sind.«

»Sie kennen mich?«

»Nicht direkt. Aber sehen Sie – Ihr Mann kam letzten April zu uns und bestellte für die nächsten zwanzig Jahre einen Blumenstrauß, immer auszuliefern an Sie, am 5. Dezember jeden Jahres. So was passiert nicht oft, wie Sie sich vorstellen können, deshalb habe ich mir das gemerkt. ›Wirklich ganze zwanzig Jahre lang‹, habe ich ihn gefragt, daran erinnere ich mich noch. Und er hat geantwortet: ›Ja. Dann ist meine Frau 102.‹ Und ich habe daraufhin gesagt: ›Wenn Ihre Frau dann noch lebt, dann übernimmt Blumen Schwede von da an den jährlichen Blumenstrauß.‹« Sie lachte leise.

Ich war nicht imstande, irgendetwas zu sagen, und deshalb redete die Frau wohl weiter.

»Sehen Sie, Ihr Mann wusste, dass er nur noch ein paar Wochen zu leben hatte. Und deshalb hat er mich beauftragt, die Zeitungen nach seiner Todesanzeige zu verfolgen und ab diesem Datum an jedem 5. Dezember einen Blumenstrauß an Sie zu schicken. Zwanzig Sträuße hat er bezahlt.«

»Hat das ... « Ich schluckte. »Hat das fünfhundert Euro gekostet?«

»Genau! Woher wissen Sie das? Normalerweise kostet so ein Strauß das Doppelte, aber weil er so viele gekauft hat, haben wir ihm pro Strauß nur fünfundzwanzig Euro berechnet.«

»Zwanzig Jahre lang. Zwanzig Blumensträuße. Zwanzig mal fünfundzwanzig. Fünfhundert Euro.« Ich konnte es nicht fassen.

»Ja, er hatte das Geld ursprünglich wohl für was anderes zurückgelegt und dann war er an dem Tag beim Arzt und hat seine Diagnose erfahren und wollte daraufhin das Geld für die Blumensträuße nehmen, aber vor lauter Bestürzung an diesem Tag hat er das Geld irgendwo verloren. Das hat er mir erzählt. Irgendwie hat er dann aber doch wieder fünfhundert Euro aufgetrieben, er kam kurz vor Ladenschluss herein, ich erinnere mich noch genau, und dann hat er die Blumen bestellt.«

Sie verstummte und wartete offenbar auf eine Regung meinerseits.

»Danke«, gelang es mir endlich zu sagen, meine Stimme war ein einziges Krächzen. »Danke, dass Sie mir das erzählt haben.« Ich verabschiedete mich und dann legte ich meinen Kopf auf den Küchentisch neben den Blumenstrauß und atmete tief den süß-herben Geruch von Harrys letztem Gruß ein.

Jasmin

Drei Wochen später

Ich begutachtete die Kuchentheke. Gott, wenn ich daran dachte, wie ich hier vor ein paar Wochen hemmungslos Windbeutel und Eisbecher in mich hineingestopft hatte. Aber jetzt würde ein Erdbeertörtchen genügen müssen. Und vielleicht ließ Lisa ja eins von ihren drei Tortenstücken übrig, dann konnte ich dort noch mal kosten.

Ich bestellte bei dem süßen Kellner und ging dann zurück zu meinem Tisch.

»Kommt gleich«, sagte ich zu Lisa. »Bist du sicher, dass du keinen Kaffee willst?«

»Ja, ich hab gerade keine Lust auf Kaffee. Malzkaffee ist übrigens auch lecker.«

»Also bitte. Mit so einem Muckefuck kannst du mich jagen.«

»Mucke was?« Lisa sah mich erstaunt an. Ihr Gesicht wirkte rosig und gesund, weicher irgendwie. Man sah natürlich noch nichts, aber es würde nicht mehr lange dauern, bis das Baby in ihrem Bauch anfing, sich auszubreiten. Vor ihr lag ein kleines Päckchen, ein Geschenk von mir. Lisa würde staunen. Meine erste selbst genähte Babydecke, ein Werk, das ich wie fremdgesteuert in nur einer Nacht fertiggestellt hatte. Ich hatte mich einfach abends hingesetzt, das Nähzeug herausgeholt, das noch von Alma stammte, und angefangen, wie eine Besessene zu nähen, ich hatte Stoffreste aneinandergereiht und Ecken verziert, ohne richtig zu wissen, was ich da machte. Aber das Ergebnis konnte sich sehen lassen.

»Ach, nichts. Hat man früher dazu gesagt. Du siehst gut aus«, lenkte ich schnell ab. Ab und zu hopsten einfach noch so altmodische Begriffe aus meinem Mund, ein Fakt, den ich weder erklären noch verstehen konnte.

Fast, als wäre ein Teil von Alma für immer in mir verwurzelt geblieben. Wofür im Übrigen nicht nur meine plötzliche Nähwut, sondern auch die Tatsache sprach, dass ich in letzter Zeit nicht mehr als zwei Gläser Wein trinken konnte. Mehr ging einfach nicht, danach war Schluss. Erst hatte ich ja den Verdacht gehabt, ich wäre vielleicht schwanger wie Lisa, eine Möglichkeit, die mich noch vor ein paar Wochen in eine geradezu atomare Panik versetzt hätte. Jetzt aber blieb ich völlig gelassen. Ich war es außerdem sowieso nicht, wie ich mit leisem Bedauern feststellte. Aber ich wollte mich ohnehin erst mal in meine neue Aufgabe in der Bank stürzen.

Dass ich nur noch zwei Gläser Wein vertrug, hatte auch sein Gutes, wenn man mit jemandem wie Jürgen und meiner Mutter einen Abend verbrachte. Normalerweise hätte ich mir vor lauter blöder Würgejürgen-Kommentare die Kante gegeben und wäre unweigerlich mit ihm in einen Streit geraten, diesmal aber saßen wir friedlichbis zum Ende zusammen.

Ich hatte in den letzten Wochen oft darüber nachgedacht, warum gerade mir dieser Tausch mit Alma passiert war. Eine logische und vernünftige Erklärung war mir immer noch nicht eingefallen, aber eins war klar:

Mein Leben war seitdem viel besser. Fast, als ob man mich wachgerüttelt hätte, damit ich nicht noch fünfzig weitere Jahre verschlief. Apropos schlafen – ich hatte festgestellt, dass ein Wochenende ganz schön lang sein konnte, wenn man nicht bis Mittag seinen Rausch ausschlief. Das bedeutete ja nicht, dass man nicht bis Mittag im Bett bleiben konnte, nur eben … aktiver. Wie gestern. Wie hatte ich jemals denken können, dass Andi Bergner langweilig war? Meine Wangen röteten sich bei der Erinnerung. Ich hatte echt noch nie einen Mann getroffen, der so …

»Mensch, guck mal, wer da kommt«, unterbrach Lisa meine Gedanken. »Den kennen wir doch.«

Ich blickte auf. Ja, den kannte ich. Wer da quer durch den Raum auf mich zukam, aufgeregt und ein bisschen verlegen und ein leichtes Winken andeutete, war niemand anderes als der Hottie …

»Dominik«, sagte ich verblüfft. »Das gibt es ja nicht.« Ich stand auf.

»Hat 'ne Weile gedauert, dich zu finden.« Er umarmte mich stürmisch. »Aber jetzt hab ich es geschafft. Ich hab meine ganzen Spione eingesetzt. Du arbeitest in der Bank da drüben und gehst oft nach der Arbeit in das Café hier, stimmt's?« Er wirkte triumphierend, geradezu euphorisch.

Ich musste lachen. Es war doch nicht zu glauben.

Alma hatte recht – wenn ein Mann dich wirklich finden will, dann schafft er das auch. Nur, dass er in meinem Fall zu spät kam. Armer Dominik.

»Aber jetzt hab ich es geschafft.« Er setzte sich neben Lisa auf den freien Platz am Tisch. »Und da kann ich dich doch auch gleich fragen, ob du Bock hast, mit mir ... «

Ich unterbrach ihn mit einem Hüsteln.

»Hm? Also, ob du Lust hast ... «

»Dominik.«

»Was?« Er drehte sich um und erblickte Andi, der gerade das Café betrat und auf uns zusteuerte.

»Dominik, darf ich dir meinen Freund Andi vorstellen?« Sein Gesicht stürzte ab wie die letzte Windows-Version. »Ach«, machte er. »Na, so was.« Er stand wieder auf und hob die Hand zu einem angedeuteten Gruß in Richtung Andi. »Tja, dann ... dann hat sich das wohl erledigt.« Unglücklich und mit hängenden Schultern stand er da und tat mir leid.

»Dominik«, sagte ich. »Du bist ein feiner Kerl. Und ich will, dass du weißt, dass du eine alte Frau einmal sehr, sehr glücklich gemacht hast.«

»Deine Oma?«, fragte er erstaunt. »Wieso das denn?«

»Das bleibt ihr kleines Geheimnis.« Ich zwinkerte ihm zu. »Ich wünsche dir alles Gute.«

Ich sah ihm nach, wie er davonschlich und wie seine Haltung sich etwas straffte, als er an der sexy Kellnerin vorbeikam, die irgendetwas zu ihm sagte. Dominik blieb bei ihr stehen und ich atmete auf. Es würde nicht lange dauern, bis er sich gefangen hatte.

»Wer war denn das?«, fragte Andi.

»Jemand von früher«, sagte ich. »Sozusagen aus einem anderen Leben.«

Als ich eine Stunde später mit Andi aus dem Café kam, beschloss ich spontan, noch eine Runde mit ihm durch den Amelienpark zu drehen – meinen neuen Lieblingsort. Irgendwie, so fand ich, hatte da ja alles angefangen.

Also zwischen Andi und mir. Hand in Hand schlenderte ich mit ihm den Weg entlang, die Bäume waren mittlerweile fast kahl und die Luft war ganz schwer von eisiger Feuchtigkeit. Sie hatten für heute Nacht Schnee vorausgesagt, man konnte ihn irgendwie schon riechen. Ich fröstelte und kuschelte mich enger an Andi. Dem alten Mann mit der Geige war es wohl heute zu kalt. Schade.

Wo war die romantische Hintergrundmusik, wenn man sie mal gebrauchen konnte?

»Schau mal, da vorn«, sagte Andi plötzlich. »Deine Oma. Na, so was.«

In der Tat – da vorn am Brunnen standen Alma und Anton. Meine Oma ...

Ich hatte Andi immer noch nicht gestanden, dass Alma gar nicht meine richtige Oma war, mir fiel irgendwie kein vernünftiger und logischer Grund ein, warum ein Mensch seine eigene Oma erfinden sollte, und so hatte ich es lieber ganz bleiben lassen. Vielleicht hatte Alma irgendeine Ausrede in petto, ich würde sie mal fragen. Wir trafen uns ja regelmäßig auf einen Kaffee (mit reichlich Zucker und Kaffeesahne, versteht sich) zu einem konspirativen Schwätzchen, nur wir beide.

Heute war es aber das erste Mal, dass ich Anton seit jenem schicksalhaften Abend wiedersah.

»Hallo, Anton«, begrüßte ich ihn und wäre ihm beinahe spontan um den Hals gefallen. »Hallo … Oma«, fügte ich mit einer kleinen Verspätung hinzu.

»Hallo, ihr zwei.« Alma zwinkerte mir unmerklich zu. »Wir füttern dein Eichhörnchen«, wandte sie sich dann an Andi. »Ich hoffe, du hast nichts dagegen.« Sie deutete nach links zur Parkbank, unter der ein Eichhörnchen ungeduldig auf die nächste Erdnuss wartete.

»Woher wissen Sie, dass ich … «, setzte Andi verwirrt an, aber ich ging schnell dazwischen.

»Wir haben dich mal beobachtet. Meine Oma und ich. Und wie geht es dir, Anton?«, lenkte ich rasch ab.

»Ich hab gehört, ihr schwingt jetzt immer das Tanzbein? Ich hoffe, Alma trampelt dir nicht zu sehr auf den Füßen herum?«

»Aber nein, ganz und gar nicht«, widersprach Anton.

»Das hat sie nur beim allerersten Mal gemacht. Da war sie wohl noch ein bisschen rostig. Jetzt tanzen wir so flott wie Ginger und Fred.«

Wie wer?, hätte ich beinahe gefragt, aber Alma wusste offenbar, von wem er redete, denn sie protestierte geschmeichelt, und dann lächelten die beiden sich an. Es war nur ein kurzer Moment und ein kurzes kleines Lächeln, aber es brachte Wärme in den kalten Wintertag und ich konnte sehen, wie glücklich Alma war.

»Wir müssen los«, sagte sie. »Wir sind schon eine Weile hier und halb erfroren.«

Ich umarmte sie und dabei flüsterte sie mir ins Ohr:

»Ich muss dir unbedingt etwas erzählen. Ich weiß jetzt, was Harry mit dem Geld gemacht hat. Alles ist gut.«

»Okay. Ich komme morgen vorbei«, flüsterte ich zurück. Wir grinsten uns an und dann sah ich ihr nach, wie sie langsam mit Anton weiterging, das linke Bein immer ein kleines bisschen vorsichtiger aufsetzte als das rechte, und wie Anton vorn an der Ampel fürsorglich seinen Arm unter ihren schob, damit sie gemeinsam die Kreuzung überqueren konnten.

Was sie wohl herausgefunden hatte? Und vor allem – wie?

»Seit wann bin ich eigentlich mit deiner Oma per Du?«, riss Andi mich aus meinen Gedanken. »Ich kann mich irgendwie gar nicht erinnern.«

»Schon immer bist du das. Schon immer und ewig«, erwiderte ich und dann küsste ich ihn stürmisch, damit er keine weiteren Fragen stellte.

Alma

Noch ein paar Wochen später

»Hübsche Blumen.« Anton deutete auf die dunkelrote Pracht in der Vase. Wir waren aus der Kälte draußen in meine warme Wohnung geflüchtet.

Ich überlegte eine Sekunde lang, ob ich Anton einweihen sollte, und entschied dann, dass die Blumen etwas zwischen Harry und mir bleiben sollten. »Danke.« Ich lächelte. »Setz dich doch. Willst du einen Kaffee?«

»Klar, gern. Ich geh nur mal kurz raus auf den Balkon, eine rauchen.«

»Musst du nicht. Du kannst ruhig hierbleiben.«

»Es stört dich nicht?«

»Ehrlich gesagt, nein. In letzter Zeit stört es mich irgendwie überhaupt nicht mehr.« Ich konnte es mir ja selbst nicht erklären. »Es ist sogar so, dass ... « Ich fing an zu kichern.

»Was denn?«

»Also, ich weiß nicht, wie ich das jetzt ausdrücken soll, aber nicht nur stört mich der Rauch nicht mehr, ich verspüre sogar gelegentlich Lust, selbst eine zu rauchen.«

»Im Ernst? Du willst eine Zigarette?« Anton war baff.

»Also nicht direkt eine Zigarette.« Ich holte tief Luft.

Nun war schon alles egal. Wie alt sollte ich denn noch werden? »Also, wenn ich ganz ehrlich bin, habe ich in letzter Zeit irgendwie ab und zu Lust auf einen Joint.«

Jetzt war es heraus.

»Du hast was?« Er ließ vor Schreck sein Feuerzeug fallen.

»Ja, ich weiß, es ist völlig absurd, also vergiss es gleich wieder, ich ... «

»Aber nein, nein, warum denn.« Ein breites Grinsen erschien in seinem Gesicht. »Das lässt sich doch einrichten. Wozu hat man denn Enkel? Und du weißt doch noch, was ich dir vom Sommer 1969 erzählt habe, nicht wahr?«

Ich nickte. Ich hatte keine Ahnung, wovon er redete, aber das war auch egal. Völlig egal. Ich war froh, dass es Anton gab, diesen verrückten, fröhlichen alten Knacker.

Ich war zweiundachtzig Jahre alt und ich hatte Freude am Leben.

Das Leben war schön.

Noch ein paar Wochen später

Ich bog rechts ab, um vorn an der Ecke in meine Straße zu gelangen. Im Kopf ratterte ich die Liste durch, von all den Dingen, die ich noch besorgen wollte, bevor ich über Silvester mit Andi nach Venedig flog. An der Baustelle rumpelte es laut. Meine Güte, wie lange bauten die denn noch hier? Das dauerte ja ewig. Und was sollte das eigentlich mal werden? Neugierig blieb ich an dem Aushang stehen, der seit kurzem am Bauzaun angebracht war. Hier entstehen Seniorenwohnungen der neuen Generation, las ich. Optiker, Apotheke und Arzt im Haus, außerdem Fahrstühle, W-Lan und Chauffeur-Service.

Na bitte, dachte ich, es ging doch. Wenn sie jetzt noch die Uniformen für die Chauffeure ordentlich knackig hinkriegten, dann würde ich hier in fünfzig Jahren glatt einziehen. Ich grinste und dann ging ich weiter, an den Bauarbeitern auf ihren Gerüsten vorbei, die mich komplett ignorierten. Was fiel denen ein? Erst war ich ja fast ein bisschen beleidigt, aber dann beschloss ich, dass es egal war. Es gab Wichtigeres auf der Welt. Ich war achtundzwanzig Jahre alt und ich hatte Freude am Leben.

Das Leben war schön.